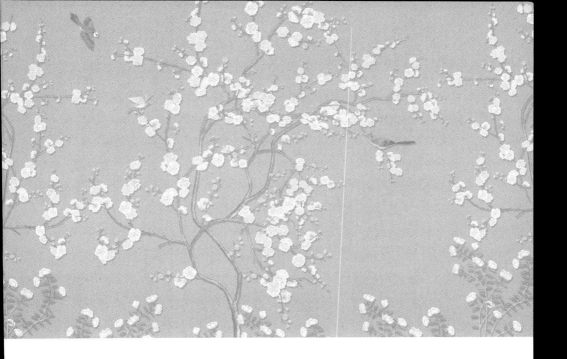

《花间集》
词人研究

李博昊／著

上海三联书店

目　录

前　言

　　《花间集》为中国现存第一部文人词集,所选十八位词家即后世所谓的花间词人。千百年来,关于花间词人的评论累世不绝。进入 20 世纪,中国、日本、韩国、新加坡、美国、加拿大等地的学者,从多角度切入,对部分花间词人进行了较为深入的研究,既涉及传统的词人传记、词作校勘、词学评论等方面,又运用 20 世纪西方新兴文艺思潮诸如文本论、诗语论、意象论、结构论、女性主义等,对一些词人词作进行了全新的解读,成果较为丰硕。然值得指出的是,花间词人的研究用力多集中于温庭筠与韦庄,对其他词人的关注则殊为不足,存在着重"大家"轻"小家"的现象。为此,本书拟聚焦学界涉足较少的研究层面,对花间词人中的几类群体进行更为深入的讨论,全书的研究内容主要集中于以下层面:

　　第一,对几类花间词人进行细致的生平考察。就词史流变来看,晚唐五代是词体文学发生发展的重要时期,花间词人作为此一阶段词坛不可或缺的组成部分,有着尤为重要的词史地位。他们不仅占据着这一时期的主流词坛,更在相当程度上左右了此后近千年的词体文学走向。不过长期以来,学界多将关注焦点投向温庭筠及韦庄,忽略了二者之外的花间词家。纵然少数学者关注到李珣、牛希济、孙光宪等词人,佢多停留在作品的解读与风格的论析,对花间词人整体性的认知仍有不足。为此,本书尝试考察与时代政局关系密切的花间词人及其创作,梳理、展示他们的创作面貌和价值。作者将在实证考据的基础上,采用宏观审视与微观研究相结合的思路,在关注词人个体的行行事迹、心路历程的同时,关注他们生存的人文状况,探讨政治、学术、科举、地域、家族、师友等因素对其人生及创作的影响,尝试以更通博的视野对花间词人及其文学创作进行深度的认知。尽管本书因为资料搜集等多种原因尚不能涵盖所有花间词人,笔者仍希望可透过书中关注到的这些词人,对《花间集》有更深入的体察。

第二,在详细梳理考证几类花间词人的教育背景、入仕途径、身世交游、政治地位、文体创作、行行事迹、心路历程等层面的基础上,可以看到,《花间集》所选十八位作家并非赵崇祚"广会众宾"中的"宾客",就生存时段而言,诸多词家未有交集。温庭筠、皇甫松为晚唐人,未入五代;韦庄、牛峤、毛文锡等人由李唐入前蜀;欧阳炯、牛希济由前蜀入后蜀。就政治身份而言,皇甫松、牛峤及牛希济均为晚唐牛僧孺姻亲,毛文锡、韦庄、鹿虔扆、欧阳炯乃前蜀重要的文臣武将,魏承班与李珣是前蜀王亲。这些词家多为两蜀高官显爵之士及晚唐权贵衣冠之后,纵然仕途上有坎壈之处,却并非传统观点中所认为的中下层流寓文士。他们多非蜀人,有漫游的经历,花间词中描绘的诸多非蜀地风物即为明证。而此适可说明《花间集》并非一部地域色彩浓厚的词集,其编纂不在于展示蜀中文体之兴、文学之盛,而是有着更深层的目的。赵崇祚"广汇众宾,时延佳论",把本不属于同一绝对时空中的词人放在同一个空间之中,或表明此集不仅重"文",更重"人",是将文本放在了人际网络之中,借以表达一种政治倾向及文化用意。欧阳炯《花间集序》言书中词作"名高白雪",为"阳春之甲",指出其超越《阳春》《白雪》的无可匹敌的地位;"西园英哲"乃用曹氏父子西园雅集之历史旧事，所言仍为宫廷宴会。由此或可以推测，赵家不是要为自身编写一部酒宴樽前的唱本，而是要为王室编写一部唱本中的标准本，明人杨慎"游昭觉寺，故孟氏宣华宫旧址"所得《花间集》或可为佐证。赵氏家族动用大量人力为宫廷教坊进献唱本，昭示的或是其忠心为臣之意。因此，《花间集》在词人词作的选录上经过了非常审慎的考虑。诸多细节皆透露出此书或隐含着赵氏家族趋奉孟昶的政治心绪。此亦是本书关注的重点之一。

综上，笔者在梳理百年来中外学界关于花间词人研究成果的基础上，对前辈学者所忽略的问题进行了进一步地考察，提出了一些仍可完善的新见，以期拓展已有的研究，更深入地了解温庭筠及韦庄之外的花间词人的生平及创作情状，深化对于《花间集》的认知。然《花间集》除温庭筠和韦庄以外的词人传记资料较少且多歧异，需要阅读整合大量的文学文献、文化文献和历史文献，对晚唐五代的历史文化有足够的了解，方能梳理词家生平，深入解读作品。作者虽尽力搜集资料，恐仍有遗漏，不能穷尽。虽力求深入探究，然囿于能力，必有不足，全书乃一得之见，望勿见笑。

第一章 《花间集》词人研究史论

多年以来,于词学研究领域,《花间集》是一个永远不老的话题,相关批评与讨论从未停歇,研究成果浩如烟海。本章尝试对百年花间词人研究史略作评述。回顾、反思、阐释这段学术史,对于推动"花间"研究的深化,或大有裨益;惜学海难穷,尤其是对于域外研究资料,囿于能力及视野,必有搜集不足与阐释不当之处,学者谅之。

第一节 国内《花间集》词人研究

20世纪初期,百年花间词人研究拉开了序幕,研究成果首先体现于词作的整理和作家作品的评论。1908年夏至1909年初,王国维整理出《唐五代二十一家词辑》,此为20世纪最早关于《花间集》作家的辑佚之作。[①]集中有校勘,卷后有跋语,简介词人生平,说明辑录依据,略论创作特色风格。书中对作品来源说明较为清晰,但辑录的文献多限于《花间集》《尊前集》《全唐诗》《草堂诗余》等数种,不甚丰厚。尽管如此,《唐五代二十一家词辑》却是最早的关于花间词人作品的词辑本,白璧微瑕,不掩

---

① (清)王国维,《唐五代二十一家词辑 人间词话 增补本》(上海:六艺书局,1932),1—2。

光华。王国维另有《词录》,①书中叙录了唐五代宋金元各朝词集存佚、版本及作者情况。别集部分包含唐温庭筠的《金荃词》,总集部分则始于《花间集》。王氏在编纂的过程中进行了一系列版本、辑佚、校勘、辨伪的考证工作,用功甚深。②

从文献学的角度来看,王国维关于唐五代词的整理仍有粗疏之处,表现在:辑录的词集因求全而滥收;词与声诗混杂;对互见的作品疏于考证等。但其对花间词人皇甫松、韦庄、毛文锡、魏承班、顾敻、毛熙震、阎选、孙光宪等人的词作加以宏观评论,并对其艺术特色做细致区别,展现了其敏锐的审美判断。③在辑录的过程中,王国维并非以文献家自限,其将文献考索整合为带有词史性质、流脉清晰的词录,并通过叙录文字,显示出自己的词体观念和审美意识,此为同时代刊刻词集的学者所难以具备的。④

在辑录《唐五代二十一家词辑》、编撰《词录》的基础上,王国维撰述了《人间词话》,其中包括诸多对于温、韦乃至花间词人整体创作的评价。如:"'画屏金鹧鸪',飞卿语也,其词品似之。'弦上黄莺语',端己语也,其词品亦似之""温飞卿之词,句秀也。韦端己之词,骨秀也""固哉!皋文之为词也!飞卿《菩萨蛮》、永叔《蝶恋花》、子瞻《卜算子》,皆兴到之作,有何命意?"⑤对后来

---

① 《词录》编纂时间介于《唐五代二十一家词辑》和《人间词话》之间,《词录·序言》曰"偶得仁和吴昌绶(伯宛)所作《宋金元现存词目》,叹其搜罗之勤。因思仿朱竹垞《经义考》之例,存佚并录,勒为一书"。明言《词录》乃在吴昌绶《宋金元词集见存卷目》的基础上,向前溯至唐五代增补而成的词辑目录著作。见彭玉平,《王国维与吴昌绶之词学关系》(《社会科学战线》,2014-01)。

② 但《词录》亦有舛误,罗振常特在《词录》稿本扉页撰写辩证。见闵定庆,《探索王国维词学体系的另一个维度——〈词录〉与王国维"为学三变"的文献学取向》(《清华大学学报》[哲学社会科学版],2007-03)。

③ 谢桃坊,《试评王国维关于唐五代词的研究》(《东南大学学报》,2007-07)。

④ 彭玉平,《王国维〈词录〉考论》(《文学遗产》,2010-07)。

⑤ 彭玉平,《人间词话》(北京:中华书局,2010),18、21、149。

的研究者影响较大。纵然如此,王国维论词亦有可商榷之处,蒋英豪《王国维的词学批评》列举了钟蕊园《蕊园说词》中的几条评价以证王国维论词的失当。①但总体而言,今之所见的王国维对于温庭筠、韦庄,乃至花间词人整体创作的评价,比较中肯,于后世词评家有着深远的影响。

王氏之外,"清末四大家"对花间词人词作亦有涉及。其中王鹏运和朱祖谋致力于考订作品,况周颐及郑文焯用功于品评创作。王鹏运自光绪七年(1881)始,历时二十四年,刻五代宋金元人词别集、总集及有关词学著作达五十五种,汇辑为《四印斋所刻词》。②书中含《花间集》十卷,乃是影淳熙鄂州本《花间集》十卷,后有跋文,说明版本来源等。其言:"右《花间集》十卷,宋十行、行十七字本,现藏聊城杨氏海源阁。卷首有传是楼徐氏、听雨楼查氏藏印。系用淳熙十一、十二等年册子纸印行。"王氏还详细考证了册子纸背后所印官员的官阶,最后指出:"册纸皆鄂州公文,此书其刻于鄂州乎?"③校刻词集是王鹏运对词学的重大贡献。其以汉学家治经治史的方法治词,广罗善本,校勘精审。晚清大规模汇刻词集、词总集即从王氏汇刻此书开始。④其研究为后人进一步探究花间词人的创作奠定了一定的基础。

朱祖谋受王鹏运影响,专力治词,尤精校勘。"词学承常州派之余绪而发扬光大之,以开清季诸家之盛。"⑤其所辑《彊村丛书》收唐五代宋金元词总集五种,唐宋金元词别集一百六十八家。《彊村丛书》虽未收《花间集》,但录有题名为温庭筠的《金奁集》。后附曹元忠钞本《金奁集》跋讲明版本来源:"此为明正统

---

① 陈国球,《香港地区中国文学批评研究》(台北:学生书局,1991),679。
② (清)王鹏运,《四印斋所刻词·出版说明》(上海:上海古籍出版社,2012)。
③ (清)王鹏运,《四印斋所刻词》(上海:上海古籍出版社,2012),551—552。
④ 刘扬忠,《宋词研究之路》(天津:天津教育出版社,1989),158—159。
⑤ 龙榆生,《近三百年名家词选》(上海:上海古籍出版社,1979),153。

辛酉(1441)海虞吴讷编《四朝名贤词》本,而鲍渌饮从钱塘汪氏借钞者。卷首题《金奁集》,次行为温飞卿庭筠,与《渭南文集·跋〈金奁集〉》语相合。"另附鲍廷博跋语曰:"右《金奁集》一卷,计词一百四十七阕,明正统辛酉海虞吴讷所编《四朝名贤词》之一也。编纂各分宫调,此他词集及词谱所未有。间取《全唐诗》校勘,中杂韦庄四十七首,张泌一首,欧阳炯十六首,温词只有六十三首,疑是前人汇集四人之作,非飞卿专集也。按飞卿有《握兰》《金荃》二集,《金奁》岂《金荃》之讹耶?"朱祖谋认为《金奁集》当出现于庆元之前,又谓"盖宋人杂取《花间集》中温韦诸家词,各分宫调,以供歌唱,其意欲为《尊前》之续",并考订了集中部分词作的作者,有助于了解词体文学的产生与发展。《彊村丛书》是明清唐宋词汇刊中的集大成之作。广陵书社 2005 年出影印本,钟振振作弁言。

晚清另一文学研究大家况周颐精于词论。其《蕙风词话》与王国维的《人间词话》有"双璧"之誉,又与陈廷焯的《白雨斋词话》合称"晚清三大词话",《蕙风词话》被朱祖谋誉为"自有词话以来,无此有功词学之作",蔡嵩云《柯亭词论》亦称此书"论词多具卓识,发前人所未发"。《蕙风词话》中对《花间集》赞誉有加。其言"词有穆之一境,静而兼厚、重、大也。淡而穆不易,浓而穆更难。知此,可以读《花间集》",又言"《花间》至不易学。其蔽也,袭其貌似,其中空空如也。所谓麒麟楦也。或取前人句中意境而纡折变化之,而雕琢、勾勒等弊出焉。以尖为新,以纤为艳,词之风格日靡,真意尽漓,反不如国初名家本色语,或犹近于沉着、浓厚也。庸讵知《花间》高绝,即或词学甚深,颇能窥两宋堂奥,对于《花间》,犹为望尘却步耶"。①他曾用"大"和"重"来评价

---

① (清)况周颐著、孙克强辑考,《蕙风词话·广蕙风词话》(郑州:中州古籍出版社,2003),14。

花间词人欧阳炯的《浣溪沙》，称："自有艳词以来，殆莫艳于此矣。半塘僧鹜曰：'奚翅艳而已？直是大且重。'苟无《花间》词笔，孰敢为斯语者？"况周颐词学理论的核心及最高评价标准是重、拙、大，此用"大""重"评价《浣溪沙》，可谓无以复加。且况周颐并未否认该词之"艳"，在其评价标准中，艳与重、拙、大并不矛盾。况周颐说的"大"为"大气真力"，即以质直之笔写深挚之情，词的内容虽"艳"，但情感真挚无所顾忌，所以为"大"。而其所谓"《花间》词笔"，指在《花间集》产生的时代所出现的特定"词笔"，是"高绝"之笔，与后世模仿花间词的"词笔"有着根本区别。①刘永济《诵帚词筏》认为："五代词家，承唐歌绝句之风，故其小令多写闺情。及放者为之，遂至淫荡而无检。如和成绩、欧阳炯之流，诚如况君所论。然尔时作者，竞写闺情。即此一端，而出以无穷之法则、无限之语言"，"千头万绪，尽态极妍，亦其壮观矣。学者苟捐其淫艳之词，而法其抒写之妙，曷云不宜？此半塘翁所以读'相见休言有泪珠'一首，而称其大且厚也。学者由此参之，则亦可以无碍矣"。②对况氏之论持肯定态度。

况周颐另有《历代词人考略》，③其中包含花间词人的生平资料。该书体例甚善，在考订词人生平行述外，另立"词话""词评""词考"三个门类，较为详尽地搜罗关于该词人的佚文、评价、佚词等，词人另有专集者均一一注明刻本。④《历代词人考略》搜罗广泛，考订详尽。叶恭绰所言"夔笙先生与幼遐翁崛起天南，各树旗

---

① 孙克强，《况周颐的唐宋词史观》(《江海学刊》，2012-01)，209。
② 中国古代文学理论学会编，《古代文学理论研究丛刊·第四辑》(上海：上海古籍出版社，1981)，133—134。
③ 参见孙克强，《小议〈历代词人考略〉的作者及其学术价值》(《文学遗产》，1997-03)；《〈历代词人考略〉作者考辨》(《文献》，2003-04)；《况周颐〈历代词人考略〉的文献和理论价值》(《河南大学学报》，2010-05)。
④ 曹红军，《历代词人考略·前言》(北京：全国图书馆文献缩微复制中心出版，2003)。

鼓。半塘气势宏阔,笼罩一切,蔚为词宗;蕙风则寄兴渊微,沉思独往,足称巨匠;各有真价,固无庸为之轩轾也"①,当是确论。

郑文焯善于词作,精于词论,曾批校《金荃集》,郑文焯致朱祖谋书云"自后《古今词话》之误以《春晓曲》为《玉楼春》,《全唐诗》附载,又羼入袁国传之《菩萨蛮》。下走曩作《金荃词考略》,已深切著明,是渌饮所云温词只八十三首,未足征信""拙纂《考略》亦足多也。究之校订之学,后起者洵易为功"②。张尔田《与龙榆生言郑叔问遗札书》云:"叔问尚有考证《金荃集》一长跋,写于卷纸,未装裱,亦为□□借去,又不知落入谁手矣。"郑文焯曾批校《金荃集》,且用功不浅,所得亦甚多,只是稿已亡佚。③其今存词集序跋十余篇,手校《宋六十家词》的跋语有十一种,其中即包括《温飞卿词集考》和《四印斋本花间集跋》。④

郑氏《大鹤山人词话》言:"《汲古阁秘本书目》有北宋本《花间集》四本,世无传者。又南宋板精抄二本,未审与此有无异同,惜无他本校雠也。《孙氏祠堂书目》有《花间集》十卷。注:蜀赵崇祚编,仿宋晁谦之刊本。又四卷,明汤显祖评本。今并无传。"书中对《花间集》及集中诸人评价颇高:"词者,意内而言外,理隐而文贵,其源出于变风、小雅,而流滥于汉魏乐府歌谣。皋文所谓'不敢同诗赋而并诵之'者,亦以风雅之馨遗,文章之流别,其体微,其道尊也。词选以《花间》为最古且精,是本为王半塘前辈景宋淳熙鄂州旧椠,间有讹夺,任笔校正。讽诵之余,时复点注,不忍去口。嗟嗟!自实父、芸阁、子复诸贤去后,此事顿废。忆十年前连情发藻,出言哀断,今更世变,其为哀世之音,不其然

---

① 叶恭绰,《广箧中词》(北京:人民文学出版社,2011),137。

② 马兴荣,《马兴荣词学论稿》(上海:上海古籍出版社,2013),666。

③ 郑文焯著、孙克强辑校,《大鹤山人词话·前言》(天津:南开大学出版社,2010),7。

④ 郑文焯著、孙克强辑校,《大鹤山人词话·前言》(天津:南开大学出版社,2010),10。

乎。"《大鹤山人词话》中亦有考证之语:"尝见坊刻《金荃词》,既病其少,且多羼乱。以为《花间集》,选温词独多,盖当五代时,词学盛行,必有取其全词传刻者。《花间》所载五十余阕,几几窥全豹已。顷读宋胡仔《苕溪渔隐丛话》云:'庭筠工于造语,极为绮靡,《花间集》可见矣'。据此知宋时所见亦举《花间》,不必《握兰》《金荃》,始足多也。"①

综上,花间词人在 20 世纪初即受重视,王国维及晚清四大家不仅对其作品有所考证校勘,且多给予肯定性的评价。四家之努力,为后人的研究奠定了较为坚实的基础。

此一时期文学通史、通论中也有着花间词人的身影。1927 年中华书局出版的陈钟凡《中国韵文通论》,在梳理了张惠言、周济等人对温庭筠及韦庄的评价后,对温、韦的创作多有赞扬之意,称令曲之中有温韦,逮犹绝句之称龙标供奉乎。并言以韦之弁冕五季,亦如温之崛起晚唐,故虽风格悬殊,世每相提并论也。②刘毓盘《中国文学史·词略》认为唐人词皆附诗以传,至温庭筠《金荃词》始别为一卷。温庭筠工于词体,且创制了诸多新调,使诗词始分,遂为"万世不祧之俎豆",其对韦庄的《菩萨蛮》亦多褒扬。③1927 年,胡适的《国语文学史》由北京文化学社出版,书中列《晚唐五代的词》一章,探讨了蜀、南唐、荆南等国的词坛情状,对于花间诸家,多有涉及,惜未作深入评价。

此外,1923 年莲凤草堂印行了胡鸣盛辑注的《韦庄词注》,前有序言指出韦庄长短句"音节清越,情意悱恻,迥非他词家所及",另附韦庄传,书中标明所注韦庄词的出处且多有独到阐释。④

---

① 郑文焯著、孙克强辑校,《大鹤山人词话》(天津:南开大学出版社,2010),1、7。
② 陈钟凡,《中国韵文通论》(北京:中华书局,1927),287—289。
③ 刘毓盘,《中国文学史》(上海:上海古今图书店,1924),43。
④ 刘毓盘《唐五代宋辽金元名家词集六十种辑》也在 1925 年出版。1926 年上海扫叶山房出版了由袁韬壶标点的《"新式标点"花间集》十卷本,采用了十一种标点对《花间集》进行了标注。

　　同时期的单篇论文数量颇多,但关注重点多在温、韦,且常集中于生平行迹考察和作品风格分析,如:1926 年 7 月《孤兴》第九期刊载王志刚《温飞卿〈菩萨蛮〉词之研究》,1926 年 12 月《东南论衡》一卷廿六期刊载唐圭璋《温韦词之比较》,1926 年 12 月《国学专刊》一卷四期刊载沈曾植《温飞卿词集兰畹之意》,1929 年 1 月《国立北平图书馆月刊》二卷一期刊载陈鳣《温庭筠》,1929 年 8 月《中国文学季刊》创刊号刊载何寿慈《韦庄评传》等。学界对温、韦的集中关注展现出二者在词史上的地位已得到后世的普遍认同。

　　20 世纪的前二十年,《花间集》的研究在诸多领域,尤其是版本梳理、词集校勘、艺术赏析等层面,都取得了丰硕的成果。花间词人的研究也同时受到关注,纵然很多研究仍待拓展与深入,但前辈学者筚路蓝缕以启山林的奋斗精神,给后辈学者以巨大的鼓舞,激励着后人不断前行。

　　20 世纪 30 至 40 年代乃词学研究的兴盛期,《花间集》作为文学史上现存的第一部词集,受到了极大关注,对于花间词人的研究也有了拓展。[①]1935 年商务印书馆出版了华连圃的《花间集注》,前有顾随序言指出华注本的精审,[②]书中另探讨了《花间集》版本、词调等诸问题,并肯定了花间词在艺术上的成就。李冰若的《花间集评注》亦于 1935 年由开明书店出版。该书在评论与注释之前,简单梳理了历史典籍中所载花间词人生平及著述的基本情况,并广泛搜集了历代论者对于词作的评价。其中《栩庄漫记》乃作者的点评,颇多精到之语,为后来研究者所屡屡引用。[③]《花间

---

　　①　1931 年上海扫叶山房书局刊行了陈益标点本的《花间集》,1933 年上海大光书局印行了李白英校点本的《花间集》。1936 年上海中央书店出版了张咏青的《花间集》标点精校普及本,此为袁韬壶本之后的另一批《花间集》的标点本。在此基础上,《花间集》的专注本开始出现,且涉及词集版本、词人生平考证、作品评价等。

　　② 华连圃,《花间集注》(北京:商务印书馆,1935),1。

　　③ 李庆苏,《花间集评注出版后序》(石家庄:河北教育出版社,1999),225—226。

集评注》建立了评与注的新模式,对后来的注家有着一定的影响。

关于花间词作的艺术探讨仍是此一时期学界研究的重点。一批在学界影响深远的文学通史类研究中,都不同程度地涉及花间词人。刘毓盘 1931 年出版的《词史》中,有专章《论隋唐人词以温庭筠为宗》及《五代人词以西蜀南唐为盛》,对于温庭筠的创作,其秉承张惠言"感事不遇"之说,认为乃有所寄托。且感慨赵氏《花间集》所录蜀诸家,皆耳目可近之人,其未录王衍、孟昶乃至南唐二主之作,甚是遗憾。然此种遗憾或是未详考作者生平所致。①王易的《词曲史》亦于 1931 年出版,在论述《唐代词体之成立》的基础上,对唐五代诸词家作生平考略与作品选录,其中即包括花间各家。论说虽不深入,但研究范围涵盖了花间诸人,乃学界研究之一大进步。同年,大江书铺出版了陆侃如、冯沅君的《中国诗史》,书中《唐五代词》一章论说了"晚唐五代词人"及"十国词人",作者对花间诸人的生平、代表作品、艺术特色均有所论说,但仍显简略。次年大江书铺又出版了陆侃如、冯沅君的《中国文学简编》,其中《宋代的词》一节,简要提及温庭筠对于词的发展有所贡献,却并未涉及其他花间词人。郑振铎《插图本中国文学史》1932 年由北平朴社出版。郑振铎认为词至温庭筠乃成为词人之词,其流派的势力长久且伟大。其进而论说了花间诸家的创作,全面但未深入。纵然如此,郑振铎关于温庭筠及花间词人的论说观点至今仍有较大的影响。②

---

① 罗振常在《词录》稿本扉页言:"赵《集》欧阳炯序为蜀广政三年,当南唐升元四年。唐初有国,距南唐亡尚卅五年,时南唐词风尚未振起,赵安得预为选之?时中主未立,后主初生,冯延巳年卅余。"(闵定庆,《探索王国维词学体系的另一个维度——〈词录〉与王国维"为学三变"的文献学取向》[《清华大学学报》〔哲学社会科学版〕,2007-03]。

② 日本学者长泽规矩也在 1933 年 3 月的《书志学》杂志上称赞郑振铎对中国戏曲、小说"特别有研究",并认为他所取得的成就,已超过了王国维。长泽同时认为日本汉学家写的《中国文学史》,与此书"不可同日而语"。见郑尔康,《父亲郑振铎与〈插图本中国文学史〉》(《博览群书》,2009-11)。

1933 年，吴梅《词学通论》由商务印书馆出版，其在第六章《唐人词略》中言迨温庭筠出，体格大备。继而论说了包括温庭筠、皇甫松在内的唐代词家。在《五代十国人词略》中，其肯定了赵崇祚编书存词之历史功绩，在词的创作主旨上，其观点同张惠言之说一脉相承。吴梅的论说有一定的合理性，惜未能深入辨析考证。同年，胡云翼《中国词史略》出版，第二章专论晚唐五代词之西蜀词。在讨论温、韦词后，简要论说了牛峤、牛希济等其他花间词人的创作，并指出在西蜀词人中，以欧阳炯声名最高。刘大杰 1939 年开始撰写《中国文学发展史》，1948 年完稿，用功颇多。该书《晚唐五代的词·晚唐的代表词人温庭筠》认为温庭筠在中国词史上具有重要地位，是诗词过渡期的重要桥梁。刘氏对温庭筠词史地位的评价是公允的，其也关注到了诸多花间别调，但注意力仍在温、韦。书中另有《五代词的发展与"花间"词人》，认为《花间集》作品都有共同的格调与作法，一面反映出当代宫廷和上流社会的淫侈生活，一面也是承受着温词的影响。文章另对韦庄及其创作加以评价，指出王国维以"画屏金鹧鸪"象征温庭筠的词品，以"弦上黄莺语"象征韦庄，甚为精确。

此时关于花间词人的研究专著也开始出现。1934 年成都协美公司印行姜方锬编著的《蜀词人评传》中，含韦庄、薛昭蕴等十五位花间词人生平简考及词作集评，另有著者评语。书中所论分"本文""选词""引证""案语"四个部分，纵然该书在考证与论说层面相对简略，然其关注到了花间创作群体中除温、韦以外的词人，此为其价值的重要体现。1936 年，伊砧的《花间词人研究》由元新书局出版，书前有《导论》，对词体的产生、五代词坛情状、《花间集》的编纂成书及集中作品数量与风格、《花间集》的文学影响等，有一定的考论。全书对《花间集》十八位词家皆有论述，虽不甚详尽，却开整体研究与个案研究相结合之先河。作为第一部对花间词人进行整体研究的专著，很具学术开拓意义。

值得指出的是，此时的研究重点仍是温韦，上海会文堂书局1930年印行的卢翼野著《温飞卿及其词》，北平清华园我辈语丛刊社1932年出版的曲滢生的《韦庄年谱》，都体现出这一点。

艺术成就论说之外，考证花间词人温韦生平的文章大量出现。夏承焘的《韦端己年谱附温飞卿》①搜罗广泛，考证翔实，顾学颉曾评曰："近几十年来，以清儒考据学家治经治史的方法来校勘、刊行词集的有王鹏运、朱祖谋等人，来搜集、考订词人事迹的有俞正燮、王国维等人；其余或钩沉辑佚，或探赜阐微；研究词学，一时蔚成风尚，根本扭转了过去鄙视词为'小道'的看法。这在词学研究上，不能不说是一大进展。而其中考证词人事迹较有成绩的，应推这部书为首。"②该书陆续有人补充订正。詹安泰的《读夏承焘先生的〈温飞卿系年〉》③，是其中较有代表性的一篇。④

此一时期还产生一批颇有影响的论文，《中学生月刊》于1931年十六号、廿号，分别刊登了平伯《读词偶得·温飞卿〈菩萨蛮〉五首）》和《读词偶得·韦端己〈菩萨蛮〉五首》；1933年《大夏》第九卷十七期刊登吴家桢《韦庄诗词之研究》；同年的《词学季刊》一卷一号刊登《词通——温飞卿之严律》，作者失名；

---

① 发表于《词学季刊》1934年4月一卷四号，后收入上海古典文学出版社1955年出版的《唐宋词人年谱》。

② 1956年5月20日《光明日报》，见《顾学颉文学论集》（北京：中国社会科学出版社，1987），451。

③ 詹安泰，《读夏承焘先生的〈温飞卿系年〉》，见《宋词散论》（广州：广东人民出版社，1980），127—137。

④ 《花间集》版本流传情况虽一直受关注，但少见专题论文。1930年《中华图书馆协会报》第五卷第五期刊载了赵尊岳的《〈花间集〉考》，梳理了此书的版本流传情况。1936年《词学季刊》第三卷第三号录赵尊岳的《词集提要》，文章整理了《花间集》自刊刻以来的版本情况，并对个别版本加以少量评语。文后附晁谦之、吴昌绶、朱彝尊、王鹏运、陆务观、毛晋、汤显祖、闵映璧关于《花间集》的序跋，另有《直斋书录解题》《汲古阁藏书目》《读书敏求记》《四库提要》《铁琴铜剑楼藏书志》《皕宋楼藏书志》《善本书室藏书志》《涵芬楼四部丛刊书录》中关于《花间集》的版本记述。

1934 年,《细流》创刊号刊登朱肇洛《温庭筠评传》;同年,《词学季刊》二卷一号刊登张尔田《与龙榆生论温飞卿贬尉事》;1934年,《青年界》五卷四期刊登邹啸《温飞卿与鱼玄机》《温飞卿与柔卿》,六卷一期又刊载其《论〈花间集〉确有五百首》《论〈花间集〉不仅秾丽一体》;1935 年,《中央日报》刊载彦修《谈谈温飞卿》,《师大月刊》的廿二、廿六期也刊登了叶鼎彝《唐五代词略述》;1936 年,《国闻周报》十三卷四期载张公量《〈花间集〉评注》;同年,《天津益世报读书周刊》七十期刊登晶明《读〈花间集〉注书后》。进入 40 年代,相关的论文还有金麓漼《韦端己及词》,刊登在 1940 年《新民报半月刊》二卷四、五、六期;冒广生《〈金荃集〉校记》和《〈花间集〉校记》,分别刊登在 1941 年《同声月刊》一卷十二号和 1942 年《同声月刊》二卷二号;1943 年,《文史杂志》三卷五、六期合刊,载唐圭璋的《唐宋两代蜀词》;同年,《风雨谈》第三期载叶梦雨《唐五代歌词四论》;1945 年,《国文月刊》三十五、三十六、三十八期刊载了浦江清《温庭筠〈菩萨蛮〉笺释》;1947年,《国文月刊》五十一期刊登了徐沁君《温词蠡测》;《国文月刊》第 57 期和第 62 期,分别刊载顾学颉《温庭筠〈感旧陈情五十韵献淮南李仆射〉诗旧注辨误》及《新旧〈唐书〉温庭筠传订补》;《中学生》第 191 期刊登了徐调孚的《再从词的起源谈到〈花间集〉》等。数量如此多的论文,表明学界对于花间词人词作的研究,一直有着较为浓厚的兴趣。

　　20 世纪 30 至 40 年代乃词学研究的大盛时期,另有一批优秀的学者如夏敬观、顾随、陈匪石、刘永济、蔡桢、龙榆生、詹安泰、赵万里等,各有佳作,对于花间词人词作多有涉及。很多人的学术影响一直保持到 50、60 年代,甚至 80、90 年代,成为新时期词学大繁荣的宗师级人物,在诸个词学重镇,各领风骚。①

------

　　　① 胡明:《一百年来的词学研究:诠释与思考》(《文学遗产》,1998-02)。

马兴荣曾在《建国三十年来的词学研究》①中指出：自 1949年中华人民共和国成立至 1979 年左右，词学研究出现了多种变化。文章认为受政治的影响，此时词学研究比较突出的问题是重思想、轻艺术，对"古为今用"的理解很片面。关于《花间集》的艺术研究也带有鲜明的时代烙印。

王瑶首先指出花间词家多用艳丽的字句来描写妇女的体态外形以及相思别恨等情绪，与齐梁的宫体诗相似，内容很不健康。②北京大学中文系 1955 级集体编著的《中国文学史·唐五代文人词》谓荒淫糜烂的生活是后蜀词坛趋于兴盛的基础，而《花间集》中所存的作品，内容完全是统治阶级纸醉金迷生活的产物。这种词风对词的发展有不良影响，直到南宋末年，格律派词人还不曾摆脱"花间派"的束缚。③复旦大学中文系古典文学组学生集体编写的两部《中国文学史》和北京师范大学 1955 级同学编写的《中国民间文学史》，持有同样的评价观点。1966年，夏承焘在《文学评论》第一期上发表《"诗余"论——宋词批判举例》，文中涉及对《花间集》的评价。其指出"诗余"包括以"宫体诗"为词的含义，又言晚唐五代以来词人笔下的女性，就是被人玩弄的妓女。北宋中期，整个词坛还弥漫着花间、南唐婉约抒情的词风，是苏轼指出了正确的转变方向。文章中对花间文风持明显的鄙夷态度。

此时关于《花间集》艺术层面的研究多与政治环境相关，很多文章得出来的结论并不公允。到了 20 世纪 50 年代末和 60年代初期，由何其芳主持、文学研究所编写的三卷本《中国文学

---

① 《词学》编辑委员会编辑，《词学》第 1 辑（上海：华东师范大学出版社，1981）。

② 王瑶，《中国诗歌发展讲话》（北京：中国青年出版社，1956）。

③ 北京大学中文系文学专门化 1955 级集体编著，《中国文学史》（北京：人民文学出版社，1958），340。

史》和高教部组织、游国恩等人主编的四卷本《中国文学史》问世,才部分扭转了前一阶段的倾向。1962年龙榆生《词学十讲》中谈到了宋词发展的几个阶段,认为《花间集》的结集,显示了令词的发展。虽因温氏作风偏于香软,导致多数作家缺乏思想性,但韦氏的白描手法,开后世作家法门。南唐朝野上下,作词成风,提高了词的艺术形式,和西蜀的"花间"词派遥遥相对。赵匡胤先后消灭了西蜀、南唐的分裂局面,两股创作的洪流随政局的统一而汇合于汴梁。此对于《花间集》的评价较为客观。詹安泰《宋词散论》虽是广东人民出版社1980年出版,但集中文章多为解放后所作,《温词管窥》一文在香港商务印书馆60年代所出的《艺林丛录》第四册中即已收录。文章指出,"知人论世"对理解温词来说是必要的。他一生沉沦下僚,作品中身世之感是有的,但词中即使有所寄托,也到此为止,不能提升到家国之感。在《孙光宪词的艺术特色》一文中,作者指出,就艺术表现而言,孙光宪词可成一派。进而从题材、手法、意境等几个层面论说了孙光宪词的艺术特色。①

20世纪80至90年代,学界掀起了校注《花间集》的热潮,各种注释本大量出现,书中多有对花间词家的论述。②1987年,沈祥源、傅生文的《花间集新注》由江西人民出版社出版,该书以

---

① 这一时期学界在《花间集》校勘、注释层面,成绩斐然。1958年,世界书局印行了杨家骆主编、刘雅农总校的《四部刊要》之《花间集·尊前集》。同年,人民文学出版社出版向迪琮校记的《韦庄集》,内容包括浣花集、浣花集补遗、浣花词集。李一氓的《花间集校》亦于1958年由人民文学出版社出版,此本用了两个宋本、六个明本以及其他大量的资料,并吸收了王国维所辑《唐五代二十一家词辑》中的校勘成果,甚为精审。同时该书详细的梳理了《花间集》的版本源流,对许多版本做了较为详尽的品评,是一部较为可靠的校本。

② 1986年,四川文艺出版社出版李谊的《花间集注释》,该书校勘上以李一氓的《花间集校》为底本,以《全唐诗》和明、清及近世的几种版本,特别是明刻汤显祖评点朱墨本进行互校。同时还将20至80年代关于《花间集》研究的主要论文编成目录索引,附于书后。李谊,《花间集注释》(成都:四川文艺出版社,1986)。

贵州人民出版社1981年简化字本为底本而加以注释,对于底本中的讹误处参照他本进行校改。书中对每首词的注释,分"校""注""说明"三项。另对《花间集》中十八个词人作了简要的评介,附于各自作品之前。①1997年,贵州人民出版社出版了房开江注、崔黎民译的《花间集全译》,作者在1995年撰写的序言中详细分析了花间词的艺术特征,简要梳理了历代《花间集》的版本变化情况。该书以南宋绍兴十八年晁谦之建康郡斋本为底本,原词所有文字,除改繁就简之外,尽依晁本。注释则据其他诸本与前代各种诗集、词集、别集详参互校,是国内第一部《花间集》的全译本。②与此同时,关于《花间集》版本的梳理工作亦有进展,③为花间词人的研究奠定了坚实的基础。

　　关于《花间集》艺术特色及词史地位的探讨也是学界关注的重点,夏承焘部分修正了其在50至60年代的学术观点。1980年百花文艺出版社出版夏承焘著《唐宋词欣赏》④,该书专章论说"花间词体",认为集中的部分作品是间接受到民歌的影响,这些在《花间集》中是有突出价值的作品。在论说"花间词体"的基础上,夏承焘认为不同的生活遭遇形成了温庭筠和韦庄不同的文学风格,二人代表了不同的词风。夏承焘的论说很有代表性,

　　①　沈祥源、傅生文,《花间集新注》(南昌:江西人民出版社,1987),1—4。
　　②　房开江注、崔黎民译,《花间集全译》(贵阳:贵州人民出版社,1997)。
　　③　1980年,中华书局出版了万曼的《唐集叙录》,书中重在论说版本间的纵横关系,其中即包含温庭筠的《温飞卿集》和韦庄的《浣花集》。1988年,北京出版社出版的金开诚、葛兆光的《历代诗文要籍详解·花间集》,在简要介绍了此书的词学理念后整理了《花间集》的版本情况,其中提到《花间集》的三个版本系统并详考源流。同时指出《花间集》注本不多,明钟人杰刻本自题《花间集笺校》,其实只是在少数词后附缀了一点评语。李冰若的《花间集评注》与华连圃的《花间集注》亦可参考。《历代诗文要籍详解》后来略有文字修订,但文献部分未加改动,以《古诗文要集叙录》之名,由中华书局于2005年出版。
　　④　台北文津出版社1983年再版,天津人民出版社2007年出版的《大家国学》系列丛书之"夏承焘"卷,对其中文章亦有收录。

其关于"花间词体""温韦词风"的观点,对后来的研究者有着一定的影响。1999 年,闵定庆的《花间集论稿》由南方出版社出版,该书从时代心态、审美文化和诗文编集风气入手,论证了花间词风形成和《花间集》成书的历史必然性,书中还考证了赵崇祚的生平仕历、文化心态和文学活动,研讨了《花间集》的编纂情况和编辑体例,另用大量的篇幅从多个方面阐释了"花间范式",是较早的一部关于《花间集》的详细论著。

此时诸多单篇论文颇有新意,吴世昌的《花间词简论》①、张式铭的《论花间词的创作倾向》②、刘尊明的《禅与诗——温庭筠艺术风格成因新探》③、欧明俊的《花间词与晚唐五代社会风气及文人心态》④及《试论花间词在宋金元时的传播》⑤等,为研究者提供了一种全新的思路。

虽然关于《花间集》的注释辑评已兴盛数十年,但进入新世纪后,这种研究热情仍然存在,相关书籍近二十部⑥。其中学术价值最突出的是 2014 年中华书局出版的杨景龙《花间集校注》,该书是"中国古典文学基本丛书"的一种,是《花间集》的校勘、笺注、疏解与集评本,该书以晁本为底本,并参校宋淳熙刊鄂州册子纸本等自宋迄清的二十五种版本,兼顾是非异同,并做相应按断,乃自《花间集》有校注本以来的最佳著作。2015 年初,该书入选"中华国学文库丛书",由此前的竖排繁体转换为横排简体,校记、体例等也相应做了调整,2017 年 5 月由中华书局出版,是研究花间词人词作的一部很重要的参考书。此外,2017 年,崇

---

① 吴世昌,《花间词简论》(《文史知识》,1982-10、1982-11)。

② 张式铭,《论花间词的创作倾向》(《文学遗产》,1984-01)。

③ 刘尊明,《禅与诗——温庭筠艺术风格成因新探》(《人文杂志》,1989-06)。

④ 欧明俊,《花间词与晚唐五代社会风气及文人心态》(《福建师大学报》,1996-03)。

⑤ 欧明俊,《试论花间词在宋金元时的传播》(《福建师大学报》,1999-02)。

⑥ 详见参考文献。

文书局出版了解玉峰的《花间集笺注》，对词作进行了校勘、注释、阐说、汇评，诸多观点颇有新意。

此时关于"花间"艺术层面的探讨呈百花齐放的态势，各家从不同角度切入，尝试对花间词人词作进行多方位的观照。

20世纪80年代末期，王兆鹏从西方科学哲学中引入"范式"理论来观照中国词史，提出了"花间范式"的概念，并从抒情主人公、情感类型和审美理想等方面对"花间范式"做了基本界定。其《唐宋词史论》①中专有"花间范式"论。此后陆续有学者不断丰富和充实"花间范式"的美学内涵。沈松勤《唐宋词社会文化学研究》②中"歌妓制度的积淀——唐宋词的社会文化姻缘"专论"花间范式"的确立，其指出"谢娘无限心曲"造成了"花间词"意境、意象的复现与衍化，决定了花间词的表现领域，规范了词有别于诗歌的审美取向和美学特质，是"花间范式"赖以构成的基础。积淀于士大夫社会的"歌妓情结"，乃是"花间范式"在晚唐五代得以确立并盛行于两宋的支撑点和驱动力。这种探索不仅将《花间集》研究朝纵深方向推进了一大步，同时也开拓了《花间集》乃至整个词学研究的视野与方法。③刘尊明的《唐五代词史论稿》④考察了唐五代词从起源到发展的历史进程，并专章论说了"花间鼻祖"温庭筠、"花间"大家孙光宪及"花间"名家李珣，书后附"20世纪唐五代词研究主要论著索引"，为研究者提供"索引的方便和观照的窗口"。

高锋的《花间词研究》⑤以花间词的"体"与"派"为切入点，详细论说了包括花间词派的形成、花间词体、主题取向、审美情

---

① 王兆鹏，《唐宋词史论》(北京：人民文学出版社出版，2000)。
② 沈松勤，《唐宋词社会文化学研究》(杭州：浙江大学出版社，2007)。
③ 刘尊明，《20世纪〈花间集〉研究的回顾与反思》(《南开学报》，2005-06)。
④ 刘尊明，《唐五代词史论稿》(北京：文化艺术出版社，2000)。
⑤ 高锋，《花间词研究》(南京：江苏古籍出版社，2001)。

趣、花间词风、花间词品在内的六个方面,在此基础上评判了花间词的价值。艾治平的《花间词艺术》①全面探讨了花间词的内容及艺术,颇多独出机杼之语,是一部评析花间词的佳作。孟晖的《花间十六声》②以《花间集》和部分晚唐、五代、宋代诗词中描写的十六种物件,如屏风、枕头、梳子、口脂等为线索和底本,以当时的造型艺术如纸上绘画、壁画、饰品等为参照,深入探究考证一千多年前中国女性生活的种种细节,对于理解体会滋味复杂、褒贬不一的"花间词"很有帮助。王定璋《词苑奇葩——〈花间集〉》,以《花间集》为主线而展衍前蜀、后蜀的文学与文化,着重考察了《花间集》问世的历史背景及文化条件,挖掘了《花间集》中蕴含的人文精神及文化意义,并对《花间集》的文学价值及人文精神予以客观评价与合理阐释。③

邓乔彬的《唐宋词美学》④论及了唐宋词的审美对象、题旨原型、艺术境界、审美意识、艺术传达及美学接受六个层面,对于花间词多有涉及。其又有《飞卿词艺术平议》一文,从创造意境的途径和组织形象的方法两个方面,探讨了温庭筠词艺术上的独到之处。傅道彬、陈永宏《歌者的悲欢——唐代诗人的心路历程》⑤,则从心灵角度入手分析了牛希济、欧阳炯与和凝的创作,进而认为花间词人所描绘的女子身上,有男性对女性的珍爱和怜惜,有男子在饱经仕途浮沉、备感身心疲惫后,转而渴求温馨抚慰、温情永远的可怜而真实的心境,更有珍惜生命、珍重真情的深厚人生文化底蕴,除去极少数的情色之作,更多的还是一曲曲生命的恋歌,只是时代动荡,那本应激越的生命恋歌中带有了

---

① 艾治平,《花间词艺术》(上海:学林出版社,2001)。
② 孟晖,《花间十六声》(北京:生活·读书·新知三联书店,2006)。
③ 王定璋,《词苑奇葩——〈花间集〉》(成都:巴蜀书社,2006)。
④ 邓乔彬,《唐宋词美学》(济南:齐鲁书社,2005)。
⑤ 傅道彬、陈永宏,《歌者的悲欢——唐代诗人的心路历程》(保定:河北大学出版社,2011)。

几缕暗淡苦涩和几许开放消沉,但那其中却带有着词人对生命的眷恋,有着身逢乱世无可奈何后的放浪不拘与纯任性情。此种观点大别于此前对于花间词的评价,很有新意。①

此时还有一些散文式的评论出现,2012 年岳麓书社出版了杨莹骅《谁的美又伤了蝶·花间女子的心事》,该书没有采用传统的注释辑评校勘等方式,而是以温庭筠的四十首词为主线,辅以其他花间词,勾勒了词中的景致与女子的心事。笔调舒缓略带哀婉,如轻诉故事。类似的作品还有孟斜阳的《宛如花间》②及《最是缠绵花间词》③;袁江蕾的《忆昔花间相见时:吟不尽的幽幽闺阁情》④;杨晓影的《当时年少春衫薄·邂逅最美的花间词》⑤等,此皆体现出《花间集》接受层面的广泛。

总体而言,中国大陆近百年的花间词人词作研究取得了一定的成果,在词人生平考订、词作艺术分析等层面都积累了很多经验,为日后的研究奠定了坚实的基础,但较之对温韦细致详尽的观照,"花间"其余词家的关注度明显偏低,纵然文学通史、通论中有所涉及,单篇论文亦偶有阐发,但研究多止于表面,未曾

---

① 2006 年,齐鲁书社出版了李冬红的《〈花间集〉接受史论稿》,首章在梳理了《花间集》五个版本系统的情况以后,提出了一些疑问和分歧,探讨了北宋是否刻印过《花间集》及《花间集》是否有笺注本的问题。同时辨析了陆游跋本历史上是否存在、毛本《花间集》的来源以及汤评本《花间集》的真伪与来源,总结了《花间集》的版本变化与后世的接受态度,是首部探讨《花间集》接受问题的专著。2009 年,凤凰出版社出版了肖鹏《群体的选择——宋宋人词选与词人群通论》,唐圭璋所作序言指出"该书于诸选集既必探其渊源,辨其选型,察其选心,观其选域,列其选阵,通其选系;亦必考厥背景,究厥群体,贯厥脉络,评厥得失,论厥影响,于是历代词选集之本来面目及其文献价值,乃尽为发蕴,昭然于人心"。书中专论了《花间集》的编选目的、编辑背景等,亦梳理了其版本流传情况,颇有创建。

② 孟斜阳,《宛如花间》(南京:江苏文艺出版社,2010)。

③ 孟斜阳,《最是缠绵花间词》(福州:福建人民出版社,2011)。

④ 袁江蕾,《忆昔花间相见时:吟不尽的幽幽闺阁情》(天津:天津教育出版社,2009)。

⑤ 杨晓影,《当时年少春衫薄·邂逅最美的花间词》(北京:石油工业出版社,2014)。

深入。如何以更加通博的视野、更加科学的方法达至更加深入全面的研究境界,将是新世纪《花间集》研究所面临的任务和追求的理想。①

在中国的台港地区,《花间集》同样受到关注。台湾学界关于"花间"的研究起步较早,也比较集中深入,为"花间"研究的重镇。20 世纪 50 年代,郑骞出版的《词选》②中,涵盖了十一位花间词家的六十一首作品。该书在 80 年代由中国文化大学出版部重印,提要言此书选录标准不拘一格,注解务求详明,阐释避免穿凿。每一作家均有小传,于其生平事迹,词集版本,参稽群书,详考简述。末附"评语录要",采辑历代诸家词话,且分人隶属。1958 年,《文学杂志》四卷一期刊载了郑骞的《温庭筠韦庄与词的创始》,给予《花间集》很高的评价,对后来的研究者影响很大。

20 世纪 50 至 80 年代,台湾"花间"研究成果丰硕,从词作选录注释的角度来说,台湾学生书局 1977 年 1 月出版了萧继宗评点校注的《花间集》,全书每首作品都有音释、集评及按语,评点虽简略,但颇多精到之语。在具体的研究层面,成就最高的是张以仁的专著《花间词论集》③。书中收录作者研究花间词的论作十四篇,约二十余万言。十四篇虽分四类,却由训诂这根主线紧紧相连。诸篇从题旨的商榷、文字的校理,到篇章结构的分析、句法与词汇的讨论及诠释,都属于训诂的范围。训诂这一主线,为花间词的赏析提供了一项观念,即赏析须植根于作品本身,此书的结构设计,体现出作者将赏析纳入学术领域的良苦用

---

① 刘尊明,《20 世纪〈花间集〉研究的回顾与反思》(《南开学报》,2005-06)。
② 台北:中华文化出版事业委员会,1952 年 7 月初版;台北:中国文化大学出版部,1982 年 4 月新一版。
③ 1977 年 1 月台湾学生书局出版。后由"中央"研究院中国文史哲研究所于1996、2001、2004 年分别出修订版。

心。①2006年"中央"研究院中国文哲研究所出版了张以仁的《花间词论续集》，收录作者有关《花间集》的研究论文八篇，涉及考证、训解、词汇几个研究方向的大领域。作者从大处着眼、小处入手；深于辨析、重其理据；从固有的学术领域开发新的研究境界；试导文本的研究接轨艺术的赏鉴，增加赏析的学术性。此时期还有一些以"意象""词调"为主题的单篇论文。如方瑜《温庭筠歌诗的意象与表现》②主要关注温庭筠的乐府歌行与近体诗所用的意象及表现方法，进而探讨其诗歌的特色。赖桥本《温庭筠与词调的成立》③使用统计学的方法，考察温庭筠对于词调的使用及产生的影响。包根弟《谈〈花间集〉中的"月"与"柳"》④，则主要关注花间词家常描摹的"月"与"柳"这两个重要景物。

　　90年代以后，"花间"仍是台湾学界词学研究的重点之一，切入的角度多是"韵律"与"章法"。徐信义《论〈花间集〉词的格律现象》⑤和《温庭筠词的格律》⑥，皆是从格律角度切入研究《花间集》中作品的用律问题。吴宏一《温庭筠〈菩萨蛮〉十四首的篇章结构》⑦，探讨了温庭筠的《菩萨蛮》是否属于联章的问题，得出其实属组词的结论。洪华穗《试从文类的观点看温庭筠词的

　　①　张以仁，《花间词论集》（台北："中央"研究院中国文哲研究所，2004）。
　　②　方瑜，《温庭筠歌诗的意象与表现》（《幼狮月刊》四十卷第四期，1974年）。
　　③　赖桥本，《温庭筠与词调的成立》（《国文学报》八期，1979年6月；又载《词曲散论》，1990年3月）。
　　④　包根弟，《谈〈花间集〉中的"月"与"柳"》（《辅仁学志·文学院之部》十三期，1984年6月）。
　　⑤　徐信义，《论〈花间集〉词的格律现象》（《中山人文学报》五期，1997年1月）。
　　⑥　徐信义，《温庭筠词的格律》（《第四届中国诗学会议论文集》，1998年5月）。
　　⑦　吴宏一，《温庭筠〈菩萨蛮〉十四首的篇章结构》（《中国文化研究所学报》新七期，1998年）。

联章性》①则指出了温庭筠联章词的特点。此外,张淑香《男性情色幻想的美典——温庭筠词的女性再现》②从女性主义的角度出发,探讨了温庭筠词中的女性描写。陈庆煌《〈花间〉十八家词研析》③则从整体上对花间词家进行了讨论。

在香港,学者饶宗颐的《词集考》④中别集卷一部分详考温庭筠之《金荃词》,间及皇甫松的《檀栾子词》、和凝的《红叶稿》、韦庄的《浣花词》,另有其他花间词人的生平与创作考论。总集卷八中,对《花间集》的版本情况详加梳理,另附注本辨析。该书是"词学研究的一座丰碑"⑤,虽有沿袭误说且论述偶疏,却不失为佳作。饶宗颐的《唐词辨证》⑥和黄坤尧的《温庭筠·论词二题》⑦中对于"花间"亦有关注,但非专论。此外,香港大学余玉刚(Yu,Yook-kong)于1985年以《花间集研究》(*A study of the Hua-chien-chi*)为题,完成了硕士论文。论文分析了晚唐五代之历史背景及词坛概况,指出了晚唐五代词在词史上的地位,辑录了唐五代重要的词集,梳理了《花间集》的体例与版本,并对宋、明、清及民国以来主要的《花间集》版本、校本及注本皆有所评价。作者还考索了花间词人的生平事迹,探讨了《花间集》的词调、词牌及词体,进而指出花间词形成了词之传统风格,其虽非

① 洪华穗,《试从文类的观点看温庭筠词的联章性》(《中华学苑》五十一期,1998年2月)。
② 张淑香,《男性情色幻想的美典——温庭筠词的女性再现》(《中国文哲研究集刊》十七期,2000年9月)。
③ 陈庆煌,《〈花间〉十八家词研析》,见淡江大学中文系主编,《晚唐的社会与文化》(台北:学生书局,1990)。
④ 原名《词籍考》,1963年由香港大学出版社出版。中华书局1992年10月出修订版。
⑤ 杨成凯,《词学研究的一座丰碑——评饶宗颐〈词集考〉》(《文学遗产》,1994-06),113—118。
⑥ 发表于台北《九州学刊》1992年,后收录于《敦煌曲续论》(台北:新文丰出版公司,1996)。
⑦ 黄坤尧,《温庭筠》(台北:国家出版社,1984)。

在西蜀产生,但与西蜀有密切关系。《花间集》提供词体研究之资料,具有很大价值。

从研究对象来看,香港对于温庭筠的关注度较其他词人为高。庞志英撰有《温庭筠〈更漏子〉与李清照〈声声慢〉之比较》①,其指出,千百年来,文章的论题无人关注,原因在于李清照能在模拟中别出深意,独铸新辞,非纯粹的仿效抄袭,且其词精深婉曲之处较温辞为胜。故《声声慢》虽拟自《更漏子》,然不为温词所拘,乃能自成一格,蔚为绝唱。徐亮之撰有《温庭筠的生平和诗歌》②,作者指出温庭筠的创作之所以走上唯美主义,不过是畸形的晚唐社会、偏执的都市文明的浮雕型的反映。作者进而梳理了温庭筠的生平,论述了其诗歌创作,重点指出江淮的吴声歌曲对于其乐府创作的重要影响。此一研究思路在当时的研究中较为新颖。

纵观台港的"花间"研究,词乐、词律与词韵等词体的内部结构乃是关注重点,研究方法上则注重考据与实证,艺术层面的探讨亦多以此为基础展开,故能做到考证深入详尽,赏析细致精微。但同大陆学界一样,台港的研究者对于温韦之外词人词作的关注程度明显不足。此一点,乃今后中国"花间"研究仍可用功的方向。

第二节　国外《花间集》词人研究

词学研究作为现代日本汉学研究的分支起步较晚,但成绩斐然,关于"花间"的研究成果也很有价值。虽然日本的文学史类研究如前野直彬的《中国文学史》、吉川幸次郎的《中国

---

① 庞志英,《温庭筠〈更漏子〉与李清照〈声声慢〉之比较》(《文讯》,1956 年第十期)。

② 徐亮之,《温庭筠的生平和诗歌》(《文学世界》,1960 年第 25 期)。

诗史》中,对"花间"涉及不多,但关于"花间"的专著则很有代表性。

村上哲见的《唐五代北宋词研究》是日本词学研究的力作,作者梳理了温庭筠的生平经历,并认为人生经历和性格是影响文学创作风格的重要因素。其指出词在唐代已经继续处于衰微状态,至宋突然盛极一时,在这个过程中,温庭筠所起的作用是很大的。而宋代以后,《花间集》屡经刊行(已知至少有宋刊本三种,明刊本五种),然在体裁和内容方面几无混乱,将当初的面貌原样不动地传到现在,这在早期(宋初以前)编纂的词集中,几乎是唯一的一种。这不仅因为此书一直在词坛占有重要地位,还意味着构成此书中心的温庭筠词一直受到重视。在《五代词论》的部分,作者提出唐末进士寄身于蜀的人很多,所以唐末长安、洛阳的流行词原封不动地传到蜀也是可能的。温庭筠的词在蜀之所以受到推崇,或许也是这种情况。但花间词人对于他的模仿,大体都止于修辞和思想表达,他那种强烈的倜傥不羁的精神,他所描绘的孤独的忧愁,很难再现。然《花间集》中并非全是对温庭筠词的模仿,其中也有一些新的倾向。比如韦庄、孙光宪、李珣等人,各自展示了不同的词境。到了宋代,当词在官僚文人之间广泛普及的时候,那种气象已同温庭筠等人的创作不同,而韦庄和孙光宪等人的创作则更多地具备了可以同这种气象相联系的要素。[①]村上哲见的观点很有新意,对于后来的研究者颇有启发。

青山宏著、程郁缀译《唐宋词研究》是日本研究"花间"的又一力作。作者指出,《花间集》共收词五百首,在十八位词人中,温庭筠、韦庄、孙光宪、李珣、顾敻这五位词人的词共二百六十七首,超过半数;此外十三位词人的作品一共才二百三十三首,可

---

① 村上哲见,《唐五代北宋词研究》(西安:陕西人民出版社,1987),85—110。

以说《花间集》的作品以这五位词人的词风作为代表。在《〈花间集〉的词》中,青山宏首先对这五位词人词作的特点详加论述;同时附带考察了《花间集》中所运用的全部词形。①青山宏十分强调在最大的范围内全面占有资料,以此走出一条实证研究之路。实证,在青山宏的学术视野里不是"唯实唯证"的诠释,而是"多元向一"求真的理性显现。他的许多词学创获都频频呈露出"计量"或"定量"分析的色彩。青山宏对"花间"情有独钟,用力甚勤。1974 年精心编有《花间集索引》,并且从 70 年代开始,他几乎从未间断主持每周一次的"《花间集》讨论会",②此推动了日本"花间"研究的不断深入。

日本有一些单篇论文中的见解颇有新意,中原健二《温庭筠词的修辞——以提喻为中心》采用修辞学派文学批评的方法,努力从修辞的艺术角度去探求温词的意蕴和特点。③泽崎久和《〈花间集〉的沿袭》指出西蜀词人一方面把温词作为主要沿袭对象,另一方面相互沿袭也很频繁。那时,沿袭在同一词牌作品之间,在不同词牌作品之间都存在。④大阪大谷大学教授森博行在韦庄研究上,亦颇有建树。⑤

在韩国,"花间"也受到了较为广泛的关注。韩国研究《花间集》的学者较多,郑宪哲是起步较早的一位。早在 1979 年其于汉城大学修读硕士之际,毕业论题即为《〈花间集〉试论》,其另有《花间词考》⑥《韦端己词考》⑦《〈花间集〉与〈尊前集〉比

一 《花间集》词人研究史论

---

①　青山宏著、程郁缀译,《唐宋词研究》(北京:北京大学出版社,1995),Ⅰ—Ⅲ。

②　李扬,《青山宏的中国词学研究》(《中国比较文学》,1998-03)。

③　王水照、保苅佳昭编选,邵毅平译,《日本学者中国词学论文集·前言》(上海:上海古籍出版社,1991)。

④　《词学》第 9 辑之《海外词学特辑》(上海:华东师大出版社,1992)。

⑤　萩原正树,《日本的中国词学研究及新进展》(《长沙理工大学学报》,2009-03)。

⑥　郑宪哲,《花间词考》(《中国文学》第 6 期,1979 年 12 月)。

⑦　郑宪哲,《韦端己词考》(《中国语文学》第 7 期,1984 年 5 月)。

较研究》①《〈尊前集〉研究》②。1993 年 9 月,郑宪哲在台湾大学取得博士学位,论文题目为《唐五代词研究——以〈花间〉、〈尊前〉、〈云谣〉三集为范围》,论文认为《花间集》为编纂于五代西蜀的歌词集,体裁整齐,版本有承,所收作家多半与中原有关系。其主要作品内容,以温、韦二人为标准,在中原词坛的影响之下,反映了词集的娱乐性用途。花间词调所运用的押韵形态,极为复杂,是形成唐五代文人词的特色之一。③作为第一部文人词集,"花间"受到了韩国词学研究者的广泛关注,柳种睦 1984 年在汉城大学修读硕士学位时,撰写的毕业论文题目为《韦庄词研究》,此后其接连发表《韦庄词研究》④《韦端己诗的社会性》⑤等论文。申铉锡对韦庄亦有关注,有《韦庄词研究》⑥。李钟振还有《温韦词风格比较研究》⑦。

新加坡另有一篇文章以小见大,颇有新意。2013 年新加坡国立大学中文系的周莉芹以《"花间"物件研究》为题完成了其硕士毕业论文,作者认为《花间集》以众多精美华艳的人工物件作为其显著特点,有很多的社会因素。从文学方面来考量,花间"物件"不是作品的直接吟咏对象,它们只是"构建"起作品描写对象的"要素",它们塑造出词作中的一个个风姿嫣然的美人形象,并影响了不同词人的词作风格。

---

① 郑宪哲,《〈花间集〉与〈尊前集〉比较研究》(庆尚大学《论文集》第 23 辑,1984 年 6 月)。

② 郑宪哲,《〈尊前集〉研究》,见《苍石李炳汉教授华甲纪念论文集》(玄岩社,1993 年)。

③ 傅璇琮、罗联添主编,王国良、王基伦、杨文雄等本卷主编,《唐代文学研究论著集成·第七卷》(1949—2000)之《唐代文学研究著作提要》,(西安:三秦出版社,2004),322—324。

④ 柳种睦,《韦庄词研究》(《中国文学》,1984 年第 11 期)。

⑤ 柳种睦,《韦端己诗的社会性》(《中国语文学》,1984 年第 8 期)。

⑥ 申铉锡,《韦庄词研究》(《语学研究》,1998 年第 9 期)。

⑦ 李钟振,《温韦词风格比较研究》(《中国语文学志》,1994 年第 1 辑)。

在北美地区,1952 年,美国哈佛大学 Glen William Baxter 完成了其博士论文《〈花间集〉研究》,此后他任教于哈佛,并将"花间"研究推向深入。1953 年,其发表《词律的起源》①,此为北美大陆发表最早的词学研究论文,为其在北美词学界赢得词律"鼻祖"之美称,②文中亦涉及花间词的用律。1989 年,哈佛大学的 P.F.Bouzer 以《温庭筠之诗与晚唐唯美主义的发展》为题,完成了博士论文的写作。

美国亚利桑那州立大学 John Timothy Wixted 的 *The song-poetry of Wei Chuang,836—910 A.D.*③是研究韦庄的力作。哈佛大学博士、加拿大麦吉尔大学的 Robin D.S. Yates 亦关注韦庄研究,其 *Washing Silk:The Life and Selected Poetry of Wei Chuang* 于 1988 年为哈佛大学出版社出版。作者在考证韦庄生活经历的基础上分析了他的诗歌创作,并选译了韦庄的部分作品。Yates 认为韦庄的诗词,尤其是诗歌深刻地反映了时代及诗人的情状,传达出游子对故乡和家中情人的思念。他还详细比较了韦庄诗歌和词作内容与风格上的不同,特别介绍了词这一文类的基本特征及与诗歌的区别。Yates 强调在翻译中把词作为有别于诗的独立文类进行翻译和介绍,④他的翻译尽可能地接近韦庄原作本意,对于研究中国的文学、历史与文化具有一定的意义。

美国学者 Lois Fusek 在 1956 年曾将《钦定词谱》译成英文,并就词律的起源展开探讨。1982 年,哥伦比亚大学出版社出版了其 *Among the Flowers:The Hua-Chien Chi*。2012 年,南京译

①　Metrical Origins of the Tz'u, Harvard Journal of Asiatic Studies,Vol.16,No.1/2(Jun.1953).

②　黄鸣奋,《哈佛大学的中国古典文学研究》(《文学遗产》,1995-03)。

③　Wixted, *The song-poetry of Wei Chuang,836—910 A.D.*(Center for Asian Studies,Arizona State University,1979).

④　黄立,《英语世界唐宋词研究》(成都:四川大学出版社,2009),53—59。

林出版社出版了 Lois Fusek 英译、张宗友中译的汉英对照《花间集》①，前有序言谈到了《花间集》的翻译问题，此后又探讨了《花间集》的主题、意象等，并重点探讨了温庭筠的创作。2006 年，马里兰大学巴尔的摩分校的 Anna M.Shields 出版了 *Crafting a Collection：The Cultural Contexts and Poetic Practice of the Huajian Ji*（*Collection from Among the Flowers*）②，作者指出《花间集》作为一个选集的整体，很少受到学界的关注，研究者们往往把目光集中在个人的创作和贡献上。该书重点指出文化对于选集的重要，同时探讨了《花间集》的艺术，借以表明文化对于文学的重要影响。2016 年，江苏人民出版社出版了马强才的译本。

20 世纪西方的文艺思潮极其活跃，新的文本论、诗语论、意象论、结构论、女性主义等渗透到了汉学领域，词学研究也受到了影响。刘若愚、叶嘉莹、林顺夫、孙康宜、方秀洁等借鉴西论，取其视角以观词，还开拓了新领域，如关于词寓寄托、词体演变、咏物词特点的探讨，使西方的词学研究进入了新的天地。③正如孙康宜所说，词学在北美可谓新兴学门，1960 年以前虽有少数学者注意到词学，但最多仅及于词谱及音律的介绍而已。70 年代一登场，词学研究正式在北美翻开历史新页，在词家的具体评介与作品的具体赏析方面尤见新猷。④

刘若愚在《词的若干文学特质》中指出花间词言情有多种多样的表现形式，有的以轻松心情写爱情，如张泌的《浣溪沙·晚

---

① 赵崇祚编，傅恩英译，张宗友今译，《花间集》（南京：译林出版社，2012）。

② Anna M. Shields，*Crafting a Collection：The Cultural Contexts and Poetic Practice of the Huajian Ji*（*Collection from Among the Flowers*）（Cambridge, Massachusetts and London：Harvard University Asia Center, 2006）.

③ 周发祥，《西方词体研究要略》，参看施议对编《中华词学论丛·中华词学国际学术研讨会论文集》（澳门：澳门大学出版中心，2008），537—547。

④ 孙康宜著、李奭学译，《词与文类研究》（北京：北京大学出版社，2004），161。

逐香车入凤城》,缱绻于自己所描述的情境之中,同时又保持着超然的态度。有的以严肃的眼光反映爱情,如顾敻的《诉衷情·永夜抛人何处去》,乃激情的召唤,以其直率和淳朴来打动读者。①北美孙康宜著、李奭学译的《晚唐迄北宋词体演进与词人风格》(*The Evolution of Chinese Tz'u Poetry*:*From Late Tang To Northern Sung*)于1994年6月由台北联经出版事业公司出版,该书的英文版于1980年由普林斯顿大学出版社(Princeton University Press)刊行。该书由"文体研究"入手,注重词体发展与词人风格的密切关系,印证布鲁姆(Haorld Bloom)的说论,以为"强势诗人"(strong poet)的风格(style)经常发展为诗体(genre)成规,进而转化为其特性。反之,弱小的诗人只能萧规曹随,跟着时代的成规随波逐流。作者在书中专章论说"温庭筠与韦庄——朝向诗艺传统的建立",认为二人代表着两种重要的词风,下开后世的两大词派。郭凌云的书评认为20世纪70年代以来中外词学界对词的批评已经先后运用了后结构主义、解构主义、后现代主义、新历史主义等多种方法,《晚唐迄北宋词体演进与词人风格》可谓是其中佳作,既开启了解西方汉学研究成果之窗,对大陆本土的词学研究亦有启发与裨益。正如孙康宜所言,任何著作都有其客观的历史价值,而 *The Evolution of Chinese Tz'u Poetry*:*From Late Tang To Northern Sung* 代表的正是1970年以后北美文学研究所采用的新诠释方法之一。②该书修订后以《词与文类研究》为名,由北京大学出版社2004年8月出版。Pauline Yü 的《词与典籍:论词的选集》从最初的词集《花间集》着手,讨论了文学史上有影响的词集的特点,指出词独特的美学

第一章 《花间集》词人研究史论

---

① 刘若愚著、周发祥译,《词的若干文学特质》(《文学研究参考》,1987年第2期)。

② 郭凌云,《孙康宜著〈晚唐迄北宋词体演进与词人风格〉》(《中国诗歌动态研究》,2004年第一辑)。

原则使词有独立的领域,在公众政治情怀表达之外的情感成为词的独立空间。①叶嘉莹亦对唐五代小词极有兴趣,常采用西方的一些理论观点来反观"花间",其《温庭筠词概说》②探讨了温庭筠词有无寄托的问题及温庭筠词之特色。《论词学中之困惑与〈花间〉词之女性叙写及其影响(上、下)》③是透过西方女性主义文评,对于中国之"词"这种特别女性化之文类的美学特质之形成与演变,所做出的一番反思。其另有《花间词的复义及女性声音》(*Ambiguity and the Female Voice in "Huajian Songs"*)④亦采用的是女性主义的研究方法。

总的来看,日本的"花间"研究,颇注重实证,主张大量占有材料,考订比较翔实,结论亦较为可靠。韩国的"花间"研究,多集中在代表性的词人词作,整体而言,对于温庭筠及韦庄之外的花间词家关注较少。北美的词学研究注重采用全新的研究思路与方法,诸如女性主义、文类研究等反观花间词人词作,结论耳目一新。国外的研究为国内的"花间"研究提供了可资借鉴的经验,对于《花间集》,亦可不断进行更为丰富、深入、全面、细致的探讨。是以本书从花间词人切入,力求更具体地认识文学与文化、文学与政治的关系,以期对《花间集》的深入研究有一定的启发和促进。

---

① 黄立,《西方文论观照下的唐宋词研究——英语世界唐宋词研究》(《外语与外语教学》,2010-01)。

② 叶嘉莹,《温庭筠词概说》(《淡江学报》一期,1958 年 8 月;又载台北:明文书局,《迦陵论词丛稿》,1981 年 9 月)。

③ 叶嘉莹,《论词学中之困惑与〈花间〉词之女性叙写及其影响(上、下)》(《中外文学》二十卷八、九期,1992 年 1、2 月;又载《词学古今谈》,1992 年 10 月)。

④ 叶嘉莹编,《南开跨文化交流研究丛书 中英参照迦陵诗词论稿》(天津:南开大学出版社,2014)。

第二章 《花间集》之鼻祖温庭筠及创作

晚唐政坛存在两派激烈对抗的势力,形成了所谓的牛李党争。[①]陈寅恪认为,李党代表北朝以来的山东高门世族。山东士族至中晚唐政治上虽已渐成为孤寒之族,但文化显族的心理依然存在,经术乃其自两晋、北朝以来传统的旧家学。牛党则多为关陇士族,作为隋唐政权的基本力量,其随唐代进士科而不断壮大,词采乃其崛起的新工具。山东士族与关陇士族因地域文化与政治文化的差别而形成诸多矛盾。[②]牛李党争持续数十年,晚唐五代诸多文人牵绊其中,被后世尊称为"花间鼻祖"的温庭筠即身陷旋涡之中,一生困顿蹇滞,漂泊无依。

第一节 牛李党争与温庭筠的仕途

温庭筠,字飞卿。祖辈君攸曾为北齐文林馆学士,入隋为泗州司马。至唐,温庭筠之祖温彦博贞观四年(630)任中书令,后封虞国公。其曾孙尚凉国长公主。[③]然至温庭筠一代,家族的光

---

① 学界对中晚唐是否存在牛李党争及党争之缘起颇有争议,然牛、李两方政见不合,颇有争执,确为事实。

② 陈寅恪,《唐代政治史述论稿》(上海:上海古籍出版社,1982),79—80。

③ 夏承焘,《温飞卿系年》,见《唐宋词人年谱》(上海:上海古典文学出版社,1955),387。

环已然不再,经济上无厚积、政治上无奥援。而温庭筠又不幸介入牛李两派的纷争,虽不真正隶属于任何一个政治集团,却与这两个集团有着千丝万缕的联系,此使得他在政治上始终寻觅不到任何依靠而坎壈一生。

温庭筠,太原人①,就籍贯世系而言,温庭筠更接近李党的山东高门士族,这样的地缘关系令其更亲近李党一派。李党多依靠门第为官,领袖李德裕执政之时,不喜进士科考。《唐语林》言:"李德裕太尉,未出学院,盛有词藻,而不乐应举。吉甫相,俾亲表勉之,卫公曰:'好骡马不入行。'由是以品子叙官也。"②《旧唐书》载李德裕曾言:"臣无名第,不合言进之非。然臣祖天宝末以仕进无他歧,勉强随计,一举登第。自后不于私家置《文选》,盖恶其祖尚浮华,不根艺实。然朝廷显官,须是公卿子弟。何者?自小便习举业,自熟朝廷间事,台阁仪范,班行准则,不教而自成。寒士纵有出人之才,登第之后,始得一班一级,固不能熟习也。则子弟成名,不可轻矣。"③《新唐书》言李德裕之论"偏异盖如此,然进士科当唐之晚节,尤为浮薄,世所共患也"④。李德裕竭力擢拔寒门英才,反对科举请托。《玉泉子》载李德裕"抑退浮薄,奖拔孤寒,于时朝贵朋党,德裕破之。由是结怨而绝于

---

① 学术界对于温庭筠的籍贯大致有三种看法:太原说、江南说、鄂县说。夏承焘、顾学颉、王达津、黄震云认为是太原人,牟怀川认为温氏郡望太原,家在江南。陈尚君认为祖籍太原,实居鄂县。出自:夏承焘,《温飞卿系年》,见《唐宋词人年谱》(上海:上海古典文学出版社,1955),383—424。顾学颉,《顾学颉文学论集》(北京:中国社会科学出版社,1987),188—191。王达津,《温庭筠生平之若干问题》(《南开学报》,1982-02)。黄震云,《温庭筠的籍贯及生卒年》(《徐州师范学院学报》,1982-03)。牟怀川,《关于温庭筠生平的若干考证和说明——兼驳〈意见〉》(《上海师范大学学报》,1985-02)。陈尚君,《温庭筠早年事迹考辨》,见朱东润、李俊民,《中华文史论丛·总第18辑》(上海:上海古籍出版社,1981),245—267。

② (宋)王谠撰、周勋初校证,《唐语林校证》(北京:中华书局,1987),50。

③ (后晋)刘昫,《旧唐书》(北京:中华书局,1975),602。

④ (宋)欧阳修,《新唐书》(北京:中华书局,1975),1169。

附会,门无宾客",又记"李德裕以己非由科第,恒嫉进士举者。及居相位,贵要束手。德裕尝为藩府从事日,同院李评事以词科进,适与德裕官同。时有举子投文轴,误与德裕。举子既误,复请之曰:'某文轴当与及第李评事,非与公也。'由是德裕志在排斥"[1]。

李德裕排斥的"投文轴"即"行卷"。唐代科举尚未普遍采用"糊名制",是哪位考生的答卷主考官一见便明,为了能在考前即享有声名,给主考官留下好的印象从而考中,许多考生在试前常将己之文章呈给当时享有盛誉的显贵之人或饱学之士,以希为其所赏并求援引。赵彦卫《云麓漫钞》言:"唐世举人,先借当世显人,以姓名达诸主司。然后投献所业,逾数日又投,谓之'温卷'。"[2]自高宗时起,"投文轴"之风即盛行。但如洪迈《容斋随笔》所言:"唐世科举之柄,专付之主司,仍不糊名。又有交朋之厚者为之助,谓之通榜。故其取人也,畏于讥议,多公而审。亦有胁于权势,或挠于亲故,或累于子弟,皆常情所不能免者。若贤者临之则不然,未引试之前,其去取高下,固已定于胸中矣。"[3]"投文轴"使科举考试中带有很多的人情因素。长庆以后,行卷和请托之风更盛,士子的声誉、达官的赏识及亲朋的关系,在录取时往往具有决定性的影响,录取名单和发榜时的名次有时在考试前就已拟定。[4]受主考官恩惠而考中的考生,往往又与主考官形成较为坚固的政治同盟。故清人顾炎武言:"贡举之士,以有司为座主,而自称门生。自中唐以后,遂有朋党之祸。"[5]牛李党争中的牛党即是凭借进士科考所形成的座主门生

① (唐)阙名,《玉泉子》(上海:上海古籍出版社,1958),3—4。
② (宋)赵彦卫,《云麓漫钞》(上海:古典文学出版社,1957),111。
③ (宋)洪迈撰、孔凡礼点校,《容斋随笔》(北京:中华书局,2005),686。
④ 吴宗国,《唐代科举制度研究》(沈阳:辽宁大学出版社,1992),164。
⑤ (清)顾炎武著、黄汝成集释,《日知录集释》(长沙:岳麓书社,1994),620。

关系而结群,同李党抗衡。

正因如此,李德裕坚决反对科举奉求。《新唐书》记:"武宗即位,宰相李德裕尤恶进士。初,举人既及第,缀行通名,诣主司第谢""又有曲江会,题名席。至是,德裕奏'国家设科取士,而附党背公,自为门生。自今一见有司而止,其期集、参谒、曲江题名皆罢。'"①李德裕任宰相之时曾作《停进士宴会题名疏》,其中言:

> 不欲令及第进士呼有司为座主,趋附其门,兼题名局席等条疏进来者。伏以国家设文学之科,求贞正之士,所宜行敦风俗,义本君亲,然后升于朝廷,必为国器。岂可怀赏拔之私惠,忘教化之根源,自谓门生,遂成胶固?所以时风浸薄,臣节何施,树党背公,靡不由此。臣等商量,今日已后,进士及第,任一度参见有司,向后不得聚集参谒,及于有司宅置宴。其曲江大会朝官,及题名局席,并望勒停。缘初获美名,实皆少隽,既遇春节,难阻良游,三五人自为宴乐,并无所禁,唯不得聚集同年进士,广为宴会。②

李德裕着力改变门生座主几成胶固的状态,会昌四年(844)十二月,李德裕又提议:"主司试艺,不合取宰相与夺。比来贡举艰难,放人绝少,恐非弘访之道。"③其提倡的改革措施得到了寒门举子的拥护。

温庭筠有《觱篥歌·题李相妓人吹》《赠郑征君家匡山首春与丞相赞皇公游止》,其中李相公、赞皇公都是李德裕。温氏又言"每到朱门还怅望,故山多在画屏中",对李德裕无比敬仰。④

① (宋)欧阳修,《新唐书》(北京:中华书局,1975),1168—1169。
② (清)董诰,《全唐文》(北京:中华书局,1983),7196—7197。
③ (后晋)刘昫,《旧唐书》(北京:中华书局,1975),602。
④ 胡可先,《唐代重大历史事件与文学研究》(杭州:浙江大学出版社,2007),424。

他也曾作《感旧陈情五十韵献淮南李仆射》，其中"嵇绍垂髫日，山涛筮仕年。琴樽陈席上，纨绮拜床前。邻里才三徙，云霄已九迁。感深情惝恍，言发泪潺湲"，表明了希求援引之意。[1]

李德裕尽力改变科考的不良风气，擢拔寒门才俊。然好景不长，李德裕遭贬。《唐摭言》记："李太尉德裕颇为寒畯开路，及谪官南去，或有诗曰：八百孤寒齐下泪，一时南望李崖州。"[2]唐宣宗大中二年(848)，李德裕由潮州司马再贬崖州司户。温庭筠作《题李相公敕赐锦屏风》："丰沛曾为社稷臣，赐书名画墨犹新。几人同保山河誓，犹自栖栖九陌尘。"流露出对李德裕的赞美与同情。大中三年(849)李德裕贬死崖州之后，温庭筠政治上无所依傍，遂竭力结交牛党要员。温庭筠有《上萧舍人启》及《上首座相公启》，均为呈给牛党白敏中之作。[3]温氏早年也与同受知于李德裕而后为牛党要员的令狐绹相善，曾"出入令狐相国书馆中，待遇甚优"，还曾与令狐绹之子令狐滈蒱饮狎昵。但温庭筠与令狐绹之间的相处却并不愉快。

令狐绹乃关陇士族，郡望敦煌，后徙家关中华原。[4]大中一朝，令狐家位高权重，《旧唐书》记："及绹辅政十年，滈以郑颢之亲，骄纵不法，日事游宴，货贿盈门，中外为之侧目。以绹党援方盛，无敢措言。"咸通元年(860)令狐绹之子令狐滈进士及第，谏议大夫崔瑄疏云："令狐滈昨以父居相位，权在一门。求请者诡党风趋，妄动者群邪云集。每岁贡闱登第，在朝清列除官，事望虽出于绹，取舍全由于滈。喧然如市，旁若无人，权动寰中，势倾

---

① 对于"李仆射"所指，学界尚有李德裕和李绅的争论。夏承焘、顾学颉、成松柳认为是李德裕，牟怀川、陈尚君、傅璇琮、刘学锴、梁超然认为是李绅。李德裕与李绅皆为李党领袖。

② (宋)王定保，《唐摭言》(上海：上海古籍出版社，1978)，74。

③ 刘学锴，《温庭筠文笺证暨庭筠晚年事迹考辨》(《文学遗产》，2006-03)。

④ 李浩，《唐代关中士族与文学(增订本)》(北京：中国社会科学出版社，2003)，168。

天下。及绹罢相作镇之日,便令滈纳卷贡闱。岂可以父在枢衡,独挠文柄?"①令狐家操权柄,持国政,在左右科考结果的同时,亦利用科举结党营私,引得朝廷内外,怨怒不已,温庭筠对此亦怏怏不平。

《南部新书》记令狐"以姓氏少,族人有投者不吝其力,繇是远近皆趋之,至有姓胡冒令狐者。进士温庭筠戏为词曰:'自从元老登庸后,天下诸胡悉带令'"②。《唐诗纪事》记令狐绹"曾问故事于岐,岐曰:'出《南华真经》,非僻书也。冀相公燮理之暇,时宜览古。'绹怒甚",又载温庭筠有言"中书堂内坐将军",以讥相国无学。③温庭筠屡次出言嘲讽令狐,非仅针对个人,亦是在表达对朝廷用人失当的不满。《唐诗纪事》另载温庭筠与令狐绹之间的一次不快:唐宣宗"妙于音律""每赐宴前,必制新曲,俾宫婢习之"。其尤喜《菩萨蛮》,丞相令狐绹遂假温庭筠新撰之作"密进之,戒令勿泄。而遽言于人,由是疏之"④。令狐绹假温庭筠新撰词作以进,乃是为博君王欢心。其告诫温庭筠"勿泄"此事,亦是希冀于君王处赢得文名。令狐绹位高权重,温庭筠理当遵其嘱托勿将此事告于人。然温氏明知此举将惹恼令狐,为自身仕途增加障碍,却仍"遽言于人",此或表明相对于缄口,宣播此事恐获利更多。其价值就体现在博得善制词之声名,若此言论可传至喜爱小词的帝王处,温庭筠或会受到君王重视而平步青云。此或为其"遽言于人"的动机。然温庭筠此举不但未获得帝王青眼,还使令狐绹颜面扫地,令狐由此"疏之"。温氏的仕途之路,变得愈加艰难。

温庭筠曾与李党有交往,本不为牛党看重,其与令狐绹间的

---

① (后晋)刘昫,《旧唐书》(北京:中华书局,1975),4467—4468。
② (宋)钱易,《南部新书》(北京:中华书局,1958),73。
③ (宋)计有功,《唐诗纪事》(上海:上海古籍出版社,2013),823—824。
④ (宋)计有功,《唐诗纪事》(上海:上海古籍出版社,2013),823。

矛盾又逐步加深,此对之仕途影响甚大。《南部新书》记:"宣皇好文,尝赋诗,上句有'金步摇',未能对。进士温岐即温庭筠续之,岐以'玉跳脱'应之,宣皇赏焉。令以甲科处之。"①温庭筠因才华而受宣宗封赏,然令狐绹心胸狭隘,《资治通鉴》言其"执政岁久,忌胜己者,中外侧目"②,大中初年其当政之时,曾利用吴湘冤案罗织罪名,来打击整个李德裕政治集团,欲将其置之死地而后快,手段卑劣凶狠至无以复加。③令狐绹因与温庭筠有旧隙,遂于政治上排挤庭筠。温庭筠"以甲科处"之事"为令狐绹所沮"。④温庭筠仕途受此窒碍,已属不幸,而后发生的"乞索"之事,进一步暴露出温庭筠与牛党之间的矛盾。

　　《旧唐书》记温庭筠"咸通中,失意归江东,路由广陵,心怨令狐绹在位时不为成名。既至,与新进少年狂游狭邪,久不刺谒。乞索于扬子院,醉而犯夜,为虞候所击,败面折齿,方还扬州诉之。令狐绹捕虞候治之,极言温庭筠狭邪丑迹,乃两释之。自是污行闻于京师。温庭筠自至长安,至书公卿间雪冤。属徐商知政事,颇为言之。无何,商罢相出镇。杨收怒之,贬为方城尉。再迁隋县尉,卒"⑤。《新唐书》亦记其"不得志,去归江东。令狐绹方镇淮南,廷筠怨居中时不为助力,过府不肯谒。丐钱扬子院,夜醉,为逻卒击折其齿,诉于绹。绹为劾吏,吏具道其污行,绹两置之。事闻京师,廷筠遍见公卿,言为吏诬染"。两《唐书》的记载常被视为温庭筠品行不端的佐证,因其中的"扬子院"多做妓馆解。⑥据《旧

---

① ④　(宋)钱易,《南部新书》(北京:中华书局,1958),38。

②　(宋)司马光,《资治通鉴》(北京:中华书局,1956),8077。

③　刘学锴,《李商隐传论》(合肥:安徽大学出版社,2002),531。

⑤　(后晋)刘昫,《旧唐书》(北京:中华书局,1975),5079。

⑥　林邦钧认为"扬子院"为"妓院",温庭筠乃是向妓院讨钱后,醉而犯夜。见林邦钧,《论温庭筠和他的诗》(《文学遗产》,1981-04)。胡国瑞亦以为温庭筠"向妓院讨钱"乃是"索创作歌词的润笔",见胡国瑞,《论温庭筠词的艺术风格》,见《词学研究论文集》(上海:上海古籍出版社,1982),224。

唐书》，令狐绹乃于咸通三年末四年春时到扬州任上，此与两《唐书》中乞索扬子院的时间记载大体吻合，但结合其他史料，乞索之事仍有可商榷之处。

唐有禁夜之制，《唐律疏议》载："京城每夕分街立铺，持更行夜。鼓声绝，则禁人行；晓鼓声动，即听行"，又记"五更三筹，顺天门击鼓，听人行。昼漏尽，顺天门击鼓四百槌讫，闭门。后更击六百槌，坊门皆闭，禁人行"。京城以鼓声为令，宫城坊市皆有明确的开放时间，犯夜将拘以治罪，此人尽皆知，①史料亦多记载。唐传奇《李娃传》有这样一段情节："久之日暮，鼓声四动，姥访其居远近。生绐之曰：'在延平门外数里'，冀其远而见留也。姥曰：'鼓已发矣，当速归，无犯禁。'生曰：'幸接欢笑，不知日之云夕，道里辽阔，城内又无亲戚，将若之何？'娃曰：'不见责僻陋，方将居之，宿何害焉。'"当鼓声响起，姥询问生之居所，生以家远恐犯夜为由希望留宿，姥则言若即刻动身，快速行进，则可至家。生再言路途遥远，恐犯禁，在李娃的调节下，生终留宿。由此可见时人对夜禁之制的遵从。唐代专设巡夜之人。《唐六典》载："左右金吾卫，大将军一人，正三品，将军各二人，从三品""左右金吾卫大将军、将军之职，掌宫中及京城昼夜巡警之法，以执御非违，凡翊府及同轨等五十府皆属焉。"②《旧唐书》记田仁会"强力疾恶，昼夜巡警，自宫城至于衢路，丝毫越法，无不立发"③。《新唐书》载王重荣"以父任为列校，与兄重盈皆以毅武冠军擢河中牙将，主伺察。时两军士干夜禁，捕而鞭之。士还，诉于中尉杨玄翼，玄翼怒，执重荣让曰：'天子爪士，而藩校辱之。'答曰：

---

① 唐宵禁亦有松弛之时，《唐会要·市》载："开成五年十二月敕：京夜市宜令禁断"，可见京城是曾有夜市的，只是在开成年间被文宗禁止。

② （唐）李林甫等撰、陈仲夫点校，《唐六典》（北京：中华书局，2014），638。

③ （后晋）刘昫，《旧唐书》（北京：中华书局，1975），4794。

'夜半执者奸盗，孰知天子爪士？'"①唐代夜禁严格，无论达官显贵抑或平民百姓，若无公务、丧葬等特殊事宜，在未经官府批准的情况下，皆不可犯禁，若有违反，将受重处。《旧唐书》记宪宗元和三年（808）四月癸丑，"中使郭里旻酒醉犯夜，杖杀之，金吾薛伾、巡使韦纁皆贬逐"②，中使即宦官，虽为王宫中人，犯夜依然被仗杀，巡视官吏亦遭到贬逐。《全唐文》收张鷟《右金吾卫将军赵宜，检校街，时大理丞徐逖，鼓绝，于街中行，宜决二十，奏付法，逖有故不伏科罪》，其言"鲸钟隐隐，路绝行人。鹤鼓冬冬，街收马迹。徐逖躬沾士职，名属法官，应知玉律之严，颇识钩陈之禁，岂有更深夜静，仍纵辔于三条，月暗星繁，故扬鞭于五剧""既缺瓜田之慎，便招楚挞之羞"③。大理寺丞徐逖在鼓声停止后依然在街上行走，因犯夜而受惩处。《太平广记》记："唐有人姓崔，饮酒归犯夜，被武侯执缚，五更初，犹未解。长安令刘行敏，鼓声动向朝，至街首逢之，始与解缚。因咏之曰：崔生犯夜行，武侯正严更，袟头拳下落，高髻掌中擎，杖迹胸前出，绳文腕后生，愁人不惜夜，随意晓参横。"④唐人崔生亦因犯夜而遭到巡夜者拳打、扯发、仗击、绳缚的对待，如此可见唐代宵禁之严苛，《南部新书》中所载鬼吟"六街鼓歇行人绝，九衢茫茫空有月"⑤，正是在宵禁的背景下产生。

《旧唐书·温庭筠传》记温庭筠"初至京师，人士翕然推重。然士行尘杂，不修边幅，能逐弦吹之音，为侧艳之词，公卿家无赖子弟裴诚、令狐缟之徒，相与蒱饮，酣醉终日，由是累年不第"，温庭筠至长安乃在唐文宗大和六年（832）即他三十二岁之时，其长

①　（宋）欧阳修，《新唐书》（北京：中华书局，1975），5435。
②　（后晋）刘昫，《旧唐书》（北京：中华书局，1975），425。
③　（清）董诰，《全唐文》（北京：中华书局，1983），1765。
④　（宋）李昉，《太平广记》（北京：中华书局，1961），1576。
⑤　（宋）钱易，《南部新书》（北京：中华书局，1958），9。

期逗留于京都,对宵禁之制当并不陌生。咸通(860—874)为唐懿宗李漼的年号,咸通中期,温庭筠已年近六十,[①]其年轻之时行为放浪,尚未犯夜,缘何会年近花甲而有犯夜之举。且广陵不似长安般施行夜禁,其夜市十分繁华,王建《夜看扬州市》言"夜市千灯照碧云,高楼红袖客纷纷",李绅《宿扬州》曰"夜桥灯火连星汉,水郭帆樯近斗牛",张祜《纵游扬州》有"十里长街市井连,月明桥上看神仙",韦庄《菩萨蛮》云"翠屏金屈曲,醉入花丛宿",陈羽《广陵秋夜对月即事》有"月中歌吹满扬州。相看醉舞倡楼月",《扬州梦记》亦记"扬州,胜地也,每重城向夕,倡楼之上,常有绛纱灯万数,辉罗濯烈空中,九里三十步街中,珠翠填咽,邈若仙境"[②]。扬州的夜市如此喧闹,车马川流不息,温庭筠出入夜市之中,当不应"醉而犯夜"而遭到"败面折齿"的侮辱。如若此时扬州亦有夜禁,温庭筠为何夜不留宿而甘愿触犯律例。事后温庭筠"自至长安,至书公卿间雪冤",若其当真醉而犯宵禁之制,受到惩处何冤之有,又怎会遍言于公卿而自扬丑行? 故"犯夜"之事颇值得思虑[③],其中关键即在"扬子院"。

---

① 刘学锴,《温庭筠全集校注》(北京:中华书局,2007),1324。

② (唐)于邺,《扬州梦记》,见《丛书集成初编》(北京:中华书局,1985),31。

③ 刘学锴提出两《唐书》所记"乞索"之事乃是在误读温庭筠《上裴相公启》中"继而鞴齿侯门,旅游淮上。投书自达,怀刺求知。岂期杜掣相倾、臧仓见妒。守土者以忘情积恶,当权者以承意中伤。直视孤危,横相陵阻。绝飞驰之路,塞饮啄之途。射血有冤,叫天无路"的基础上,杂采《玉泉子》游狭邪遭笞逐之事而添出的一段找不到出处与佐证、充满疑点的情节。刘学锴认为顾学颉《新旧〈唐书〉温庭筠传订补》中所举《上裴相公启》以证庭筠旅游淮上受辱,乃是不正确的说法。乞索扬子院亦是衍生的情节。原因有三:其一,此事不见于晚唐五代各种笔记小说之记载;其二,此事在温庭筠现存的诗文中,也找不到任何有力的佐证;其三,此事在情节上与大和末游江淮为姚勖所笞逐之事颇多相似之点。更重要的是:咸通四年自江陵归江东路由广陵之记载与咸通三年夏末秋初在长安或洛阳作之《和太常杜少卿东都修行里有嘉莲》直接冲突。见刘学锴,《温庭筠全集校注》(北京:中华书局,2007),1348—1350。

唐时确有扬子院,然非妓院,而是重要的国家财富管理机构①,主要的职能是"盐铁转运之委藏"。《嘉庆重修扬州府志》言:"扬郡当江淮津要,唐都关中,宋都汴,皆转漕东南,设转运发运等使,驻节于此,以经理其事。"②安史乱后,北方凋敝,唐王朝的经济更为依仗江南。罗让《对才识兼茂明于体用策》言"国家内王畿,外诸夏,水陆绵地,四面而远,而输明该之大贵,根本实在于江淮矣。何者?陇右、黔中、山南以还,硗瘠啬薄,货殖所入,力不多矣;岭南闽蛮之中,风俗越异,珍好继至,无大赡也;河南、河北、河东已降,甲兵长积,农厚自任,又不及也。在最急者,江淮之表里天下耳"③,韩愈《送陆歙州诗序》亦言"当今赋出于天下,江南居十九"④。扬州乃是唐代盐铁转运的中心。敦煌文书 P.2507《水式》载"桂、广二府铸钱,及岭南诸州庸调,并和市折租等,递至扬州,讫令扬州差纲部领送都,应须运脚,于所送物内取充"⑤,洪迈《容斋随笔》言"唐世盐铁转运使在扬州,尽斡利权,判官多至数十人,商贾如织"⑥。据《资治通鉴》,唐自安史乱后,盐铁转运使"执天下之利权",既管财政,又执财务,是超出于户部之上的财政职官,唐代后期关中中央政府"每岁赋入倚办止于"远悬在东南的"八道四十九州",盐铁转运使之重要,不言而喻。⑦扬子巡院作为"盐铁转运之委藏"转运盐铁利,江淮盐运多从扬州发,扬子院收盐利,《资治通鉴》记载高骈"为盐铁使,积年

---

① 苍梧,《扬子院非妓院》(文学遗产,1983-04)。

② (清)阿克当阿修、姚文田等纂,《嘉庆重修扬州府志》(扬州:广陵书社,2006),359。

③ (清)董诰,《全唐文》(北京:中华书局,1983),5335。

④ (清)董诰,《全唐文》(北京:中华书局,1983),5612。

⑤ 郑炳林,《敦煌地理文书汇辑校注》(兰州:甘肃教育出版社,1989),103。

⑥ (宋)洪迈,《容斋随笔》(上海:上海古籍出版社,1978),122。

⑦ 张国刚,《唐代官制》(西安:三秦出版社,1987),67—68。

不贡奉,货财在扬州者,填委如山"①,委实富裕。

扬子院乃是盐铁转运使在扬州设立的管理机构,其治所非在扬州城中,而在扬子县。清代顾祖禹《读史方舆纪要》记扬子废县:

> 旧城在县东南十五里。《九域志》:扬子县东至扬州六十里,渡江而南,至金陵亦六十里。隋末,杜伏威尝置戍守于此。永淳元年,始分江都置扬子县。至德二载,永王璘作乱,军丹阳,淮南采访使李成式讨之,别将李铣军于扬子,是也。大历以后,盐铁转运使置巡院于此,有留后官掌之。广明初,淮南帅高骈奏扬子院留后为发运使。五代南唐改为永贞县。②

大历以后盐铁转运使在扬子县所置的巡院,即扬子院,其官员称扬子留后。对此,史料多有记述。《旧唐书》载:"初置淮颍水运使,运扬子院米。"③《新唐书》记"扬子院,盐铁转运之委藏也",又记顺宗擢李巽为兵部侍郎,"杜佑表为盐铁、转运副使,俄代佑。使任自刘晏后,职废不振,赋入朘耗。巽莅职一年,较所入如晏最多之年,明年过之,又明年,增百八十万缗"④,另记程异精于吏治,遂"为叔文所引,由监察御史为盐铁扬子院留后",李巽领盐铁,"荐异心计可任,请拔擢用之,乃授侍御史,复为扬子留后也"⑤,《资治通鉴》亦记李巽奏曰"郴州司马程异,吏才明辨,请以为扬子留后",胡三省注曰:"扬州扬子县,自大历以来,

---

① (宋)司马光,《资治通鉴》(北京:中华书局,1956),8355。
② (明)顾祖禹,《读史方舆纪要》(北京:商务印书馆,1937),1072。
③ (后晋)刘昫,《旧唐书》(北京:中华书局,1975),458。
④ (宋)欧阳修,《新唐书》(北京:中华书局,1975),4803、4805。
⑤ (宋)欧阳修,《新唐书》(北京:中华书局,1975),5142。

盐铁转运使置巡院于此,故置留后"。①

扬子院设置于扬子县,与扬州城有一定的距离,是以《旧唐书》中"方还扬州诉之",乃言温庭筠在扬子县的扬子院受辱后,赴扬州雪冤。其"乞索于扬子院",并非向妓院丐钱,而是在落拓之时向国家机构寻求帮助。②温庭筠乞索扬子院后仍留于院中,扬子院存有大量转运的物资,温庭筠深夜饮酒至醉,于院中活动,为巡院官吏所见,以为其有所图谋,故有"败面折齿"之事。温庭筠自觉在官署受击打、又为人所疑,心有不甘,遂有"上书雪冤"之举动。而温庭筠之所以向扬子院求助,乃因其与同主管官员有旧交。

《玉泉子》载:"温庭筠有词赋盛名,初从乡里举,客游江淮间,扬子留后姚勖厚遗之。庭筠少年,其所得钱帛,多为狎邪所费。勖大怒,笞且逐之。以故庭筠不中第。其姊赵颛之妻也,每以庭筠下第,辄切齿于勖。一日厅有客,温氏偶问'谁氏',左右以勖对。温氏遽出厅事,执勖袖大哭。勖殊惊异,且持袖牢固不可脱,不知所为。移时,温氏方曰:'我弟年少宴游,人之常情,奈何笞之? 迄今遂无有成,安得不由汝致之?'遂大哭,久之,方

---

① (宋)司马光,《资治通鉴》(北京:中华书局,1956),7657。
② "扬子院"之"院"在唐代或指佛寺,如明弘治十八年《重修法门寺大乘殿记》碑载法门寺当时有 24 院,为释迦院、弥陀院、濡湿院、罗汉院等;或指政府设立的机构,如"三院"即御史台之台院、殿院、察院,翰林院、宫廷伶坊文思院等;或是指一般的院落,而青楼之地不用"院"来指称。黄震云认为宋"妓院说法唐朝时就有了",其提出三条证据:其一,唐皇甫枚(或作牧)《三水小牍》记鱼玄机"为邻院所邀,将行,戒(女僮)翘曰'无出,若有客,但云在某处。'机为女伴所留,迨暮方归院。"其二,宋孙光宪《北梦琐言》卷六记"唐裴相公休,留心释氏,精于禅律。师圭峰密禅师,得达摩顿门。密师注《法界观》《禅氏》,皆相国撰序。常被毳衲,于歌妓院持钵乞食。"黄震云认为歌妓院就是妓院。其三,宋代钱易《南部新书》癸云:"常被毳衲,持钵乞食于妓院"。但证据一中的"院"实是一般的院落。而《北梦琐言》和《南部新书》为宋人所著,只能说明宋时已经有"妓院"说,却并不能成为唐代已经有用"院"来指称青楼的有力证据。见黄震云,《妓院的称谓》(《读书》,1984-11)。

得解脱。勖归愤讶,竟因此得疾而卒。"①此中提到温庭筠客游江淮之时,曾与扬子留后姚勖熟识,虽温庭筠之行为颇令姚勖恼怒,然观姚勖之"愤讶"及"得疾而卒",其与温庭筠之间或曾颇有往来。温庭筠又有《上盐铁侍郎启》②,乃呈盐铁侍郎裴休之作,③启言:"某闻珠履三千,犹怜坠屦;金钗十二,不替遗簪。苟兴求旧之怀,不顾穷奢之饰。亦有河南撰刺,徵彼通家。虢略移书,期于倒屣",观文中所用怀旧之词,温庭筠与裴休有旧交。会昌三年至大中元年(843—847)裴休任湖南观察使期间,温庭筠曾谒见献诗文并受到了款待。此与启中的用词相吻合。④据《唐才子传》,裴休大中四年(850)以礼部侍郎知贡举,⑤《新唐书》记大中六年(852)八月,"礼部尚书、诸道盐铁转运使裴休本官同中书门下平章事,使如故。"⑥裴休拜相后,温庭筠有《上裴相公启》⑦:"倘或在途兴叹,解彼右骖;弹剑有闻,迁于代舍。瞻风自卜,与古为徒。此道不诬,贞明未远。谨以文赋诗各一卷,率以抱献。缣缃俭陋,造写繁芜。干冒尊高,无任惶灼。""解彼右骖"谓希望被救于危难,"弹剑有闻"谓希望得到赏识重用,从后句"献文赋诗各一卷"可得此为进士考试前行卷的书信,作于大中六年(852)八月裴休任相后不久。大中七年(853),温庭筠应进士未第后有《上吏部韩郎中启》⑧,"吏部韩郎中"乃指韩琮。启中有言:"升平相公简翰为荣,巾箱永秘。颇垂敦奖,未至陵夷。倘蒙一话姓名,试令区处。分铁官之琐吏,厕盐酱之常僚。则亦不犯脂膏,免藏缣素。""升平相公"指裴休,大中八年(854)十月

---

① (唐)阙名,《玉泉子》(上海:上海古籍出版社,1958),11。

② (清)董诰,《全唐文》(北京:中华书局,1983),8228。

③ 顾学颉,《温庭筠交游考》(《北京师范大学学报·社会科学版》,1982-05)。

④ 刘学锴,《温庭筠全集校注》(北京:中华书局,2007),1166。

⑤ (元)辛文房,《唐才子传》(上海:古典文学出版社,1957),126。

⑥ (宋)欧阳修,《新唐书》(北京:中华书局,1975),1732。

⑦ (清)董诰,《全唐文》(北京:中华书局,1983),8225。

⑧ (清)董诰,《全唐文》(北京:中华书局,1983),8230—8231。

前以宰相领盐铁使。因韩琮曾为户部郎中,为裴休之下属,故温庭筠落第后请韩琮在裴休面前举荐自己,以求得盐铁之属官。裴休"充诸道盐铁转运使",温庭筠又与之有旧交,其既有向裴休的属下投启以求引荐之举,亦可在危难之时向其属下管理的政府机构寻求帮助。然此一行为却遭"败面折齿"之辱,尽管温庭筠竭力为己申冤,但势单力薄、位卑言轻。加之其在开成(836—840)年间,虽"才名籍甚""然罕拘细行,以文为货,识者鄙之""困于场屋,卒无成而终"①。此种过往使其"雪冤"行为收效甚微,无果而终,声名却再次狼藉。

　　温庭筠也曾反思过与令狐绹之间的种种过往,对于早年讥刺令狐无学之事亦深怀憾意,其"因知此恨人多积,悔读南华第二篇"乃是此种心态之折射。在这种遗恨背后,是温庭筠深深的自伤,《过陈琳墓》即如此:"曾于青史见遗文,今日飘蓬过此坟。词客有灵应识我,霸才无主始怜君。石麟埋没藏春草,铜雀荒凉对暮云。莫怪临风倍惆怅,欲将书剑学从军。"陈琳曾为袁绍起草讨伐曹操的檄文,袁绍败后,其归附曹操,受曹操重用。温庭筠此诗,既有"霸才无主"的悲慨,亦有希望令狐不计前嫌,援引自身的意味。温庭筠亦有《上令狐相公启》②,其中"敢言蛮国参军,才得荆州从事""微回謦欬之荣,便在陶钧之列",皆是在向令狐绹传达希求援引之意。然令狐绹对于曾与李党有过往的温庭筠,必不能施以援手。温庭筠之请,终归于沉寂。其一生仕途,亦以困顿终结。

第二节　科考行卷与温庭筠的创作

　　《唐摭言》曰"三百年来,科第之设,草泽望之起家,簪绂望之

---

① (宋)计有功,《唐诗纪事》(上海:上海古籍出版社,2013),824。
② (清)董诰,《全唐文》(北京:中华书局,1983),8225。

继世。孤寒失之,其族馁矣;世禄失之,其族绝矣"①,指出了科考对于士人的重要。《唐摭言》又记:"缙绅虽位极人臣,不由进士者,终不为美。"②温庭筠颇有济世之志,亦曾多次参加进士科考。进士科在隋大业年间即已设立。唐承隋制,武德四年(621)正式开设进士科。中唐以后,进士科迅速崛起,受到社会的广泛关注,进而统合了其他科举科目。但进士科难度较大,及第率平均只有 2.5%,③《唐摭言》甚至用"'三十老明经,五十少进士'"来形容考中的艰难。正因不易,唐代从朝廷到民间,均对进士及第之人十分推崇。《南部新书》记:"杜羔妻柳氏,善为诗。羔屡举不第,将至家,妻先寄诗与之曰:'良人的的有奇才,何事年年被放回。如今妾面羞君面,君若来时近夜来。'羔见诗,即时回去。寻登第,妻又寄诗云:'长安此去无多地,郁郁葱葱佳气浮。良人得意正年少,今夜醉眠何处楼?'"④孟郊《登科后》言"昔日龌龊不足夸,今朝放荡思无涯。春风得意马蹄疾,一日看尽长安花",张籍《喜王起侍郎放牒》曰"东风节气近清明,车马争来满禁城。二十八人初上牒,百千万里尽传名",更是展现了士子及第后的兴奋之情与骄傲之感。然唐世科举防范之法未密,《旧唐书》记"贡举猥滥,势门子弟,交相酬酢,寒门俊造,十弃六七"⑤。《唐摭言》记宣宗大中十年(856),"郑颢都尉第一榜,托崔雍员外为榜。雍甚然诺,颢从之,雍第推延。至榜除日,颢待榜不至,陨获且至。会雍遣小僮寿儿者传云:'来早陈贺。'颢问:'有何文字?'寿儿曰:'无。'然日势既暮,寿儿且寄院中止宿,颢亦怀疑,因命搜寿儿怀袖,一无所得,颢不得已遂躬自操觚。夜艾,寿儿

---

① (宋)王定保,《唐摭言》(上海:上海古籍出版社,1978),97。

② (宋)王定保,《唐摭言》(上海:上海古籍出版社,1978),4。

③ 王兆鹏,《唐代科举考试诗赋用韵研究》(济南:齐鲁书社,2004),4。

④ (宋)钱易,《南部新书》(北京:中华书局,1958),41。

⑤ (后晋)刘昫,《旧唐书》(北京:中华书局,1975),4278。

以一蜡弹丸进颢，即榜也。颢得之大喜，狼忙札之，一无更易"①。既展示出其时掌权者的跋扈，亦表明"行卷"的重要性。白居易以《赋得古原草送别》谒顾况，得到"有句如此，居天下有甚难"的表彰，诗名大振。朱庆馀行卷后以《近试上张水部》拜张籍，收获了"一曲菱歌敌万金"的赞誉，"诗名流于海内"，二人声名鹊起后较为平顺的经历皆说明科考行卷的关键性作用。且中晚唐时期，科考的严肃性愈低，是以在考试之前，通过投书、送礼、拜谒等方式，结交显贵之士或文学大家，已成为考生希求援引的一项重要的活动。

《全唐文纪事》载江陵项氏之言："风俗之弊，至唐极矣。王公大人，巍然于上，以先达自居，不复求士。天下之士，什什伍伍，戴破帽，骑蹇驴，未到门百步辄下马，奉币刺再拜，以谒于典客者，投其所为之文，名之曰'求知己'。如是而不问，则再如前所为者，名之曰'温卷'。如是而又不问，则有执贽于马前，自赞曰'某人上谒'者。"②行卷者众，所行之文亦繁，《唐摭言》记"刘允章侍郎主文年，榜南院曰：'进士纳卷，不得过三轴'。刘子振闻之，故纳四十轴"。又记"薛保逊好行巨编，自号'金刚杵'。太和中，贡士不下千余人，公卿之门，卷轴填委，率为闉媪脂烛之费，因之平易者曰：'若薛保逊卷，即所得倍于常也'"③，参试者的创作就这样成了"脂烛之费"。《唐摭言》另记郑光业"弟兄共有一巨皮箱，凡同人投献，辞有可嗤者，即投其中，号曰'苦海'。昆季或从容用咨谐戏，即命二仆舁'苦海'于前，人阅一编，靡不极欢而罢"④。此种情况下，能否在众多行卷之作中脱颖而出，成为了考中与否的一个关键环节。

① （宋）王定保，《唐摭言》（上海：上海古籍出版社，1978），82。
② （清）陈鸿墀，《全唐文纪事》（北京：中华书局出版社，1959），650。
③ （宋）王定保，《唐摭言》（上海：上海古籍出版社，1978），136。
④ （宋）王定保，《唐摭言》（上海：上海古籍出版社，1978），140。

温庭筠非贵胄出身,政治上无奥援,家中亦无厚积,科考行卷遂显得尤为重要。其今存多篇求引之文,如《上首座相公启》《上令狐相公启》《上封尚书启》《上盐铁侍郎启》等,然在行卷之风盛行的社会情状下,此种启文已然不足以引起达官显贵及饱学之士的重视,故温庭筠行卷的文体渐渐增多,其某些小说与诗词创作,或也与取悦牛党、顺应科考行卷的形势有关。

牛僧孺年轻时有以小说《幽怪录》行卷之举,此后陆续有应试者仿照此法,以传奇小说行卷的风气遂渐趋流行。李复言即撰《续玄怪录》。汪辟疆认为李复言乃大和、开成间人。时牛僧孺方在朝列,势倾中外。牛相早年有《玄怪录》之作,通行既久。复言乃续其书,举所闻于大和间之异闻轶事,悉入纂录。从《续玄怪录》这个书名来看,李复言确是牛僧孺在这方面的效法者。①鲁迅亦言唐自开元天宝以后,作者蔚起,和以前大不同了。从前看不起小说的,此时也来做小说,因为时人对于诗渐渐有些厌倦,于是就有人把小说也放到行卷里去了,而且竟也可以得名,因之传奇小说,就盛极一时了。②《云麓漫钞》言"《幽冥录》《传奇》等皆是。盖此等文体备众,可见史才、诗笔、议论"③,遂为考生所重视。牛党领袖牛僧孺既曾创作数量不菲的小说,或对小说这种文体较为喜爱,考生以小说行卷,不仅是标新立异,更是投其所好。

《新唐书》《郡斋读书志》与《文献通考》皆记温庭筠著录小说三卷,为《乾䐟子》。此书已不传,遗闻见于《太平广记》。《太平广记》收温庭筠小说三十三篇,分别列入十九个大类别中,涵盖知人、贡举、嘲诮、狐、鬼、草木、妖怪等,内容较为全面,篇幅各有

① 程千帆,《古诗考索·唐代进士行卷与文学》(武汉:武汉大学出版社,2008),452—454。

② 鲁迅,《汉文学史纲要》(南京:江苏文艺出版社,2017),111。

③ (宋)赵彦卫,《云麓漫钞》(上海:古典文学出版社,1957),111。

长短。鲁迅评价为"仅录事略,简率无可观,与其诗赋之艳丽者不类"①,然详析温氏的创作,很多情节曲折动人,这样哀婉奇谲的故事寄予着作者对人事的同情和希望,创作如此作品在展现文笔才华的同时,亦能博得知音同道的叹惋,如沈既济所言,可"揉变化之理,察神人之际,著文章之美,传要妙之情"②。《阎济美》即如此,此篇讲述了阎济美几经科考仍旧不第,其在离开长安之前呈送给主考官一首六韵律诗,颇为精工,令座主有遗才之叹。后阎济美再次参试,主考官仍为旧人。试"杂文"后乃考帖经,阎济美推辞言己不能背诵经文,考官准其以作诗代替。其上交之诗虽未作完,但为主考官激赏,后唱名通过。同场考生卢景庄对此不满,对阎济美说:"前考《蜡日祈天宗赋》,你用鲁丘对仗卫赐,卫赐是孔子的学生子贡,你却将'赐'字错写成'驷'字。"阎济美甚为惊骇。而翌日主考官却召集众考生言:"此次考试正值天气寒冷之时,时间亦紧张,各位的答卷字迹比较潦草,还不能呈送丞相,请重新誊写送交。"阎济美拿到卷子后,见"驷"字上头打了一个红点,明白了考官重誊试卷之良苦用心。座主惜才让阎济美终考中了进士,然其中人个左右考试结果的因素非常明显。如此故事不仅反映了其时社会现实,亦是撰写之人渴求赏识心态的折射。

《陈义郎》亦讲述了一个情节曲折、风格凄伤的故事,陈义郎的父亲陈彝爽与周茂方是同乡,科考中陈彝爽擢第,而茂方名落孙山。唐天宝中,彝爽受蓬州仪陇令,其母眷恋故居不愿随行。彝爽的妻子郭氏曾自织染缣一匹准备为婆婆裁衣,不想手指为刀所伤,血沾衣上,其就把这件不能洗去血迹的衣服留给婆婆作为念想。陈彝爽临行之前请周茂方同行,而茂方于路上暗害彝

① 鲁迅,《中国小说史略》(上海:上海古籍出版社,2006),57。
② (宋)李昉,《太平广记》(北京:中华书局,1961),3696。

爽后欺瞒郭氏,携其冒彝爽之名赴任,而对彝爽遗留下来的尚只两岁的小儿陈义郎如从己出。十七年之后,陈义郎参加科考,有鬻饭老妇留食,老妇言其"似吾孙姿状",并拿出郭氏所留血污衫子送给陈义郎。一年后陈义郎归家,其母忽见血衫非常吃惊,陈义郎如实相告,遂知老妇乃是郭氏婆婆。郭氏于是对陈义郎讲出当年其父遇害,自身念子年幼而忍辱苟活之事。陈义郎遂在周茂方熟睡之时斩下其头颅报官,官员感慨陈义郎的经历,免其罪。《陈义郎》故事情节跌宕起伏,对后世的创作有着一定的影响。宋人周密《齐东野语·吴季谦改秩》所记之事与《陈义郎》在丈夫赴任途中遇害、儿存于世长大复仇等情节上颇有类似之处,而这两则故事正是广为人知的《西游记》中"江流僧"的故事来源。

《乾䐇子》中还记载了数量众多的神怪小说,这些小说神奇怪诞、趣味浓厚,是行卷之时吸引人的一种方法。如《梁仲朋》记有豪族大墓林,"仲朋跨马及此。二更,闻林间槭槭之声,忽有一物,自林飞出。仲朋初谓是惊栖鸟,俄便入仲朋怀,鞍桥上坐。月照若五斗栲栳大,毛黑色,头便似人,眼肤如珠。便呼仲朋为弟,谓仲朋曰:'弟莫惧。'颇有膻羯之气,言语一如人。直至汝州郭门外,见人家未寐,有灯火光。其怪歘飞东南去,不知所在。如此仲朋至家多日,不敢向家中说。忽一夜,更深月上,又好天色,仲朋遂召弟妹,于庭命酌,或啸或吟,因语前夕之事。其怪忽从屋脊上飞下来,谓仲朋曰:'弟说老兄何事也?'于是小大走散,独留仲朋。云:'为兄作主人。'索酒不已"。后"醉于杯筵上,如睡着。仲朋潜起,砺阔刃,当其项而刺之,血流迸洒。便起云:'大哥大哥,弟莫悔。'却映屋脊,不复见,庭中血满。三年内,仲朋一家三十口荡尽"。所述故事颇为奇异。《道政坊宅》《张弘让》等亦是此类作品。

《乾䐇子》亦有一些篇章摹写人物风度,颇似《世说新语》所载之魏晋风流,《武元衡》言"武黄门之西川,大宴。从事杨嗣复狂酒,逼元衡大觥,不饮,遂以酒沐之。元衡拱手不动。沐讫,徐起更衣,终不令散宴"。另有一些记载人物独特的嗜好,如《权长孺》记"狂士蒋传知长孺有嗜人爪癖,乃于步健及诸佣保处,薄给酬直,得数两削下爪。或洗濯未精,以纸裹。候其酒酣进曰:'侍御远行,无以饯送,今有少佳味,敢献。'遂进长孺。长孺视之,忻然有喜色,如获千金之惠,涎流于吻,连撮噉之,神色自得,合座惊异"。《鲜于叔明》记"剑南东川节度使鲜于叔明,好食臭虫,时人谓之蟠虫。每散令人采食得三五升,即浮之微热水中,以抽其气尽。以酥及五味熬之,卷饼而啖,其味实佳"。《乾𫗱子》中的另一些故事从某些侧面展现了唐朝的社会风貌,对于了解当时的经济情况及商人的精神状态等,有一定的辅助作用。《窦义》是《乾𫗱子》中最长的一篇,约两千三百余字,记述了自幼即有经济头脑的窦义成长为一个乐善好施的商人的经过,展现了当时城市经济的发展及商人的生活。

温庭筠以小说行卷既为受到重视,亦为博取声名,因与之齐名的官宦子弟段成式即有小说创作。《新唐书》言李商隐初为文,瑰迈奇古,后骈偶长短,颇为繁缛,"时温庭筠、段成式俱用是相夸,号'三十六体'"[①]。指出三人文章创作的成就,而散文等创作对唐传奇的促进作用,陈寅恪等前辈学者早有论述。善文的段成式亦善作小说。《新唐书》记段成式"所著《酉阳杂俎》传于时",《金华子》亦记段郎中成式"《酉阳杂俎》最传于世"。温庭筠与段成式相善,常有书信往来。《乐府杂录》记:"太常卿段成式,相国文昌子也。与举子温庭筠亲善。"[②]段成式今存《寄温飞卿笺纸》《嘲飞卿七首》《柔卿解籍戏呈飞卿三首》,温庭筠亦有

————

① (宋)欧阳修,《新唐书》(北京:中华书局,1975),5793。
② (唐)段安节撰、亓娟莉校注,《乐府杂录校注》(上海:上海古籍出版社,2015),203。

第二章　《花间集》之鼻祖温庭筠及创作

《和段少常柯古》《和太常段少卿东都修行里有嘉莲》《答段柯古见嘲》等同段成式唱和的作品,《金华子》记段成式牧庐陵日,"为庐陵顽民妄诉,逾年方明其清白,乃退隐于岷山。时温博士庭筠方谪尉随县,廉帅徐太师商留为从事,与成式甚相善。以其古学相遇,常送墨一铤与飞卿,往复致谢,递搜故事者九函,在禁集中。为其子安节娶飞卿女"①。若此可见段成式与温庭筠的亲密关系。

段成式有笔记小说集《酉阳杂俎》,《四库全书总目提要》称"其书多诡怪不经之谈,荒渺无稽之物。而遗闻秘籍,亦往往错出其中。故论者虽病其浮夸,而不能不相征引。自唐以来,推为小说之翘楚,莫或废也。"②温庭筠颇有可能在其影响下创作此类作品,且二人作品多有相似之处。《酉阳杂俎》之"杂",体现出创作面的广泛。"俎"或指古代祭祀时放祭品的器物,或指切肉切菜时垫在下面的砧板,均与食品有关。而《乾馔子》之"馔"乃是一种煮食方法或切熟肉更煮之意,亦与食品相关。《郡斋读书志》言:"《乾馔子》三卷,序谓语怪以悦宾,无异馔味之适口,遂以'乾馔'命篇。"指出《乾馔子》如"馔味"一般"悦宾"的作用。③《直斋书录解题》曰:"序言不爵不觚,非臭非炙,能悦诸心,聊甘众口,庶乎乾馔之义。"④"悦诸心""甘众口",亦指出此小说娱宾的功能。

温庭筠诗文兼善却累举不第,故以小说行卷来增加及第的希望。温庭筠与段成式私交甚好,其效仿段成式创作传奇以赢得声名亦有可能。《乾馔子》广泛的社会涵盖面、曲折离奇的故

① (五代)刘崇远,《金华子》,见上海古籍出版社编,《唐五代笔记小说大观》(上海:上海古籍出版社,2000),1751—1752。

② 黄永年,《唐史史料学》(上海:上海书店出版社,2002),157。

③ (宋)晁公武撰、孙猛校证,《郡斋读书志校证》(上海:上海古籍出版社,1990),568。

④ (宋)陈振孙,《直斋书录解题》(上海:上海古籍出版社,1987),320。

事情节,娴熟的表现手法,彰显出温庭筠小说创作的成就。小说虽为一种新奇的行卷样式,然随着创作数量的增加,时人对之新鲜感亦逐渐减弱。是以在行卷中标新立异,引人注意,大概是当时举子们所共同努力、希望达到的目标。①温庭筠亦如此,其不仅以小说行卷,还另上呈诗词。《上蒋侍郎启二首》言:"辄以新诗若干首上献。《延露》蚩声,《皇华》下调。"《延露》亦作《延路》,古俚曲名。《淮南子》曰:"歌《采菱》,发《阳阿》,鄙人听之,不若此《延路》《阳局》。"高诱注为:"《延路》《阳局》,鄙歌曲也。"②蚩声,粗野鄙陋之声。《皇华》即《皇荂》,古代通俗歌曲名。《庄子·天地》言:"大声不入于里耳,《折杨》《皇荂》,则嗑然而笑。"李颐曰:"《折杨》《皇华》,皆古歌曲也。"③明人杨慎《风雅逸篇》言"《延露》:《梁元帝纂要》曰古艳曲",《皇荂》亦为俚曲。④若此,温庭筠在行卷之时或奉上了超越民间俚俗之声的"新诗",此或为入乐可歌的词体文学创作。⑤

温庭筠所言新诗之"新"首先体现在作品的风格。温庭筠词作风格多样,在香软婉媚之外,亦有疏朗阔大。此种词风的形成或与其长期漫游的经历有关。

---

① 程千帆,《古诗考索·唐代进士行卷与文学》(武汉:武汉大学出版社,2008),407。

② 吉联抗,《两汉论乐文字辑译》(北京:人民音乐出版社,1980),67—68。

③ 刘学锴,《温庭筠全集校注》(北京:中华书局,2007),1101。

④ (明)杨慎,《风雅逸篇》(上海:商务印书馆,1939),78。

⑤ 以制歌希求援引亦有前例。《唐诗纪事》记中宗宴群臣,崔日用起舞,且"自歌云:'东馆总是鸳鸾,南台自多杞梓。日用读书万卷,何忍不蒙学士? 墨制帝下出来,微臣眼看喜死。'其日以日用兼修文馆学士。"此事又见《新唐书·崔日用传》,中宗时崔日用结纳权宠,"骤拜兵部侍郎。宴内殿,酒酣,起为《回波乐》求学士,即诏兼修文馆学士。"《本事诗》卷七:"沈佺期以罪谪。遇恩,复官秩,朱绂未复。尝内宴,群臣皆歌《回波乐》,撰词起舞,因是多求迁擢。佺期词曰:'回波尔时佺期,流向岭外生归。身名已蒙齿录,袍笏未复牙绯。'中宗即以绯鱼赐之。"《隋唐嘉话》卷下:"景龙中,中宗游兴庆池,待宴者递起歌舞,并唱《下兵词》,方便以求官爵。"见王坤吾,《唐代酒令艺术》(北京:知识出版社,1995),47。

　　漫游是中国古代士子普遍的人生经历,他们或为游山玩水,或为求仙访道,或为求学探友,或为声名远播,而畅游于山水之间,穿梭于通都大邑,往来于幕府边塞,沿途所见之自然风景,所感之风土民情都融进其品格和文风之中,同读万卷书一般,陶冶着人的性情,并于文学作品中留下了诸多印记。年轻时期的温庭筠主要生活在吴中,"旧居当在苏州附近,滨太湖、傍吴淞江之处"①。江南地区的文化与古老温婉的吴越文化密切相连,自南渡以来,此地亦成为中国经济最发达的核心地带。在晚唐享乐之风兴盛的社会背景下,文化、商业气息浓厚的江南成为了"堆金积玉地,温柔富贵乡"。韦庄《菩萨蛮》中"如今却忆江南乐,当时年少春衫薄。骑马倚斜桥,满楼红袖招",描绘了一派歌舞升平的社会场景。而《杜牧别传》所记"牧在扬州,每夕为狭斜游,所至成欢,无不会意,如是者数年"②,则展现了狎妓冶游的时代风尚。士子们流连于秦楼楚馆、歌舞酒肆,陶醉于软语轻歌、仙姿曼舞,闺阁情怀在其精神生活中占据了重要的地位。而在市民阶层中,由于商品贸易的深入发展,商贾、船户、旅客、歌女的离别成为了日常生活中常见之景,俗艳、缠绵而又生活气息浓郁的男女离思类民歌十分发达。温庭筠就是在这样的大环境中度过了年轻时光。

　　温庭筠大和四至五年(830—831)游巴蜀③。此地是仅次于江南的富庶地区,且颇多轻艳的民歌。刘禹锡《竹枝词序》言"岁正月,余来建平,里中儿联歌《竹枝》,吹短笛,击鼓以赴节。歌者扬袂睢舞,以曲多为贤。聆其音,中黄钟之羽。卒章激讦如吴声,虽伧伫不可分,而含思宛转,有淇澳之艳音"。"含思宛转,有淇澳之艳音"指出了此地民歌轻软之风格。刘禹锡"以里歌鄙

---

①　刘学锴,《温庭筠全集校注》(北京:中华书局,2007),1314。
②　(清)蘅塘退士,《唐诗三百首》(杭州:浙江文艺出版社,1983),224。
③　刘学锴,《温庭筠全集校注》(北京:中华书局,2007),1323。

陋，乃依骚人《九歌》，作《竹枝》新辞九章"①。此调一出，效者甚多。孟郊《教坊歌儿》言"去年西京寺，众伶集讲筵。能嘶竹枝词，供养绳床禅。能诗不如歌，怅望三百篇"，展示了《竹枝》流行的盛况，亦彰显出民间文学对文人创作的浸染。杜佑《通典》中"巴蜀之人少愁苦，而轻易荡佚"之评论不仅于此得到体现，亦可在香艳的西蜀词中窥见一斑。

温庭筠离蜀后游踪所向，以现存诗分析应是下黔巫，游江汉、潇湘，归吴越。至少两次到江汉，在江陵、武昌、襄州一带所作诗较多，仅次于关中诗及吴越诗。其在青年初游之时即留下了诸多宴游艳唱之歌诗，如《三洲词》《西州词》②。《唐书·乐志》曰"《三洲》，商人歌也"，《古今乐录》言"《三洲歌》者，商客数游巴陵三江口往还，因共作此歌"，乃为伤别之作。而《西州词》仿乐府《西洲曲》，亦言商人离别，周珽《唐诗选脉会通评林》曰"深情婉谲，古练多致"。许学夷《诗源辨体》言温庭筠《西州词》乃"转韵体，用六朝乐府语"。周咏棠《唐贤小三昧集续集》言"迷离惝怳，得乐府神境"。二人的评价皆指出温庭筠的创作能得乐府神韵。薛雪《一瓢诗话》言"温、李并称，就中却有异同，止如乐府，则玉溪不及太原"，又云"温飞卿，晚唐之李青莲也，故其乐府最精，义山亦不及"。③温庭筠的乐府诗多女性，《苏小小歌》《春愁曲》《东郊行》等皆如此，这类作品同六朝骈俪的文风一脉相承，色彩华美，情韵悠长。

温庭筠的湖南之行或在初游江汉之后，其在湖南游历甚广，到过岳阳、衡山、朗州等地，④此后在长安停留的时间较久。繁

第二章　《花间集》之真粗温庭筠及创作

---

① （宋）郭茂倩，《乐府诗集》（上海：上海古籍出版社，2016），977。
② 陈尚君，《温庭筠早年事迹考辨》，见朱东润、李俊民，《中华文史论丛·总第18辑》（上海：上海古籍出版社，1981），254—255。
③ 王步高，《唐诗三百首汇评》（南京：凤凰出版社，2017），1136。
④ 陈尚君，《温庭筠早年事迹考辨》，见朱东润、李俊民，《中华文史论丛·总第18辑》（上海：上海古籍出版社，1981），255。

华的都市生活强化了词人早年即有的创作风格,温庭筠少时处江南繁华之地,作品已带有金玉气息及女性气质,呈现出浓艳之色。其后来入蜀,漫游江汉、吴越之间,加之久居长安,这种温婉华丽的格调遂得到了进一步的确立。他的很多乐府诗喜用颜色字来强调情感,用双声叠韵来烘托氛围,如《锦城曲》的"江风吹巧剪霞绡,花上千枝杜鹃血",《钱塘曲》的"一曲堂堂红烛筵,金鲸泻酒如飞泉",《春江花月夜》的"百幅锦帆风力满,连天展尽金芙蓉",《江南曲》的"轧轧摇桨声,移舟入菱叶",《罩鱼歌》的"风飔飔,雨离离,菱尖荽刺鸂鶒飞"等,具有很强的艺术感染力。这些作品鲜亮的色彩表现、柔婉的情愫表达被带进其词体文学创作之中,并渐成为主导风格。《菩萨蛮·小山重叠金明灭》以细腻的工笔勾勒了一幅闺中女子初醒的形态,颜色的强烈对比,语言的华丽藻饰,彰显着乐府之风。温词又有"香红""梨花白""金鹧鸪""绿茎红艳"等词汇,也多有使用叠字之处,如"双双金鹧鸪""门外草萋萋""斜晖脉脉水悠悠""一叶叶,一声声,空阶滴到明"等,亦见乐府诗与词作的相通。

　　温庭筠另有一些作品呈现出疏朗阔大的风格。白居易《忆江南》展现出江南在"吴酒一杯春竹叶,吴娃双舞醉芙蓉"的繁华之外,尚有"日出江花红胜火,春来江水绿如蓝"的风光。长江流域自然环境十分优美,山川景致深深影响了温庭筠的创作,使他的作品在华丽之余呈现出一种独特的清新疏朗之风。温庭筠年轻时也曾读书庐山,秀美清幽的山林景色涵养着他的审美趣味。温庭筠有《梦江南》:"千万恨,恨极在天涯。山月不知心里事,水风空落眼前花。摇曳碧云斜。"汤显祖曰"风华情致",陈廷焯言"低回深婉,情韵无穷",胡国瑞曰"似清淡的水墨画,避去其所习用的一切浓丽词藻,只轻轻勾画几笔,而人物的神情状态宛然纸上,在作者整个词的作风上是极特殊的"①,而这种风格的出现,

―――――――――

① 　胡国瑞,《论温庭筠词的艺术风格》《文学遗产增刊·六辑》,1958)。

即源于秀水青山对作家品格的浸润。

28 岁时,温庭筠出游边塞,其由长安出发,沿渭川西行,取回中道出萧关,到陇首后折向东北,在绥州一带停留较久。在边塞的时间约一年以上。他的一些诗言及军中生活,自称"江南客""江南戍客",当系从军出塞。《过陈琳墓》云:"莫怪临风倍惆怅,欲将书剑学从军。"墓在今江苏邳县。疑为出塞前,自江南赴长安途中作。诗中投笔从戎书剑赴军的志向,可说明其出塞目的。①出塞开阔了诗人的视野,涤荡着诗人的心胸,使其创作呈现出慷慨的气势和阔大的境界。如《塞寒行》,周咏棠《唐贤小三昧集续集》言此作"健如生猱,较浓丽诸作,进得一格"。而《回中作》被王夫之《唐诗评选》评为"纯净可诵"。他后来在蜀地亦留下了如《过五丈原》等格调之作。此类诗歌作品悄然影响着温庭筠词体创作的风度,使其词作在不自觉中呈现出阔大之格。如《清平乐》:"洛阳愁绝,杨柳花飘雪。终日行人恣攀折,桥下水流呜咽。上马争劝离觞,南浦莺声断肠。愁杀平原年少,回首挥泪千行。"陈廷焯评曰"'桥下'句从离人眼中看得,耳中听得。上半阕最见风骨""上三句说杨柳,下忽接'桥下水流呜咽'六字,正以衬出折柳之悲,水亦为之呜咽。如此着墨,有一片神光,自离自合"。此词在创作风格和创作内容上与他作相距甚远,展现出温诗的意味。温庭筠的另一些作品如《更漏子》:"背江楼,临海月,城上角声呜咽。堤柳动,岛烟昏,两行征雁分。京口路,归帆渡,正是芳菲欲度。银烛尽,玉绳低,一声村落鸡。"俞陛云评此词"不言愁而离愁自现""结句与飞卿《过潼关》诗'十里晓鸡关树暗,一行寒雁陇云愁'","皆善写晓行光景"。刘学锴言全篇境界开阔,格调清新,文人行役词,此当为现存作品中时代最早者。

---

① 陈尚君,《温庭筠早年事迹考辨》,见朱东润、李俊民,《中华文史论丛·总第18辑》(上海:上海古籍出版社,1981),253。

　　温庭筠一生足迹遍及大江南北，旖旎的江南风光、壮阔的边塞之景、清幽的山林之色，陶冶着诗人的性灵，使其创作带有清丽壮美之风；而流连于风花雪月、出入于秦楼楚馆、穿梭于酒筵歌席使得词人的视野倾向于裙裾脂粉，颇具轻艳柔丽之格。温庭筠以此种"新诗""上献"，确使人有耳目一新之感。然这种"新"不仅体现在前文论及的风格多样，更表现在声律的严谨多变。

　　在温庭筠之前，词作多以平韵为主。如张志和的《渔歌子·西塞山前白鹭飞》是四平韵；白居易的《长相思·汴水流》亦押平韵；刘禹锡的《江南好》（和乐天《春词》，依《忆江南》曲拍为句）同是三平韵。温庭筠制词则喜用仄调，在《花间集》所收录他的六十六首词作之中①，十四首《菩萨蛮》、六首《更漏子》、二首《蕃女

①　陆游《徐大用乐府序》言："温飞卿作《南乡》九阕，高胜不减梦得《竹枝》，讫今无深赏者。"其《跋金奁集》又言："飞卿《南乡子》八阕，语意工妙，殊可追配刘梦得《竹枝》，信一时杰作也。"陆氏两次提及飞卿《南乡子》，然现存的《花间集》《尊前集》《金奁集》中均未见。此说明不但温词专集久有参差，早已失传，选录温词最多的《金奁集》（《彊村丛书》本《金奁集》系依明本校刻，内录温词六十二首，如果加上陆游所提到的《南乡子》八阕或九阕，当在七十首以上），亦非陆游所见的原本，温词已多有散失。〔见詹安泰，《宋词散论》（广州：广东人民出版社，1980），138。〕关于温庭筠的作品集，宋代王尧臣等《崇文书目·别集类二》记"《握兰集》三卷，《金荃集》十卷"；欧阳修《新唐书·艺文志四》记"《握兰集》三卷，《金荃集》十卷，《诗集》五卷，《汉南真稿》十卷"，郑樵《通志·艺文略第八·别集四》记载与之相同；晁公武《郡斋读书志·别集类》记"《金荃集》七卷，《外集》一卷"；马端临《文献通考·经籍门·诗集类》记"《金荃集》七卷，《外集》一卷"；明焦竑所记《经籍志》同《新唐书》；清人钱谦益《绛云楼书目》记"《温庭筠诗集》四册，《金荃集》七卷，《外集》一卷"。《金荃集》是后代诸藏书家屡屡提及的一部作品，对于其所录文体样式，史籍并未详载。然欧阳修《新唐书》中已载温氏有"《诗集》五卷"，则《金荃集》似不应为单纯的诗集，而是诗文集或诗词集。宋代孙光宪曾言温庭筠"词有《金荃集》，盖取其香而软也"；明代杨慎《词品》记"温飞卿词名《金荃集》"；王世贞《弇州山人词评》言"温飞卿所作词曰《金荃集》"。所载表明《金荃集》似为词集。然毛氏汲古阁刻《五唐人集》本《金荃集》毛晋题识曰"其小词亦名《金荃集》"，其中的"亦名"或说明温氏的诗集也称为《金荃集》。清代前期著名学者顾嗣立承父顾予咸遗志于康熙年间完成了《温飞卿诗集笺注》，后记中明确讲到"今所见宋刻止《金荃集》七卷，《别集》一卷，《金荃词》一卷"。是以《金荃集》初始之时很有可能为诗词合集，后来单独把温庭筠的词从集中抽离出来，仍旧以"金荃"命名，即是后来的《金荃词》。但是《金荃词》是何人所编，是否收录了飞（转下页）

怨》、二首《清平乐》、三首《河渎神》、三首《河传》均是平仄韵转换；四首《酒泉子》、三首《定西蕃》、三首《荷叶杯》均是平韵仄韵错叶；二首《归国遥》则前后片各三仄韵。温庭筠作词又多用拗句。其三首《定西番》每首八句，拗句即占四句。拗处亦一一相对。三首一百五十字，亦无一字不合平仄①。

温庭筠所用词调亦有独特之处。《花间集》中他的六十六首词共用了十八个曲调，为"归国遥""酒泉子""定西番""荷叶杯""南歌子""梦江南""河渎神""清平乐""诉衷情""更漏子""思帝乡""蕃女怨""河传""遐方怨""女冠子""玉蝴蝶""菩萨蛮""杨柳枝"。除《杨柳枝》八首作品为齐言外，其他作品皆为杂言。其中"遐方怨""女冠子""玉蝴蝶"，小令皆始自温庭筠；"更漏子""思帝乡"为温氏创调；"蕃女怨""河传"，今见作品中均以温词为最早。"酒泉子""定西番""蕃女怨""遐方怨"是来自边塞的军声，"南歌子""梦江南"则颇具江南情韵。

温词不仅曲调众多，同一曲调还有多篇创作，在他的实践中，很多词调趋于定型，为后世词家树立了典范。以《菩萨蛮》为例，敦煌曲子词有"枕前发尽千般愿。要休且待青山烂。水面上秤锤浮。直待黄河彻底枯。白日参辰现。北斗回南面。休即未能休，且待三更见日头"，此首虽"可能为历史上最古之菩萨蛮，

（接上页）卿所有词作，尚不可考。刘毓盘《唐五代宋辽金元名家词辑》收温庭筠词七十二首，仍皆以《金荃词》。其中除《花间集》所收的六十六首之外，又从《尊前集》补《菩萨蛮》一首，《草堂诗馀》补《木兰花》一首，《温飞卿诗集》补《新添杨柳枝》二首，《历代诗馀》补《更漏子》一首，《词律拾遗》补《定西蕃》一首；王静安《唐五代二十一家词辑》亦有《金荃词》一卷，收词七十首，同刘毓盘的辑本相比，只有《历代诗馀》中的《更漏子》、《词律拾遗》中的《定西蕃》没有收入。因所补录内容不多，且《新添杨柳枝》在唐人观念中并不属于词的范畴，故今人研究温氏词作，所用的多为《花间集》〔见金开诚、葛兆光，《古诗文要籍叙录》（北京：中华书局，2005），354。〕《花间集》以选本的形式保存温词，成为历代选本选录温词的母本。

① 陆蓓容，《大家国学·夏承焘卷》，（天津：天津人民出版社，2008），319—320。

亦文艺极高之作"①,但平仄多误,"上""直待""且待"均为衬字。温庭筠有"水精帘里颇黎枕,暖香惹梦鸳鸯锦。江上柳如烟,雁飞残月天。藕丝秋色浅,人胜参差剪。双鬓隔香红,玉钗头上风"。"一、二两句'枕''锦'二字上声寝韵,幽抑曲折,三、四两句忽转为平声先韵,轻快清明,皆能极和谐变化之妙,且'先'韵之音色极为优美,'藕丝'二句,'丝''色''浅''参''差''剪'诸字,声音皆相似,多为齿头音,读之恍如见其纤美参差之状。"②温庭筠作《菩萨蛮》十五首,完成了此调的定型。此皆表明对于词这种新兴的文体,温庭筠并非偶一试之,而是着力为之。

温庭筠制词的成就与其诗歌创作的立异创新颇有关联。《唐音癸签》言:"唐试士初重策,兼重经。后乃觭重诗赋。中叶后,人主至亲为披阅,翘足吟咏所撰,叹惜移时。或复微行,谘访名誉,袖纳行卷,予阶缘。士益竞趋名场,殚工韵律。诗之日盛,尤其一大关键。"③律诗只有偶数句押韵,且一向拘于平韵,仄韵罕见使用。④科举考试中的"试韵诗"本多押平声韵,但随着诗律的精严,始逐步增押仄韵。有的押去声韵,如开成二年(837)之考题《霓裳羽衣曲诗》,李肱《霓裳羽衣曲诗》⑤中岁、制、曳为祭韵,细、替、继为霁韵,而霁祭同用。有的押入声韵,如开元十九年辛未(731)所试的《洛出书诗》,用题中的入声字"洛""出"限

---

① 任二北,《敦煌曲校录》(上海:上海文艺联合出版社,1955),344。
② 叶嘉莹,《迦陵论词丛稿》(石家庄:河北教育出版社,1997),23—24。
③ (明)胡震亨,《唐音癸签》(上海:上海古籍出版社,1981),284。
④ 孙康宜著、李奭学校点,《词与文类研究》(北京:北京大学出版社,2004),4。
⑤ 诗曰:"开元太平时,万国贺丰岁。梨园献旧曲,玉座流新制。风管递参差,霞衣竞摇曳。宴罢水殿空,辇余春草细。蓬壶事已久,仙乐功无替。讵肯听遗音,圣明知善继。"

韵。萧昕《洛出书诗》①潏、出、恤为术韵，秩、溢、毕为质韵，质术同用。又郭邕《洛出书诗》②作、洛、错、廓、博、薄是铎韵，铎独用。科考中试仄声韵乃是求新、求险，对作者的要求很高，温庭筠在其诗歌创作中对此多有尝试。

郭茂倩《乐府诗集》的"新乐府辞"部，将温庭筠的三十二首作品归为"乐府倚曲"。这些作品共使用了十七个平声韵部：支、青、寒、阳、东、先、真、豪、灰、歌、删、微、鱼、萧、麻、冬、齐，二十五个仄声韵部：篠、迥、纸、梗、皓、旱、阮、马、养、有、铣、语、寘、送、遇、麌、御、沃、漾、陌、屑、叶、月、屋、霰。平声韵用了四十一次，仄声韵则用了五十次，展现着对仄韵的驾驭能力。此外这些作品还采用了依曲制辞的词体创制之法，在题材、手法、风格等层面，为词体文学的发展，做出了有益的探索。

"倚曲"一词文献已有记载。《新唐书·曹却传》言李可及能新声，可自度曲，"同昌公主丧毕，帝与郭淑妃悼念不已，可及为帝造曲，曰《叹百年》""倚曲作辞，哀思裴回"，如此是先有《叹百年》之曲的创制，然后才有根据这个曲调所作的文辞。故"倚曲"的"倚"当是凭借、依靠之意，而"曲"则为已有的乐曲，"倚曲"即为依照乐曲而制辞。温庭筠有《唐故华州参军杨君墓志铭并序》，其言："由两汉以还，始有乐府倚曲，其句读古拙若墙上难用，趋白杨固非白杨、青杨固非青杨之类，雅不与弦管相直。天子备法驾千乘万骑卤薄之列，有铙歌十八曲，歌者与叠鼓鸣箫笳相婉转，以颂功德。其事历千岁而生陇西李长吉，长

---

① 诗曰："海内昔凋瘵，天网斯浮潏。龟灵启圣图，龙马负书出。大哉明德盛，远矣彝伦秩。地敷作乂功，人免为鱼恤。既彰千国理，岂止百川溢。永赖至于今，畴庸未云毕。"

② 诗曰："德合天贶呈，龙飞圣人作。光宅被寰区，图书荐河洛。象登四气顺，文辟九畴错。氤氲瑞彩浮，左右灵仪廓。微造功不宰，神行利攸博。一见皇家庆，方知禹功溥。"以上三首"试韵诗"见王兆鹏，《唐代科举考试诗赋用韵研究》（济南：齐鲁书社，2004），7。

吉死而有杨蕡。"①指出倚曲而制辞由来已久,但许多作品与乐声不相匹配。沈括《梦溪笔谈》言"诗之外又有和声,则所谓曲也。古乐府皆有声有词,连属书之,如曰'贺贺贺、何何何'之类,皆和声也。今管弦中之缠声,亦遗其法也。唐人乃以词填入曲中,不复用和声"②;朱熹《朱子语类》言:"古乐府只是诗,中间却添许多泛声,后来人怕失了那泛声,逐一添个实字,遂成长短句,今曲子便是。"③杨蕡"为诗遒健藻媚,与弦匏相上下",或即是此种情况。温庭筠既知"两汉以还,始有乐府倚曲",亦明倚曲之优劣,且盛赞李长吉之创作,故其所制乐府倚曲注重制法与风格。

元稹《乐府古题序》云:"《诗》迄于周,在音声者,因声以度词,审调以节唱。句度短长之数,声韵平上之差,莫不由之准度""斯皆由乐以定词,非选词以配乐也"④,指出了诗与乐结合的两种方式:"因声以度词"及"选词以配乐"。"选词以配乐"乃先有歌词,后为其配以合适的曲调来演唱;"因声以度词"即"由乐以制词",乃先有乐曲,后依照乐曲配以歌词,"其入乐之辞,截然与诗两途",词体文学的创制即是采用此法。温庭筠"最善鼓琴吹曲""有丝即弹,有孔即吹,不必柯亭爨桐"⑤。《旧唐书》言其"能逐弦吹之音,为侧艳之词"⑥。其通晓音律,故而能逐音为文,不断尝试"由乐以制词"。"杂曲歌辞"有其《湖阴词》,序云:"王敦举兵至湖阴,明帝微行,视其营伍。由是乐府有《湖阴曲》,而亡其词,因作而附之。"表明该作乃因曲而制;"杂歌谣辞"另有《黄昙子歌》,题下有注:"《晋书·五行志》曰:'桓石民为荆州,百姓

---

① 高慎涛,《温庭筠撰〈杨蕡墓志〉及其文学史料价值》(《中国文学研究》,2014-02)。

② (宋)沈括,《梦溪笔谈》(南京:凤凰出版社,2009),45。

③ (明)胡震亨,《唐音癸签》(上海:上海古籍出版社,1981),170。

④ 冀勤校点,《元稹集》(北京:中华书局,1982),254。

⑤ (清)张思岩,《词林纪事》(上海:贝叶山房,1948),19。

⑥ (后晋)刘昫,《旧唐书》(北京:中华书局,1975),5079。

忽歌《黄昙子曲》。后石民死，王忱为荆州之应，黄昙子，王忱之字也。'按横吹曲李延年二十八解有《黄覃子》，不知与此同否。凡歌词考之与事不合者，但因其声而作歌尔。"[1]温庭筠不断尝试"由乐以制词"的词体文学创制之法，此为其作词奠定了基础。不仅如此，温庭筠乐府倚曲的风格与其词作风格颇为相似。温庭筠乐府倚曲中有《兰塘词》："塘水汪汪凫唼喋，忆上江南木兰楫。绣颈金须荡倒光，团团皱绿鸡头叶。露凝荷卷珠净圆，紫菱刺短浮根缠。小姑归晚红妆浅，镜里芙蓉照水鲜。东沟潏潏劳回首，欲寄一杯琼液酒。知道无郎却有情，长教月照相思柳。"明代陆时雍《唐诗镜》言此作"深著语，浅著情，乃温家本色"，此种"本色"在温词中亦有展现。温庭筠有《更漏子》："玉炉香，红蜡泪，偏照画堂秋思。眉翠薄，鬓云残，夜长衾枕寒。梧桐树，三更雨，不道离情正苦。一叶叶，一声声，空阶滴到明。"《赌棋山庄词话》云"《更漏子》'梧桐树'数句，语弥淡，情弥苦"，《介存斋论词杂著》云"飞卿酝酿最深，故其言不怒不慑"，陈廷焯《词则》言"遣辞凄艳，是飞卿本色。结三句开北宋先声"。温庭筠筚路蓝缕，开启了词端。其亦是凭借制词之能，与权贵子弟交好，以求仕途上有所依傍。

　　《旧唐书》记温庭筠"初至京师，人士翕然推重。然士行尘杂，不修边幅，能逐弦吹之音，为侧艳之词，公卿家无赖子弟裴诚、令狐𫞩之徒，相与蒲饮，酣醉终日，由是累年不第"[2]。《云溪友议》记晋国公次弟子裴郎中乃一足情调、善谈谐之人，创作风格香艳而轻软，是以"裴君既入台，而为三院所谴曰'能为淫艳之歌，有异清洁之士也'"。裴郎中与温庭筠相善，二人曾为《新添声杨柳枝》词，饮筵竞唱其词而打令。温词曰："一尺深红朦曲

---

① （宋）郭茂倩，《乐府诗集》（上海：上海古籍出版社，2016），1044。
② （后晋）刘昫，《旧唐书》（北京：中华书局，1975），5078。

尘,旧物天生如此新。合欢桃核终堪恨,里许元来别有人。"又曰:"井底点灯深烛伊,共郎长行莫围棋。玲珑骰子安红豆,入骨相思知不知?"皆为浮荡之作。其时宴席中有刘采春女周德华,"虽《罗唝》之歌,不及其母;而《杨柳枝》词,采春难及""豪门女弟子从其学者众矣。温、裴所称歌曲,请德华一陈音韵,以为浮艳之美,德华终不取焉。二君深有愧色。所唱者七八篇,乃近日名流之咏也。"①此可见温庭筠与贵族子弟交好,亦见温庭筠之声名或有不堪之处。温庭筠屡屡开罪于朝中权贵,仕途之路必定不会平展,遂通过制小词以结交权贵,尽管为时人所鄙,亦属无奈之举。而正是因为温庭筠词作字声精严、文词华美,牛党要员令狐绹才会假温氏之作呈于唐宣宗,此亦说明温庭筠制词,确为其赢得了声名,只是此于其仕途,并无助益,反为之所累。

第三节　终身坎壈与温庭筠的心态

　　生活在强盛王朝没落之际的温庭筠,经历着跌宕起伏的政治局势和无休无止的官僚斗争。他祖上显贵,然至其时代,富贵已不存,其经济困顿、仕途坎坷,才华终究淹没于党争之中。温庭筠《上裴相公启》言自身"羁齿侯门,旅游淮上。投书自达,怀刺求知。岂期杜挚相倾,臧仓见嫉。守土者以忘情积恶,当权者以承意中伤。直视孤危,横相陵阻。绝飞驰之路,塞饮啄之涂。射血有冤,叫天无路"②,流露出遭到政治打压而又无处申冤的苦楚悲愤。他将仕途失意之感、理想幻灭之痛投注到文学创作中。他的诗词文中饱含着对他人沦落遭遇的慨叹,但更多是对自身经历的感伤,折射出的是隐藏于内心深处的彷徨与恐慌。

---

　　① 　(唐)范摅,《云溪友议》(上海:古典文学出版社,1957), 65。

　　② 　(清)董诰,《全唐文》(北京:中华书局,1983), 8225。

这在嵇康典故的使用上表现得尤为明显。

温庭筠的启文屡次提及嵇康。这是温庭筠仰其才华，爱其人格，哀其经历之复杂心态的展现。温庭筠与嵇康有着相似的追求与遭遇，同是风流才子，同有傲岸人格，又同为政治所累，故而其在感伤嵇康的同时，带有深深的自伤。

温庭筠《上崔相公启》言："常虑荒芜，殊非挺拔。依刘荐祢，素乏梯航；慕吕攀嵇，全无等级。分甘终老，莫有良期。"[①]其中"慕吕攀嵇"的"嵇"，所指即是魏晋风流的典型代表嵇康。

年轻的嵇康与少年的温庭筠均以才名闻世，嵇康的风度是老庄式的，体现在形貌气质上的超脱。他提出"越名教而任自然"，但政局的混乱时时折磨着这位名士，潇洒的风度背后，有着对政治纷争的恐惧之感及看穿世事的悲慨苍凉之心。此令嵇康的竹林之隐带有深深的悲剧意蕴。

嵇康展示出一种隐于朝的名士风度，温庭筠则彰显出一种隐于市的才子风流。放浪于繁华街巷的外表之下，掩藏着的是晶莹剔透的赤子之心。《唐才子传》记温庭筠"少敏悟，天才雄赡，能走笔成万言。善鼓琴吹笛""侧词艳曲，与李商隐齐名，时号'温李'。才情绮丽，尤工律赋"[②]，乃是典型的才华横溢的士人。温氏流连于歌楼舞馆，但其举止同阮籍卧于酒家女之榻有着相同的内涵，虽似足风流，却止于礼义。其对于歌楼酒馆中女子的态度是尊重的，这种尊重源于一种"同是天涯沦落人"的伤感。温庭筠有《弹筝人》："天宝年中事玉皇，曾将新曲教宁王。钿蝉金雁今零落，一曲伊州泪万行。"诗写一位在天宝年间曾侍奉玄宗和宁王的歌姬，在战乱后流落民间靠卖唱为生的悲惨遭遇。"一曲伊州泪万行"既是歌女的自伤之泪，又何尝不是温庭

---

① （清）董诰，《全唐文》（北京：中华书局，1983），8226。
② （元）辛文房，《唐才子传》（上海：古典文学出版社，1957），135。

筼的自怨之泪？

温庭筠才华横溢，风流潇洒，却有着一颗不安的心。他爱慕嵇康的才华，羡慕隐居的恬静，但他深知那只是一种虚幻的外在表象，其下则是痛苦和焦灼。鲍照有言，"自古圣贤尽贫贱，何况我辈孤且直"。承平社会中的士人尚难有完满的结局，何况生于政局动荡之时。温庭筠对世事人生的感悟同嵇康是一致的，无论嵇康的孤凄之嗟，抑或温庭筠的无助之痛，究其本质都是对生不逢佳时、才不得善用的哀怨。

温庭筠《上萧舍人启》言："某闻孙登之奖嵇康，䜣蔑之逢叔向，盖亦仙凡自隔，岂惟流品相悬。"①其中使用嵇康与孙登之典。②嵇康性烈，这种天赋的气质人格虽经多年的刻意修为也不能更改。不为五斗米而折腰，不为千钟粟而动念，坚定而执着地捍卫着心中最高的精神理念，这就是嵇康的品性。如此凌厉的性格使得他没能逃脱身死的命运，空留下回荡的《广陵散》引后人潸然。对于嵇康获罪的原因，鲁迅曾有所论述："非薄汤武周孔，在现时代是不要紧的，但在当时却关系非小。汤武是以武定天下的；周公是辅成王的；孔子是祖述尧舜，而尧舜是禅让天下的。嵇康都说不好，那么，教司马氏篡位的时候，怎么办才是好呢？没有办法，在这一点上，嵇康于司马氏的办事上有了直接的影响，因此就非死不可了。"③

温庭筠在《为人上裴相公启》中言"人琴并绝，不得申哀"④，时时感念嵇康这样一位才子无端惨死之事。嵇康走上刑场之时，儿子嵇绍年纪尚幼，多受嵇康友人山涛照顾。温庭筠《上令

---

① （清）董诰，《全唐文》（北京：中华书局，1983），8229。
② 《世说新语》记："嵇康游于汲郡山中，遇道士孙登，遂与之游。康临去，登曰：'君才则高矣，保身之道不足。'"《晋书·嵇康传》载："至汲郡山中见孙登，康遂从之游。登沉默自守，无所言说。康临去，登曰：'君性烈而才隽，其能免乎！'"
③ 鲁迅，《汉文学史纲要》（南京：江苏文艺出版社，2017），152。
④ （清）董诰，《全唐文》（北京：中华书局，1983），8227。

狐相公启》言"《戴经》称女子十年,留于外族;嵇氏则男儿八岁,保在故人",感慨父失而子孤之痛。①温庭筠《上宰相启·其一》言"卫馆遗孤,常闻出涕;山阳旧曲,不独伤心",乃是用向秀思嵇康之典故。《上吏部韩郎中启》又言"然后幽独有归,永托山涛之分",仍是借嵇康死而子尚孤表达深深的自伤。

道德的核心就是责任,志士的责任感往往超出社会的要求。荆轲为知己而捐躯,汉末名士为救世而献身,他们完全可以不去做,亦无可非议,但责任感却无法原谅自己,过于强烈的责任感在黑暗的中国古代社会往往是知识分子的致命伤。按鲁迅的话说,就是"过分认真":说出来,送掉了性命;忍着又噬碎了自己的心。②嵇康就是一位"过分认真"而又真心待世的赤子,纵然身死,亦无可悔。温庭筠亦有着这样的情操和襟怀。

温庭筠创作了许多借古讽今的咏史诗,《春江花月夜》写陈、隋两朝的兴废,嘲讽统治者的骄奢淫逸。《过华清宫二十二韵》揭露了唐玄宗时腐败的政治,含蓄的针砭时政。温庭筠还写了诸多展现下层人民苦难生活的作品,《烧歌》描绘了"烧畲为早田"的景象,但辛苦的劳作最终"尽作官家税",全诗表达了对官家恶劣行径的鞭挞及对劳动人民的同情。温庭筠词作中另有许多征妇形象,他多选用《遐方怨》《定西蕃》《蕃女怨》等曲调来表现,良人远征,空闺中的女子黯然神伤,诗人对她们寄予了无限的同情,也从另一个角度反映了战争带给人民的巨大痛苦。

温庭筠因直言而开罪于权贵,使得进仕之路几被封堵。他曾在启文中五次使用阮籍"穷途之驾"、三次使用王章"牛衣对泣"的典故,展现出对前途渺茫的怅惘。其也曾"自伤云:'因知

---

① 据刘学锴考证,此句"盖谓自己的男孩寄养在朋友家""或解,此指温庭筠自幼丧父,寄养在父之'故人'家"。见刘学锴,《温庭筠全集校注》(北京:中华书局,2007),1120。

② 王晓毅,《嵇康评传》(南宁:广西教育出版社,1994),78。

此恨人多积,悔读《南华》第二篇'",但仍然不舍其犀利的本性。
《唐才子传》记:"宣宗微行,遇于传舍,温庭筠不识,傲然诘之曰:
'公非司马、长史流乎?'帝曰:'非也。'又曰:'得非六参、簿、尉之
类?'帝曰:'非也。'"这样的举动彻底断送了温庭筠的政治前途,
令他谪方城尉。①《唐摭言》载:"温庭筠之任,文士诗人争为辞
送,惟纪唐夫得其尤。诗曰:'何事明时泣玉频,长安不见杏园
春。凤凰诏下虽沾命,鹦鹉才高却累身。且饮绿醽销积恨,莫辞
黄绶拂行尘。方城若比长沙远,犹隔千山与万津。'"②于其时,
"中书舍人裴坦当制,忸怩含毫久之,词曰:'孔门以德行居先,文
章为末。尔既早随计吏,宿负雄名,徒夸不羁之才,罕有适时之
用。放骚人于湘浦,移贾谊于长沙。尚有前席之期,未爽抽毫之
思'"③。据《旧唐书》,在裴坦知贡举之年,登第者三十人"皆名
臣子弟,言无实才"。到人生的最后,温庭筠流落而去,不知所
终。温庭筠曾感慨嵇绍年幼无父的遭遇,却未曾想到儿子温宪
由于自身声名不佳而一生寥落。温宪落第后有《题崇庆寺壁》:
"十口沟隍待一身,半年千里绝音尘。鬓毛如雪心如死,犹作长
安下第人。"④满怀希望应举,却因父辈的缘故而不得录用。多
年的寒窗苦读,终未能成就理想的辉煌。失望和悲痛深深折磨
着这位号称"咸通十哲"之一的才子。所谓哀莫大于心死,但纵
然心已死,鬓已衰,仍不能改变家境的贫寒、前途的黯淡。温宪
登第后诉父屈曰"蛾眉先妒,明妃为去国之人;猿臂自伤,李广乃
不侯之将",个中悲凉,令人不禁潸然。

温庭筠启文中带有明显的自伤之情,寄寓着他对于世事人
生的无奈。他的小说亦如此,《华州参军》即以元稹的《莺莺传》

① (元)辛文房,《唐才子传》(上海:古典文学出版社,1957),135。
② (宋)王定保,《唐摭言》(上海:上海古籍出版社,1978),121—122。
③ (元)辛文房,《唐才子传》(上海:古典文学出版社,1957),136。
④ (清)徐松撰、赵守俨点校,《登科记考》(北京:中华书局,1984),891。

为底本，演绎了一个生死契阔的爱情故事。

元稹的《莺莺传》又名《会真记》《传奇》，讲述贞元年间，张生游于蒲州，居普救寺。有崔氏孀妇携子女路经蒲州，亦居寺中。兵士乘主帅之丧而扰乱，崔氏甚惧，张生与蒲将之友有交，派兵护寺，崔家得免于难。崔氏宴张生，始见其女崔莺莺，遂生爱慕，作《春词》二首，托莺莺使女红娘通意。莺莺端服严容，责其非礼。张生绝望。数日后，莺莺夜奔张生，与之结合。此后，张生两去长安。明年，张生考试不中，遂滞留长安不归。虽莺莺给张生寄去信物及长书，然张生终与莺莺决绝。[①]此后二人各自成婚，张生偶经莺莺居所，以外兄求见，莺莺终不为出，自此长别。《莺莺传》一出即广为流传，唐人王涣《惆怅诗》中言"八蚕薄絮鸳鸯绮，半夜佳期并枕眠。钟动红娘唤归去，对人匀泪拾金钿"，罗虬《比红儿诗》曰"人间难免是深情，命断红儿向此生。不似前时李丞相，枉抛才力为莺莺"，均感《莺莺传》而发。鲁迅曾说"元稹以张生自寓，述其亲历之境""李绅、杨巨源辈既各赋诗以张之，稹又早有诗名，后秉节钺，故世人仍多乐道"[②]。汪辟疆言此篇流传最广的原因"一则以传出微之，文虽不高，而辞旨顽艳，颇切人情，一则社会心理，趋尚在此"[③]。温庭筠受此影响，以《莺莺传》为底本，创作了《华州参军》。华州柳参军乃名族之子，罢官后于长安闲游时遇容色绝代的崔氏女，心生爱慕，故赂其婢女轻红欲结之，轻红不受。不久，崔氏女病，其舅请为王生纳，崔氏女不乐，愿嫁柳生。其母应允，遂偷成婚约。居于金城里。王家寻觅崔氏女，弥年无获。柳生挈妻与轻红自金城里赴崔母丧，为王生所见，遂讼于官，公断王家先下财礼，合归于王。经数年，移其宅于崇义里。崔氏女使轻红访得柳生居所，又使轻红与柳生为

①　侯忠义，《隋唐五代小说史》（杭州：浙江古籍出版社，1997），80。

②　鲁迅，《中国小说史略》（上海：上海古籍出版社，1998），53。

③　汪辟疆，《唐人小说》（上海：上海古籍出版社，1978），140。

期,逃而同诣柳生,迁居群贤里。王生寻得后复兴讼夺之。后柳生长流江陵。二年,崔氏与轻红相继而殁。一日柳生于江陵闲居,轻红与崔氏女忽至,与柳生居二年间,尽平生矣。王生闻之,命驾千里而来,亲见崔氏女与轻红,俄又失之所在。柳生与王生具言前事,又造长安,发崔氏所葬验之,见江陵所施铅黄如新,衣服肌肉,且无损败。轻红亦然。柳与王相誓却葬之。二人入终南山访道,遂不返焉。

赵彦卫《云麓漫钞》曾言小说"文备众体,可以见史才、诗笔、议论",陈寅恪言"《莺莺传》中忍情之说,即所谓议论。会真等诗,即所谓诗笔。叙述离合悲欢,即所谓史才"[①],温庭筠的《华州参军》所叙故事更为动人,所展诗笔更为含蓄,所发议论更为精深。《莺莺传》中的崔莺莺虽曾大胆追求爱情,最终却选择了放弃,她这样评价过去的自己:"婢仆见诱,遂致私诚。儿女之心,不能自固""及荐寝席,义盛意深,愚陋之情,永谓终托。岂期既见君子,而不能定情""没身永恨,含叹何言"。莺莺钟情于张生,分别之后,虽"常忽忽如有所失。于喧哗之下,或勉为语笑,闲宵自处,无不泪零。乃至梦寝之间,亦多感咽""幽会未终,惊魂已断",却言"始乱之,终弃之,固其宜也。愚不敢恨"。当张生一去不返时,其传信曰"临纸呜咽,情不能申。千万珍重,珍重千万""幽愤所钟,千里神合""春风多厉,强饭为嘉。慎言自保,无以鄙为深念",言语之中满含关切。对于莺莺,张生这样评价:"凡天之所命尤物也,不妖其身,必妖于人""殷之辛,周之幽,据百万之国,其势甚厚。然而一女子败之,溃其众,屠其身,至今为天下僇笑。予之德不足以胜妖孽,是用忍情"。词之严,情之绝,令人生寒。对于张生"忍情"的行为,莺莺痛心之时感受到的是

---

① 陈寅恪,《元白诗笺证稿附读〈莺莺传〉》,见《陈寅恪集》(北京:三联书店,2001),120。

绝望,纵然其"万转千回懒下床""为郎憔悴却羞郎",然当多年后张生请见之时,亦以"忍情"来回应,"弃置今何道,当时且自亲。还将旧时意,怜取眼前人",终生不复见。故事虽为悲剧,却因人为。如若张生重情,必不会有日后莺莺的垂泪。而温庭筠的《华州参军》则在一个超时空的背景下,展示出人在宿命中的挣扎。

　　崔氏女本着"人生意专,必果夙愿"的理念,执着于爱情,永不言弃。在初遇柳生之时,崔氏女"斜睨柳生良久",在拒嫁王生时,其告母"愿嫁得前时柳生,足矣",在第一次被判归王家时,其"使轻红访柳生所在""又使轻红与柳生为期;兼赍看圃竖,令积粪堆,与宅垣齐。崔氏女遂与轻红踰之,同诣柳生"。其死后,千里寻得柳生所在,言"已与王生诀,自此可以同穴矣",爱人之心,如磐石般坚固。《古诗十九首》中描述过"行行重行行,与君生别离"的痛苦,对于这种苦楚,崔氏女在接受的同时选择了努力改变,纵然道路长阻,衣带渐宽,仍旧无悔。汤显祖《牡丹亭题记》曾言:"天下女子有情,宁有如杜丽娘者乎!""如丽娘者,乃可谓之有情人耳。情不知所起,一往而深,生者可以死,死可以生。"崔氏女一如杜丽娘般,其执着于柳生,实为一至情人,其与柳生未成眷属,亦乃悲剧。然《华州参军》的悲剧性远不止于此。王生"常悦慕表妹",故其父相信崔母所言"吾夫亡,子女孤弱,被侄不待礼会,强窃女去矣。兄岂无教训之道",责打于他。但当他见到赴丧的崔氏女之时,"不怨前横",与之生活数年中,轻红的"洁己处焉"亦表明其对崔氏的钟情。崔氏女后私离王家奔赴柳生,其多方找寻,"兴讼夺之",崔氏"托以体孕,又不责而纳焉",情深再现。崔氏女亡后,其"送丧,哀恸之礼至矣"。听闻崔氏尚在,即"命驾千里而来",崔氏女确亡,其亦"入终南山访道"。王生是天下又一至情之人,明知崔氏女爱慕柳生之心,却仍旧执着,这样的情感,可感动天地。崔氏女虽苦,毕竟和柳生拥有过幸福时光,而这样的时刻对于王生来讲,却只能是一种奢求。崔氏女拒嫁王生的时候曾说"以某与外兄,终恐不生全",这句话几如谶语一般,左右着三个人的一生。崔氏女苦苦追逐着柳参军的脚步,王生痴痴钟情崔氏,这样的矛盾,终究不可调和。温庭筠在小说中屡屡表达命运的安排是那样的令人无奈与感伤,即使生命终结,化为幽冥,夙愿依然未尝。故事中柳生、崔氏女、王生之间的爱情,在艰难的人生中终未找到超脱的路径,求而不得,舍而不能,如此命运,让人倍感凄凉。

温庭筠以细腻的笔触来创制此篇,较之《莺莺传》,《华州参军》中主要人物的形象愈加立体丰满。对于次要人物,温庭筠也进行了更为详致的勾勒。《莺莺传》中的崔母在促使崔、张二人相见后,便再也没有发挥任何作用,无声地消失于作品之中。红娘的献策、传诗虽成就了崔、张之情,但其形象略显机械,亦缺乏思想性。此种不足在《华州参军》中都得到了不同程度的弥补。崔母"念女之深,乃命轻红于荐福寺僧道省院,达意柳生",促成了崔、柳二人的婚姻。而在王家询问崔氏女下落之时,其泣云:"被俉不待礼会,强窃女去矣。"极力为崔、柳遮掩,延续了二人的婚姻。其故去之时,崔、柳服丧为王生所见,又是故事进一步发展的基础。这个人物有着自己的思想和行动,较之《莺莺传》中的崔母,更为清晰。轻红亦是一个较为重要的角色,柳生初遇崔氏女,多方赂之以求结识,其不受。柳生悦其而挑之,轻红大怒言:"君性正粗!奈何小娘子如此待于君,某一微贱,便忘前好,欲保岁寒,其可得乎?"其对柳生的一番教育是崔、柳恋情发展的基础。在王家"经数年,竟洁己处焉",衬托出王生对崔氏女的至情。当崔、柳二人分开之时,又是她起到了青鸟传信的作用。崔母与轻红是柳生、崔氏女、王生之间联系的桥梁,她们的存在使得小说中人物之间的关系更为密切,矛盾更为突出,情节亦跌宕起伏。

《莺莺传》是中唐时的早期作品,虽比较典型地体现了议论、叙事、诗词三体备具的特点，但作者续张生的《会真诗》有卖弄辞藻之嫌，显得冗长而无意义。①相比而言，温庭筠没有像元稹那般在小说中植入大量的诗句以炫诗才，他独特的诗笔展现在对爱情的描绘和对志怪题材的运用。那种生死不渝的情感本身就带有一种诗歌般的浪漫，小小情事却凄婉欲绝。而设幻之笔，亦是艺术表现中诗意性的一种展现。值得注意的是，温庭筠《华州参军》中某些场景描摹同其词作有着一致性，七首《南歌子》如若《华州参军》的诗化注释。崔氏女初见柳生"斜睨柳生良久"，同《南歌子》其一"手里金鹦鹉，胸前绣凤凰。偷眼暗相形，不如从嫁与，作鸳鸯"所摹绘的场面、表达的心境暗合；其二"似带如丝柳，团酥握雪花。帘卷玉钩斜。九衢尘欲暮，逐香车"，同柳生见"一车子，饰以金碧""后帘徐褰，见纤手如玉""女之容色绝代"，生"鞭马从之"一致。其三中的"为君憔悴尽，百花时"、其四中的"隔帘莺百啭，感君心"所描绘的正是崔氏女同柳生第一次被迫分开后的思绪。其五"扑蕊添黄子，呵花满翠鬟。鸳枕映屏山。月明三五夜，对芳颜"乃崔氏女携轻红奔柳生后的欢愉场面。其六、七中的"忆君肠欲断，恨春宵""近来心更切，为思君"又同崔柳二次被分开的心境相同。《华州参军》的"诗性智慧"与《南歌子》的叙事性表达，展示出文体间的相通。

　　元稹的《莺莺传》一般认为是自传体小说，传中张生实元稹，以假语村言自述艳遇。《侯鲭录》载王铚《传奇辨证》尝有辨，赵德麟作《微之年谱》亦借本传考元稹事迹。②或许囿于风流韵事的"实录"，《莺莺传》缺少大胆的虚构，整个情节与结构不够舒展，描写亦欠细腻。③但"忍情"论实代表了元稹对于爱情与仕途的看法。他对待崔莺莺，纵有爱怜，然当情感与现实

---

①③　侯忠义，《隋唐五代小说史》（杭州：浙江古籍出版社，1997），87。
②　李剑国，《唐五代志怪传奇叙录》（天津：南开大学出版社，1993），314。

冲突时,其毫不犹疑地选择了现实的利益,展示的是一个"极热衷巧宦之人"①的功利心态。而《华州参军》中的崔氏女和王生身上,则寄予着温庭筠对于人生的体悟,其一生仕途坎坷,于宦海之中苦苦挣扎,其参试、干谒、上启,却始终不能拥有他想要的人生。小说中崔氏女对于柳生的执着,王生对于崔氏女的爱恋,终究和他的仕途梦一样,了无结果,求之不得的苦楚,难以言说。

《莺莺传》和《华州参军》所作时间相距不远,对当时的社会现实皆有所反映。崔莺莺与崔氏女同是唐时显姓——崔姓,但二人虽有财产,却无父护佑,纵为姓氏上的显族,却非政治上的贵族。"唐代社会承南北朝之旧俗,通以二事评量人品之高下。此二事,一曰婚。一曰宦。凡婚而不娶名家女,与仕而不由清望官,俱为社会所不齿""但明乎此,则微之所以作《莺莺传》,直叙其自身始乱终弃之事迹,绝不为之少惭,或略讳者,即职是故也。其友人杨巨源、李绅、白居易亦知之,而不以为非者,舍弃寒女,而别婚高门,当日社会所公认之正当行为也"②。崔莺莺为张生所弃,遭遇虽令人唏嘘,亦属常见。崔莺莺的自荐枕席与之后再嫁,折射出到元稹作《莺莺传》的贞元二十年(804),社会上所谓的礼法之风还不甚严格,当时唐人对于少女婚前的贞操亦不十分计较。崔氏女婚后另觅情人的行为,社会不以为耻,表明未婚少女私结情好、有夫之妇另觅情侣的现象较为普遍。③但崔氏女虽"不乐事外兄",私寻柳生,却不能与之解除婚姻关系。唐律规定男女双方如果姻缘不合,不相安谐,可和平解除婚约。而王生深恋崔氏女,不属此种情况。唐代法律还有"七出"之规定,却是

---

①② 陈寅恪,《元白诗笺证稿附读〈莺莺传〉》,见《陈寅恪集》(北京:三联书店,2001),116。

③ 高世瑜,《唐代妇女》(西安:三秦出版社,1988),149—150。

赋予男子之权利,女子提出解除婚姻,不但不容易得到许可,还会受到社会舆论的压力。《云溪友议》曾记颜鲁公为临川内史,"邑有杨志坚者,嗜学而居贫,乡人未之知也。山妻厌其饘膻不足,索书求离",及"诣州,请公牒,以求别醮"。颜公案其妻曰:"杨志坚素为儒学""愚妻睹其未遇,遂有离心",此举"恶辱乡间,败伤风俗。若无褒贬,侥幸者多阿王。决二十后,任改嫁。杨志坚秀才,赠布绢各二十匹、禄米二十石,便署随军,仍令远近知悉",故"江左十数年来,莫有敢弃其夫者"①。女子从法律上弃夫,终究不愿为社会接受。

温庭筠的《华州参军》虽为一篇较为优秀的小说,却未产生大的社会反响,究其原因有二。一是社会礼法之风渐趋浓厚。李唐原来胡化极深,与山东士卒迥然不同。如朱子《语录》所谓"闺门失礼之事很多",但中唐以后山东士族在政治上重新抬头,礼法之风便开始浓厚起来,②失礼之举常为人不齿。所以在中晚唐小说《周秦行纪》中,太后让昭君侍寝的理由为:"昭君始嫁呼韩单于,复为株垒若鞮单于妇,固自用,且苦寒地胡鬼何能为?"据《资治通鉴考异》,《周秦行纪》的创作目的乃为讽刺牛僧儒的母亲行为不检:"太牢早孤,母周氏冶荡无检,乡里云云。兄弟羞赧,乃令改醮,既与前夫义绝矣,纪贵请以出母追赠。"③《周秦行纪》是牛李党争的产物,创作目的在于攻击政敌,既然以改嫁为羞,说明当时社会上对女子的婚姻管制较之前严格了许多。崔氏女这种既已为王家之妇,又屡屡私寻柳生,一女侍二夫的行为不为社会所提倡,亦不会被接受。此外,《华州参军》中的婚姻是不完满的,崔氏钟情于柳参军,终未能与之相守;王生钟情于崔氏,亦未得到崔氏的真心,故事以悲剧落幕。然正如鲁迅所说

---

① (唐)范摅,《云溪友议》(上海:古典文学出版社,1957),3。
② 刘开荣,《唐代小说研究》(上海:商务印书馆,1947),88—89。
③ 刘开荣,《唐代小说研究》(上海:商务印书馆,1947),84。

的那样,"中国人底心理,是很喜欢团圆的",所以元稹的《莺莺传》屡遭修改,"张生和莺莺到后来终于团圆了",而《华州参军》中的情感矛盾不可调和,如此小说,终未能流传开去。温庭筠纵创作了优秀之作,却于其仕途无益。

崔氏女和王生身上,有着温庭筠的影子。小说中柳生、崔氏女、王生之间的爱情,在艰难的人生中终未找到超脱的路径,整个悲剧的起因由"人心"转化为了"命运","求而不得"的悲慨,更为苍凉。

在温庭筠的词作中,同样有着类似的心绪。《菩萨蛮·其一》言:"小山重叠金明灭,鬓云欲度香腮雪。懒起画蛾眉,弄妆梳洗迟。照花前后镜,花面交相映。新帖绣罗襦,双双金鹧鸪。"自古女为悦己者容。《诗经·伯兮》曰"自伯之东,首如飞蓬。岂无膏沐,谁适为容",描绘的即是自男子离开后,独守空闺的女子因无人赏赞遂放弃梳妆的情境。温庭筠所摹写的女子亦是如此。"鬓云"与"香腮雪"点明女子俊美的容颜,而"懒起"则透露出其独自一人的恹恹心态。罗襦上的鹧鸪尚且成双成对,而自己却孑然一身,辜负韶光,思之不仅黯然神伤。张惠言评温庭筠此首《菩萨蛮》为"感士不遇也"。篇法仿佛《长门赋》,而用节节逆叙。"懒起"二字含后文情事。"照花"四句,有《离骚》"初服"之意,"第自写性情,不必求胜人,已成绝响。后人刻意争奇,愈趋愈下,安得一二豪杰之士,与之挽回风气哉"①。谭献说:"以《士不遇赋》读之最确。"②陈廷焯言温庭筠词"全祖离骚,所以独绝千古。《菩萨蛮》《更漏子》诸阕,已臻绝诣,后来无能为继"。其"《菩萨蛮》十四章,全是变化楚骚,古今之极轨也。徒赏其芊

---

① (清)张惠言,《词选》(北京:中华书局,1957),12。
② (清)谭献,《谭评词辨》,见尹志腾《清人选评词集三种》(济南:齐鲁书社,1988),146。

丽,误矣"①。纵然常州词派之言论或带有推尊词体之目的,然温庭筠一生仕途坎坷,壮志未酬,其词作中确有着几丝孤凄与彷徨。这种落寞的情感,或正是来自他对理想幻灭的悲愤、对韶光易逝的感伤、对前途渺茫的无奈。

意在言外是中国诗歌常用的表现手法,陈廷焯言:"所谓沉郁者,意在笔先,神余言外,写怨夫思妇之怀,寓孽子孤臣之感。凡交情之冷淡,身世之飘零,皆可于一草一木发之。而发之又必若隐若现,欲露不露,反复缠绵,终不许一语道破。匪独体格之高,亦见性情之厚。"且指出飞卿词如《菩萨蛮》之"春梦正关情,镜中蝉鬓轻""花落子规啼,绿窗残梦迷""鸾镜与花枝,此情谁得知"等,皆含深意。②温庭筠词作尽管流美,多美人之姿、金玉之景,如"翠翘金缕双鸂鶒,水纹细起春池碧""水晶帘里颇黎枕,暖香惹梦鸳鸯锦""凤凰相对盘金缕,牡丹一夜经微雨",但一种哀婉的心绪却时时流淌在作品中,似"人远泪阑干,燕飞春又残""音信不归来,社前双燕回""青锁对芳菲,玉关音信稀"③之作较多。词中常描绘女子候人之场景,凄伤而又落寞,人生若沉若浮,希望若有若无,大有"陋室空堂,当年笏满床;衰草枯杨,曾为歌舞场""说什么脂正浓、粉正香,如何两鬓又成霜"之感。他还常选用《遐方怨》《诉衷情》《定西藩》《蕃女怨》等曲调来表现离愁。《蕃女怨》言:"万枝香雪开已遍,细雨双燕。钿蝉筝,金雀扇,画梁相见。雁门消息不归来,又飞回。"远方的征人时刻牵动着闺中人的情怀,这些寂寞哀怨守空闺的征妇,折射出的正是温庭筠浪迹漂泊,见多苦愈多的彷徨心态。此为一种深沉而悲凉的人生体验,那些与之有着相似情感经历的人,方会与之产生

① (清)陈廷焯,《白雨斋词话》(上海:上海古籍出版社,2009),8、9。
② (清)陈廷焯,《白雨斋词话》(上海:上海古籍出版社,2009),8。
③ (后蜀)赵崇祚辑,《花间集·卷一》(宋绍兴十八年建康郡斋刻本)(北京:国家图书馆出版社影印本,2004)。

共鸣。

对于温词不作主观明白的叙写,叶嘉莹认为与个人及传统因素有关。温庭筠在旧式教育中长大,受传统浸染很深,创作口吻与传统托喻接近。他又经历了晚唐文宗、武宗、宣宗三朝,时有藩镇割据、宦官专权、党派倾轧,有正义感的温庭筠开罪多人,故仕宦科举一直不得意,内心中有一种怀才不遇的抑郁悲慨。温氏制词中将二者结合,成为了现今所见之作。①因此张惠言虽然牵强附会,温庭筠的词确实可以给人一种联想,即西方的阐释学所说的衍生义(Significance),如果用这种理论反观中国诗歌,就会知道,张惠言和陈廷焯把温庭筠的词说成是有屈原《离骚》的意思是有道理的。②正因为有着传统创作习惯和个人气质经历的结合,使得温庭筠"出辞都雅,尤有怨悱不乱之遗意。论词者必以温氏为大宗,而为万世不祧之俎豆也。宜哉"③!

温庭筠的身上既有着知识分子的耿介,同时也有着屈从于现实的无奈,理想的缥缈与现实的残酷不断交织,侵蚀着他原本就脆弱的心灵。在所谓的"以德行为先"的社会里,再广的学识,再多的济世之心都只能是一种累身之资,再美好的人生、社会理想也只能是一种奢求。对温庭筠而言,那种"过尽千帆皆不是"的断肠之痛,那种"词客有灵应识我,霸才无主始怜君"的无奈之伤,已常伴于人生。纵然是"鬓云欲度香腮雪",仍要承受着"蝉鬓美人愁绝"的悲怆。他有"千万恨",但"恨极在天涯",他曾因行为的浪漫,受尽了人间的唾骂,亦因遭遇的悲惨,赢得了诸多的同情。李商隐曾有《闻著明凶问哭寄飞卿》:"昔叹谗销骨,今伤泪满膺。空余双玉剑,无复一壶冰。江势翻银汉,天文露玉绳。何因携庾信,同去哭徐陵。"另有《有怀在蒙飞卿》:"薄宦频

---

① 叶嘉莹,《唐五代名家词选讲》(北京:北京大学出版社,2007),32—35。

② 叶嘉莹,《唐宋词十七讲》(石家庄:河北教育出版社,2000),39—40。

③ 吴梅,《词学通论》(南京:江苏文艺出版社,2008),44。

移疾,当年久索居。哀同庚开府,瘦极沈尚书。城绿新阴远,江清返照虚。所思惟翰墨,从古待双鱼。"透过那些精致哀婉的文字,一个才华横溢而又风度翩翩,寂寞孤独而又桀骜不驯的身影清晰地呈现在眼前,这就是那个一生努力的、执着的、彷徨的、落寞的温庭筠,他将自己印在了作品中,留给后人品评。

第三章 《花间集》之牛僧孺亲族及创作

　　花间词人中有几位牛僧孺的亲族,包括牛僧孺的表甥皇甫松、牛僧孺之孙牛峤、牛峤兄子牛希济,《花间集》收录他们的创作,个中原因除三者词作的内容风格同《花间集》选词标准一致之外,或亦有地缘因素。牛僧孺为甘肃人,根据出土的赵廷隐墓志铭的记载,赵廷隐亦是甘肃人,乡亲观念或使其情感上与牛党更为接近。牛党乃唐高宗武后以来由进士科进用的新兴阶级,他们凭借着公卿显宦的身份大力扶植党羽以扩充自身势力,[①]除进士科考所形成的座主门生关系外,他们亦重视地缘所产生的宗族、同乡等关系。牛党要员令狐绹为关陇士族,其郡望敦煌,后徙家关中华原。[②]《南部新书》记其"以姓氏少,族人有投者不吝其力"。长此以往,牛党人数日多。此或是二牛一皇甫词作流传广泛的另一个原因。

第一节 甘露事变与皇甫松的一生

　　皇甫松,字子奇,自号檀栾子,中唐古文大家皇甫湜之子,宰相牛僧孺之甥。皇甫家乃书香门第,以道德传家。梁肃《送皇甫

---

① 胡戟等,《二十世纪唐研究》(北京:中国社会科学出版社,2002),68。
② 李浩,《唐代关中士族与文学》(北京:中国社会科学出版社,2003),168。

七赴广州序》言："予同郡皇甫生，肤清气和，敏学而文。尝纂《家范》数千言。自远祖汉太尉晋元晏先生以还，门风世德，焕耀篇录。"①皇甫松自言："我家世道德，旨意匡文明。家集四百卷，独立天地经。寄言青松姿，岂羡朱槿荣。昭昭大化光，共此遗芳馨。"②可见其对家门德行充满自得之意。

　　皇甫松青少年时期受到其父皇甫湜严格的教育。皇甫湜为韩愈门下弟子，颇具文才，唐文学家李翱曾评价皇甫湜的文章"词高理直"③。皇甫湜于学习上对皇甫松要求极为严格，《新唐书》记湜命子松录诗，"一字误，诟跃呼杖，杖未至，啮其臂血流"④。经过道德及文章的教育后，皇甫松同中国古代许多知识分子一样，踏上了求仕之途。然时值晚唐，国运凋敝，科举不兴，纵然才华横溢，那种"朝为田舍郎，暮登天子堂"式的平步青云已然成了遥不可及的梦想。唐人康骈《剧谈录》言："自大中、咸通之后，每岁试春官者千余人，其间章句有闻，矗矗不绝。"皇甫松以文章称美，虽苦心文华，终厄于一第。⑤《容斋随笔》记"唐昭宗光化三年十二月，左补阙韦庄奏'词人才子，时有遗贤，不沾一命于圣明，没作千年之恨骨'"，皇甫松等人"俱无显遇，皆有奇才，丽句清词，遍在词人之口，衔冤抱恨，竟为冥路之尘"⑥。皇甫松曾作《大隐赋并序》，言自己"萍飘上国，迨逾十年"⑦，遥想杜甫亦曾十年困守长安，过的是"朝扣富儿门，暮随肥马尘，残杯与冷炙，到处潜悲辛"的日子，皇甫松的境遇当亦艰难。且皇甫家为诗书之家，并无厚积，《唐语林》记其父皇甫湜分务洛都时，值"洛

①　(清)董诰，《全唐文》(北京：中华书局，1983)，5267。
②　(宋)计有功，《唐诗纪事》(上海：上海古籍出版社，2013)，789。
③　(清)董诰，《全唐文》(北京：中华书局，1983)，6410。
④　(宋)欧阳修，《新唐书》(北京：中华书局，1975)，5268。
⑤　(唐)康骈，《剧谈录》(上海：古典文学出版社，1958)，61。
⑥　(宋)洪迈撰、孔凡礼点校，《容斋随笔》(北京：中华书局，2005)，513。
⑦　(宋)王谠撰、周勋初校证，《唐语林校证》(北京：中华书局，1987)，157。

中仍岁乏食,正郎滞曹不迁,俸甚微,困悴甚。尝因积雪,门无辙迹,厨突无烟"①。个中悲苦辛酸,可以想见。

皇甫松之父湜颇有入仕之志,梁肃《送皇甫七赴广州序》言皇甫湜有"聿脩之志",是已"琢而成器"的璞玉,且言"镇南杜公,负佐世之才,有盛名于天下,门闾之宾,唯吾子属。斯往也,亦以赴知己而沽善价",此乃为皇甫湜早年外出求官时所做的"勉行"之词。②《援鹑堂笔记》曰:"昌黎门人,类党牛而怨李。"又言:"《裴坦传》有'坐覆视皇甫湜、牛僧孺等对策非是,罢学士',则湜、僧孺同门生也。皇甫湜与牛僧孺不仅同年进制科,且有姻亲关系。又《旧书·韦处厚传》有'元和初,登进士第,应贤良方正,擢居异等'。则湜、处厚亦同年也。"③韦处厚曾作《上宰相荐皇甫湜书》,言"窃见前进士皇甫湜,年三十二""天既委明于斯人,苟回险其道,未得按轮而驱,则必混翼于天池,飨精于沆瀣。秉赠缴者从而道之,固无及矣。傥得游门下,信其才能,相公得徇公之名,有摭奇之实,后进幸甚"④。对皇甫湜赞赏有加,大力举荐。皇甫湜舅舅为王涯。王涯字广津,贞元八年(792)进士擢第,登宏辞科,释褐蓝田尉。贞元二十年(804)十一月,召充翰林学士,拜右拾遗、左补阙、起居舍人,皆充内职。王涯仕途较为平顺,然元和三年(808),一件引发牛李党争的政治事件发生,王涯亦牵涉其中。

《册府元龟》记:"元和三年,诏举贤良方正,有皇甫湜对策,其言激切,牛僧孺、李宗闵亦苦谏时政,为贵幸泣诉于帝。帝不得已,出考官杨于陵、韦贯之于外。"⑤《旧唐书》又记:"李宗闵与

① (宋)王谠撰、周勋初校证,《唐语林校证》(北京:中华书局,1987),569。
② (清)董诰,《全唐文》(北京:中华书局,1983),5267。
③ (清)姚范,《援鹑堂笔记》,见《中华大典·隋唐五代文学分典三》(南京:江苏古籍出版社,2000),1084。
④ (清)董诰,《全唐文》(北京:中华书局,1983),7351。
⑤ (宋)王钦若,《册府元龟》(北京:中华书局,1960),卷六四四。

牛僧孺同年登进士第,又与僧孺同年登制科。应制之岁,李吉甫为宰相当国,宗闵、僧孺对策,指切时政之失,言甚鲠直,无所回避。考策官杨于陵、韦贯之、李益等又第其策为中等,又为不中第者注解牛、李策语,同为唱诽。又言翰林学士王涯甥皇甫湜中选,考核之际,不先上言。裴垍时为学士,居中覆视,无所异同,吉甫泣诉于上前,宪宗不获已,罢王涯、裴垍学士,垍守户部侍郎,涯守都官员外郎。"未几,"王涯再贬虢州司马""僧孺、宗闵亦久之不调,随牒诸侯府。七年,吉甫卒,方入朝为监察御史"①。时任翰林学士的王涯曾因于科考中蒙顾外甥皇甫湜而遭到贬谪。几年后,李吉甫死,王涯东山再起,成为炙手可热的政治人物。《旧唐书》记王涯元和三年(808)为宰相李吉甫所怒,罢学士,守都官员外郎,再贬虢州司马。五年(810),入为吏部员外。七年(812),改兵部员外郎、知制诰。九年(814)八月,正拜舍人。十年(815),转工部侍郎、知制诰,加通议大夫,学士如故。十一年(816)十二月,加中书侍郎、同平章事。十三年(818)八月,罢相,守兵部侍郎、寻迁吏部。穆宗即位,以检校礼部尚书、梓州刺史、剑南东川节度使。②此种情况下,王涯之甥皇甫湜本当受其提携而在官场飞黄腾达,然事实却非如此,皇甫湜仕途失意,一生落拓。此或与湜"气貌刚质""性偏直"③相关。

　　《唐语林》记皇甫湜"尝为蜂螫指,购小儿敛蜂,捣取其液",疏狂之性尽显。又记其"辨急使酒,数忤同省,求分司东都,留守裴度辟为判官"。而裴度"修福先寺,将立碑。求文于白居易。湜怒曰:'舍近湜而远取居易,请从此辞。'度谢之。湜即请斗酒,饮酣,援笔立就。度赠以车马缯采甚厚,湜大怒曰:'自吾为《顾况集序》,未常许人。今碑字三千,字三缣,何遇我薄邪?'度笑

① （后晋）刘昫,《旧唐书》(北京:中华书局,1975),4551—4552。
② （后晋）刘昫,《旧唐书》(北京:中华书局,1975),4401—4402。
③ （宋）王谠撰、周勋初校证,《唐语林校证》(北京:中华书局,1987),569。

曰:'不羁之才也。'从而酬之"。送绢之时,"洛人聚观之"①。然正如《直斋书录解题》所言"东都修福先寺碑三千字,一字索三缣,其轻傲不羁,非裴晋公巨德,殆不能容之也""湜之矜负如此,固不苟为人作,人亦未必敢求之也"②。湜曾作《出世篇》,言"生当为大丈夫,断羁罗,出泥涂""骑龙披青云,泛览游八区""与天地相终始,浩漫为欢娱""下顾人间,涸粪蝇蛆"。疏放狂荡,竟至于此。皇甫湜未至耳顺之年,即已故去。白居易有《哭皇甫七郎中》,言其"志业过玄晏,词华似祢衡。多才非福禄,薄命是聪明。不得人间寿,还留身后名。涉江文一首,便可敌公卿(持正奇文甚多,《涉江》一章尤出)"③。偏执的性格使皇甫湜终未能在官场春风得意,亦不会为皇甫松入仕提供帮助。

皇甫松为牛僧孺表甥,其父皇甫湜曾扶携牛僧孺。李珏《故丞相太子少师赠太尉牛公神道碑铭》言牛僧孺"早与韩吏部、皇甫郎中为文章友。其名相上下。晚与白少傅、刘尚书为诗酒侣,其韵无高卑"④。《唐摭言》记"奇章公始举进士,致琴书于灞浐间,先以所业谒韩文公、皇甫员外。时首造退之,退之他适,第留卷而已。无何,退之访湜,遇奇章亦及门。二贤见刺,欣然同契,延接询及所止""公因谋所居。二公沉默良久,曰:'可于客户坊税一庙院。'公如所教,造门致谢。二公复诲之曰:'某日可游青龙寺,薄暮而归。'二公其日联镳至彼,因大署其门曰:'韩愈、皇甫湜同谒几官先辈不遇。'不过翌日,辇毂名士咸往观焉。奇章之名由是赫然矣"⑤。牛僧孺曾以文章之美受到韩愈、皇甫湜的

① (宋)王谠撰、周勋初校证,《唐语林校证》(北京:中华书局,1987),569—570。
② (宋)陈振孙,《直斋书录解题》(上海:上海古籍出版社,1987),480。
③ 谢思炜,《白居易诗集校注》(北京:中华书局,2006),2214。
④ (清)董诰,《全唐文》(北京:中华书局,1983),7408。
⑤ (宋)王定保,《唐摭言》(上海:上海古籍出版社,1978),75。

称赞,声名远扬,就此而言,韩愈、皇甫湜于牛僧孺有知遇之恩。唐代士子注重报答提携的恩情,韩愈之子韩昶《自为墓志铭》言:"因与俗乖,不得官。相国牛公僧孺镇襄阳,以殿中加支使,旋拜秘书省著作郎,迁国子博士,因久寄襄阳,以禄养为便。"①牛僧孺对于韩昶的提拔,或是报答韩愈的恩遇。②但牛僧孺未提携皇甫松,此或与皇甫湜的舅舅王涯有关。

皇甫松希冀牛僧孺举荐入仕当在皇甫湜已去世、牛僧孺尚在位的唐大和九年至大中元年年间(835—847),此时虽然距离铲除宦官的甘露事变已十余年,但宦官头目仇士良尚在位,纵然发动甘露事变的王涯等人已在事件中死去,然仇士良对其仇恨却并未减少。《新唐书》记"令狐楚见帝从容言:'向与臣并列者,既族灭矣,而露胔不藏,深可悼痛。'帝侧然,诏京兆尹薛元赏葬涯等十一人,各赐袭衣。仇士良使盗窃发其冢,投骨渭水"③。仇士良手握权柄、善弄权术、心狠手辣,牛僧孺深谙于此,自不愿因提拔皇甫松而冲撞仇士良。及仇士良于会昌三年(843)故去,牛僧孺自身又深陷与李德裕的争斗中。④早在元和三年(808),李德裕之父李吉甫就曾向宪宗举报王涯在科考中蒙顾外甥皇甫湜,使王涯遭贬。为防授政敌李德裕以柄,牛僧孺自不会保荐皇甫湜的后人为官。会昌六年(846)四月,宣宗始听政,其尤恶李德裕之专横,⑤故出门下侍郎、同平章政事李德裕同平章事,充荆南节度使。李党受到排斥。大中元年(847),在李党当政时期受贬黜的牛僧孺被召还朝,为太子少师,分司东都。大中二年(848),牛僧孺于东都城南别墅病故。虽然大中一朝,牛党白敏

① (清)董诰,《全唐文》(北京:中华书局,1983),7666。
② 卞孝萱,《牛李党争时的四篇作品考察》(《文史知识》,2001-06)。
③ (宋)欧阳修,《新唐书》(北京:中华书局,1975),5319。
④ 赵晓红、刘振峰,《皇甫湜的亲属关系》(《社会科学战线》,2010-02)。
⑤ 傅锡壬,《牛李党争与唐代文学》(台北:东大图书股份有限公司,1984),56。

中、令狐绹相继秉政十余年,但其与皇甫家均无过往。朝堂之中,皇甫家再无政治依傍,皇甫松惟有以布衣终老。后蜀赵崇祚选录《花间集》中称其为"先辈"即是明证。唐昭宗光化三年(901),韦庄上奏章一封终给予已离世的皇甫松一介官名:"伏望追赐进士及第,各赠补阙、拾遗。"①

史载皇甫松承继了其父狂放的性格,《唐摭言》又记皇甫松有诗曰"夜入真珠室,朝游玳瑁宫"②。真珠,即牛僧孺侍妾名。明冯梦龙《情史》言:"牛奇章纳妓曰真珠,有殊色。卢肇初计偕至襄阳,奇章重其文,延于中寝,会真珠沐发,方以手捧其髻,插钗于两鬓间。丞相曰'何妨一咏',肇即赋云:'神女初离碧玉阶,彤云犹拥牡丹鞋。知道相公怜玉腕,故将纤手整金钗。'"③卢肇之诗有微讽意,皇甫松的创作讽意更浓,此表明牛僧孺与皇甫松之间或有嫌隙。有文献记载皇甫松曾作诗文对牛僧孺进行攻击。《绛云楼书目》言:"皇甫松,奇章表甥也,憾其舅不为援引,因襄阳大水,遂为《大水辨》诗,极言诽谤,真刘轲同志之友。"④刘轲曾作《牛羊日历》,周南《山房集》题跋《牛羊日历》言:"《牛羊日历》一卷,唐太和九年刘轲作,斥三杨与李宗闵、牛僧孺之恶。谓僧孺结宦官杨承和,穆宗不豫,尝怀异图。后有檀栾子皇甫松书称此书为信史,目僧孺为太牢。又谓僧孺母不检,作《周秦行纪》,呼德宗为沈婆儿。录恶已甚,岂李卫公党嫉恶牛公者所为乎?"继刘珂《牛羊日历》之后,有署名皇甫松的《续牛羊日历》一文。⑤刘轲《牛羊日历》中多诬毁牛僧孺之语,《续牛羊日历》内容主旨与之大致相同。司马光认为《续牛羊日历》为"朋党之论",

---

① (宋)洪迈撰、孔凡礼点校,《容斋随笔》(北京:中华书局,2005),513。
② (宋)王定保,《唐摭言》(上海:上海古籍出版社,1978),116。
③ (明)冯梦龙评辑、周芳等校点,《情史》(南京:江苏古籍出版社,1993),941。
④ (清)钱谦益,《绛云楼书目》(上海:商务印书馆,1935),21。
⑤ 卞孝萱,《牛李党争时的四篇作品考察》(《文史知识》,2001-06)。

故"不取"。卞孝萱亦认为《牛羊日历》及《续牛羊日历》皆为牛李党争的产物，实不足信，此乃是李党中恶刘轲与皇甫松之人的假托盗名、一箭双雕之举。《援鹑堂笔记》言"昌黎门人亲戚，类党牛而怨李"，皇甫家已与李党交恶，自不会再开罪牛党。故《大水辨》与《续牛羊日历》，难以判定为皇甫松所作。①但书既署皇甫松之名，或说明其与牛僧孺之间关系并不融洽，以至于冠名皇甫松，可起到打击牛僧孺集团的作用。

经历过贫穷困蹇，见惯了官场炎凉，皇甫松心态渐归于平静。其《大隐赋并序》言：

> 栾子进不能强仕以图荣，退不能力耕以自给。上不能放身云霄，下不能投迹尘埃。似智似愚，人莫之识也。如狂如懦，物不可知焉。酒泛中山，适逢千日，萍飘上国，迫逾十年。遨游不出于醉乡，居处自同于愚俗。闵仲叔之殊见，徒避猪肝；屈大夫之祸怀，浪投鱼腹。是以坐成涤器，行将价春。拥万卷而笑百城，举箪瓢而歌一室。必期口无二价，居卖药之流；身抗三旌，入屠羊之肆。于是诗轻《招引》，赋陋《归田》。和光同尘，尝闻语矣；遁世无闷，岂虚言哉。荣启期之鼓琴，身终三乐；严君平之卖卜，日止百钱。是可以融神保和，含道咏德，亦何必拂衣丹峤，散发清流，吸玉露之英，撷金芝之秀，炼神化骨以为荣乎。②

既不能建永世之业、流金石之功，又不能遗世而独立，羽化而登仙。遂和光同尘，纵身于大化之中。皇甫松此文，似有看穿世事、洞察人生之意味。

---

① 卞孝萱，《牛李党争时的四篇作品考察》(《文史知识》，2001-06)。
② (宋)李昉等编、(清)宫梦仁选，《文苑英华选》(长春：吉林人民出版社，1998)，96。

皇甫松曾流连于酒宴,熟谙樽前各种游戏,著有《醉乡日月》三卷。清人翟灏《通俗编》言:"唐皇甫松手势酒令,五指皆有名目。"[1]《容斋随笔》记皇甫松《醉乡日月》所载投掷骰子之法"今人不复晓"[2]。可见皇甫松对于各种佐酒之戏极为熟悉,此或其所言"酒泛中山,适逢千日""遨游不出于醉乡"之表现。

《全唐诗》录皇甫松诗十三首,含其《大隐赋附歌》:

> 大道由由而熙熙,吾莫知施。谁宗来子,吾其嗣之。至化荡荡而一一,吾莫知专。谁师来子,吾其与焉。

《诗人主客图》又记其《登郭隗台》:

> 燕相谋在兹,积金黄巍巍。上者欲何颜,使我千载悲。

其《劝僧酒诗》言:

> 劝僧一杯酒,共看青青山。醺然万象灭,不动心印闲。

天地悠悠,至化荡荡。人世间的荣辱又何尝不能放下呢?言语中饱含一种参透人生后的豁达与从容。

皇甫松词今存二十二首。《花间集》录十二首、《尊前集》录十首。《白雨斋词话》言皇甫松"措词闲雅,犹存古诗遗意。唐词于飞卿而外,出其右者鲜矣。五代而后,更不复见此种笔墨"[3]。指出皇甫松词作之中与温庭筠近似的"古诗遗意",这种"遗意"中寄托着他对于人生的体悟。《浪淘沙》二首云:

---

① (清)翟灏,《通俗编》(北京:商务印书馆,1958),703。
② (宋)洪迈撰、孔凡礼点校,《容斋随笔》(北京:中华书局,2005),424。
③ 杨景龙,《花间集校注》(北京:中华书局,2014),302。

滩头细草接疏林，浪恶罾船半欲沉。宿鹭眠洲非旧浦，
去年沙觜是江心。①

蛮歌豆蔻北人愁，松雨蒲风野艇秋。浪起鸂鶒眠不得，
寒沙细细入江流。①

汤显祖评第一首曰："桑田沧海，一语道破。红颜变白发，美少年
化为鸡皮老翁，感慨系之矣。"②《栩庄漫记》言："玉茗翁谓前词
有桑沧之感，余谓此首亦有受谗畏讥之意，寄托遥深，庶几风人
之旨。"③大浪汹涌，小船于其中半浮半沉，受一次次的浪潮的侵
袭，仿佛在牛李党争中挣扎的皇甫松一般，找不到避风的港湾。
去年的江岸，今年已经成为沙洲江渚。陵谷沧桑，东海扬尘，政
治局势瞬息万变，岁岁年年中人亦失去了红颜，这其中的风霜与
磨难，身在党争漩涡中的皇甫松，体会定十分深刻。因此汤显祖
又言："子奇词不多见，而秀雅在骨，初日芙蓉春月柳，庶几与韦
相同工。至其词浅意深，饶有寄托处，尤非温尉所能企及，鹿太
保差近之矣。"④

皇甫松另有二首《杨柳枝》，皆为怀古之词：

春入行宫映翠微，玄宗侍女舞烟丝。如今柳向空城绿，
玉笛何人更把吹。

烂漫春归水国时，吴王宫殿柳丝垂。黄莺长叫空闺畔，
西子无因更得知。⑤

---

①⑤ （后蜀）赵崇祚辑，《花间集·卷二》（宋绍兴十八年建康郡斋刻本）（北京：
国家图书馆出版社影印本，2004）。

②④ （明）汤显祖，汤显祖批评《花间集》（明末套印本）（福州：福建人民出版
社，2011）。

③ 李冰若，《花间集评注》（石家庄：河北教育出版社，1999），42。

089

第一首写玄宗行宫之柳,玄宗曾于此亲吹玉笛,宫女如柳丝般翩然起舞。如今城已成空,还会有谁在依旧浓绿的柳色中吹奏玉笛呢? 第二首写吴王夫差馆娃宫之柳。夫差为西施所筑之馆娃宫绮阁飘香,夜夜笙歌,此令吴王沉醉其中,国家终为越所灭,西施亦行迹无踪。宫中垂柳、阁前黄莺皆是这一切的见证,如今柳依然碧翠,莺仍旧欢闹,只是物是人非,充斥其中的世事缥缈变化之感,令人情何以堪!

厉鹗《论词绝句十二首》言:"美人香草本《离骚》,俎豆青莲尚未遥。颇爱《花间》断肠句,'夜船吹笛雨潇潇'。"[1]"夜船吹笛雨潇潇"出皇甫松之《梦江南·其一》:

> 兰烬落,屏上暗红蕉。闲梦江南梅熟日,夜船吹笛雨萧萧。人语驿边桥。[2]

词以梦境的形式展示出对过往的思恋,梦中欢乐而梦外凄苦,暗含不尽的失落与忧伤,皇甫松《梦江南·其二》云:

> 楼上寝,残月下帘旌。梦见秣陵惆怅事,桃花柳絮满江城。双髻坐吹笙。

词仍采用梦境的手法,传达出对秣陵繁华已逝的无可奈何的伤感。《云韶集》言此词"凄艳似飞卿,爽快似香山"[3],《人间词话》评其"情味深长,在乐天、梦得上也"[4]。这种超越乐天与梦得之

① 杨景龙,《花间集校注》(北京:中华书局,2014),288。
② (后蜀)赵崇祚辑,《花间集·卷二》(宋绍兴十八年建康郡斋刻本)(北京:国家图书馆出版社影印本,2004)。
③ 杨景龙,《花间集校注》(北京:中华书局,2014),291。
④ 杨景龙,《花间集校注》(北京:中华书局,2014),292。

处,就在于其中那一抹思之即至、挥之不去的哀愁吧！况周颐《餐樱庑词话》曾言："词以含蓄为佳,亦有不妨说尽者。皇甫子奇《摘得新》云:'繁红一夜经风雨,是空枝。'语淡而沉痛欲绝。"①"繁红"一夜即变为"空枝",就如同变化莫测的政局,谁又能知晓下一刻是"红"还是"空"呢？皇甫松在他的词作中,隐隐展现了他彷徨失落的政治心绪,无论是繁红落去、柳丝空绿,还是秣陵惆怅、西子无因,都是这一情感的缩影。其中的悲苦,不可谓不深矣。或许正是因为生命中有了这难以承受之怆痛,皇甫松最终选择了"遨游不出于醉乡",与僧伽一起,共"看青青山"吧！

第二节　牛丛掌蜀与牛峤入川为官

牛峤,字延峰,为牛丛之子,牛僧孺之孙。②晁公武《郡斋读书志》载其为乾符五年(878)进士,历拾遗、补阙、尚书郎。③

长达四十余年的牛李党争以李德裕大中三年(849)死于贬所,牛党全胜而宣告结束。④但党争之余绪依然存在。大中一朝,牛党之白敏中、令狐绹把持权柄,使牛氏家族在牛僧孺离世(848)之后亦保持着相对较高的政治地位。⑤宣宗在位的十四年

---

①　杨景龙,《花间集校注》(北京:中华书局,2014),283。

②　陈尚君据《唐诗纪事》《旧唐书·牛僧孺传》《新唐书·宰相世系表》《樊川文集·牛僧孺墓志铭》《文苑英华·牛僧孺神道碑》,考证牛峤为唐宰相牛僧孺之孙。其生年约在会昌、大中时,在西蜀词人中,年甲仅仅次于韦庄。是说可信。

③　(宋)晁公武撰、孙猛校证,《郡斋读书志校证》(上海:上海古籍出版社,1990),942。

④　傅锡壬,《牛李党争与唐代文学》(台北:东大图书股份有限公司,1984),56。

⑤　相对于牛僧孺后人,李德裕之子的遭遇显得凄凉。《旧唐书》记李德裕有"三子。烨,检校祠部员外郎,汴宋亳观察判官。大中二年,坐父贬象州立山尉。二子幼,从父殁于崖州。烨,咸通初,量移郴州,郴县尉,卒于桂阳"。《新唐书》记李德裕"子烨,任汴宋幕府,贬象州立山尉。懿宗时,以赦令徙郴州,余子皆从死贬所。烨子延古,乾符中,为集贤校理,擢累司勋员外郎,还居平原,昭宗东迁,坐不朝谒,贬卫卫主簿"。《南汉书》记"初,德裕柄国,威望独重一时。及宣宗即位,仇人之党相继挤陷,子弟皆坐贬谪"。见(清)梁廷枏,《南汉书》(广州:广东人民出版社,1981),47—48。

（846—859），牛党势力全盛，牛僧孺之子牛丛在此时受到重用。

《资治通鉴》记大中七年（853），宣宗曰"谏官要在举职，不必人多"，如牛丛辈数人，"使朕日闻所不闻足矣"。对牛丛赞赏有嘉。后牛丛自司勋员外郎出为睦州刺史，入谢，宣宗问曰："卿非得怨宰相乎？"牛丛答曰："陛下比诏不由刺史县令不任近臣，宰相以是擢臣，非嫌也""上赐之紫。丛既谢，前言曰：'臣所服绯，刺史所借也。'上遽曰：'且赐绯。'上重惜服章，有司常具绯、紫衣数袭从行，以备赏赐，或半岁不用其一，故当时以绯、紫为荣"①。据《旧唐书》，牛丛谢绝了宣宗赐金紫，且言"臣今衣刺史所假绯，即赐紫，为越等"，宣宗于是赐银绯。此进一步说明宣宗对于牛丛的厚爱，也展示出牛丛守规矩、知敬畏的性格。

大中八年（854），牛丛等受诏修纂的《文宗实录》完成，共四十卷，宣宗欣喜，"颁赐锦彩、银器，序迁职秩"②。

咸通以后，牛丛长期于蜀为官，此亦是其子牛峤、峤侄牛希济在黄巢乱起之时赴蜀的重要原因。

唐懿宗咸通五年（864）二月，时任兵部尚书的牛丛"检校兵部尚书，兼成都尹、剑南西川节度副大使、知节度事"。咸通六年（865）四月，"西川节度使牛丛奏于蛮界筑新城、安城、遏戎州功毕"③。但牛丛并非军事将才。唐僖宗乾符元年（874），牛丛任西川节度使，此时南诏乘胜陷黎州，入邛崃关，又攻雅州。大渡河溃败的唐兵奔入邛州，"成都惊扰，民争入城，或北奔他州"。成都城遂加强守备，修筑更为坚固的堑垒。南诏"坦绰遣使者王保诚等四十人赍骠信书遗节度使牛丛，欲假道入朝，请憩蜀王故殿"，文曰："此时止欲专诣京师，恳求朝见，论理枉遭谗间，隔绝梯航。冀与尚书继好息民，朝来暮往。今故假道

---

① （宋）司马光，《资治通鉴》（北京：中华书局，1956），8053—8054。

② （后晋）刘昫，《旧唐书》（北京：中华书局，1975），4570。

　　③ （后晋）刘昫，《旧唐书》（北京：中华书局，1975），659。

贵府,于蜀王殿安下三五日,即便前进。"据《新唐书·南诏传》,牛丛欲许之,剑南西川副使杨庆复曰"蛮无信,彼礼屈辞甘,诈我也。请斩其使,留二人还书",牛丛于是斩使者,仅留二人,令其持覆信归蛮军中,覆信中尽数南诏蛮军侵犯唐境的罪恶,并恶语辱骂:

> 岂期后嗣罔效忠诚,累肆猖狂,频为作孽。自四五年来,侵凌我疆土,围逼我城隍。盖以姑务含容,不虞唐突。遂令凶丑以害生灵。况乃毗桥丧师,沱江败绩。于何今日,不改前非。妄设奸欺,诈言朝觐,辄举螳螂之臂,大兴豺豕之心。仍构狂词,乃云假道。所要于蜀王殿安下五日即便前去者,且先代帝王之宫也,岂尝外邦蛮貊以居之?是必天怒鬼诛,殒身丧国。以尔欲其褒渎,示彼诫惩。况天设华夷,国分大小。小当事大,夷不乱华。岂有兴动蛮师甲兵,侵临天子藩屏?必是坦绰数尽之岁,殄灭之秋。不然,何以不恤其民,妄动于众?一旦天子吓怒,诸侯会兵,长驱渡泸之师,深入铸柱之境,必不更七擒七纵,即须翦蔓除根。当此之时,后悔无及。

成都被围困后,南诏坦绰遗牛丛书云:"非敢为寇也,欲入见天子,面诉数十年为谗人离间冤抑之事。倘蒙圣恩矜恤,当还与尚书永敦邻好。今假道贵府,欲借蜀王厅留止数日,即东上。"且不论是否真心"永敦邻好",南诏"假道"与"留止"的要求终未被许可,牛丛恐蛮军来攻,事先焚烧了成都城外的民居,此令蜀地百姓十分怨恨。僖宗见牛丛难以掌控政局,故下诏调河东、山南西道、东川的军队救援成都,且令天平军节度使高骈前往西川布置和指挥对蛮军之事。高骈派使者先至成都,打开诸城门令士民出城,以恢复日常产业,守城军士亦去兵甲,民大悦。此时蛮军正攻雅州,闻此事,乃遣使向唐军请和,引兵归国。[1]牛丛"素懦怯",此事件从一侧面暴露出牛丛并非擅长军事与外交之人,性格上亦有优柔寡断之处,然观其与南诏的书信,恣肆劲利,乃颇有文才之人。《全唐诗》存其诗歌一首,为《题朝阳岩》:"蹑石攀萝路不迷,晓天风好浪花低。洞名独占朝阳号,应有梧桐待凤栖。"《永乐大典》引《永州府志》言朝阳岩在"湖广永州府零陵县西,潇湘之浒,旧无名称。元结曾维舟山下,遂名朝阳",并录此诗。全诗似作于潇湘之滨,乃是一首咏物诗,《庄子》言"夫鹓鶵发于南海,而飞于北海;非梧桐不止,非练实不食,非醴泉不饮",凤乃品德高贵之鸟,"应有梧桐待凤栖"之句,或有倾慕渴求贤士之意。

后黄巢犯长安,僖宗避狄于成都府。中和元年(881)夏四月,牛丛仍在蜀主政。有司"请享太祖已下十一室,诏公卿议其仪。太常卿牛丛与儒者同议其事"[2]。黄巢陷长安之际,杨复光之忠武军力战,及黄巢兵败,杨复光亦死。忠武军都校王建等人"迎扈行在,至山南,乃攻剽金、商诸郡县,得兵数万,进逼兴元,节度使牛丛弃城而去"[3]。王建军队势如破竹,牛丛无法判断王建"迎僖宗于蜀"之真正意图,未战即弃城而走,使得王建迅速"据山南"。牛丛自咸通五年(864)至广明元年(880)约十六年的时间均在蜀掌政,虽鲜有作为,但握有大权,其子牛峤、兄子牛希济入蜀即与牛丛长期在蜀有关。

晁公武《郡斋读书志》言牛峤于王建镇西川之际为判官,及王蜀开国,官拜给事中。[4]给事中在秦汉时为将军、列侯、九卿等

① (宋)司马光,《资治通鉴》(北京:中华书局,1956),8172—8176。
② (后晋)刘昫,《旧唐书》(北京:中华书局,1975),962。
③ (宋)薛居正,《旧五代史》(北京:中华书局,1976),1815。
④ (宋)晁公武撰、孙猛校证,《郡斋读书志校证》(上海:上海古籍出版社,1990),942。

的加官,侍从皇帝,备顾问应对,参与机事。南北朝时期渐有审阅奏章之权。唐高祖时期给事中掌管驳正政令之违失和审署奏抄,为门下省侍中、侍郎之下的主要官员。唐末以来,给事中渐成虚职。[1]前蜀官制多承唐而下,如此牛峤于蜀职位或不高。

牛峤性情较为温和,后蜀何光远《鉴诫录》记"前蜀佑圣国师光业有过人之辩,为僧门一瑞也。威仪杨德辉有出人之才,为道门之一俊也。至于问答论难,无不双美"。武成年间,"僧道俱有乖张,嘲论各兴讥谤",两教互相作诗嘲讽。举子刘隐辞咏之曰:

> 为僧为道两悠悠,若个能分圣主忧。各斗轮蹄朝紫殿,竞称卿监满皇州。相嘲相咏何时了,争利争名早晚休。闲想边庭荷戈将,功成犹自不封侯。

对于僧道两门相互攻讦,争名夺利,毫不顾忌国家百姓利益的行径极力嘲讽。牛峤亦评之,诗曰:

> 玄门清净等空门,虔奉天尊与世尊。金口说经十二部,玉皇留教五千言。鳌头宫殿波涛阔,鹫岭香花梦想存。莫向人间争胜负,须知三教本同源。[2]

虽然牛峤也表达三教本同源,不应"向人间争胜负"之态度,但因佛、道皆受皇家重视,其言语中对两教仍有一定的褒扬之意,从中亦可看出其性格平和的一面。

《全唐诗》存牛峤诗歌《红蔷薇》:

---

① 刘光华主编、楼劲等执笔,《历代职官小辞典》(兰州:甘肃教育出版社,1989),126。

② (后蜀)何光远,《鉴诫录》,见傅璇琮主编,《五代史书汇编》(杭州:杭州出版社,2004),5913。

晓啼珠露浑无力，绣簇罗襦不着行。若缀寿阳公主额，六宫争肯学梅妆。

"梅妆"乃是用典。《太平御览》引《杂五行书》言："宋武帝女寿阳公主人日卧于含章殿檐下，梅花落公主额上，成五出花，拂之不去，皇后留之，看得几时，经三日，洗之乃落。宫女奇其异，竞效之，今梅花妆是也。"①蔷薇虽美，但没有像梅花那般落于公主额上，终究未能点缀佳丽，成为时尚。如若当时落下的非梅花而为蔷薇，那天下粉黛趋之如鹜的当是蔷薇妆了吧！朱自清曾指出后世的比体诗可分四大类：咏史、游仙、艳情、咏物。②牛峤之作，当属"咏史""咏物"的范畴。言语之中流露出的是对世事无常的慨叹，对浮生若梦的叹息。

牛峤诗作至今仅见三首。除上述两首外，《永乐大典》卷三一三四引《潼川志》收录牛峤《登陈拾遗书台览杜工部留题慨然成咏》，据作者自注，此诗作于光启三年（887）九月二十六日。诗言：

步出县西郊，攀萝登峭壁。行到蕊珠宫，暂喜抛火宅。羽帔请焚修，霜钟扣空寂。山影落中流，波声吞大泽。北厢引危槛，工部曾刻石。辞高谢康乐，吟久惊神魄。拾遗有书堂，荒榛堆瓦砾。二贤间世生，垂名空煊赫。逸足拟追风，祥鸾已铩翮。伊余诚未学，少被文章役。兴来挥兔毫，欲竞雕弧力。虽称含香吏，犹是飘蓬客。薄命值乱离，经年避矛戟。今来略倚柱，不觉冲暝色。袁安忧国心，谁怜冀双白？③

---

① （宋）李昉，《太平御览》（北京：中华书局，1960），140。
② 朱自清，《诗言志辨》（北京：古籍出版社，1956），81。
③ 转引自陈尚君，《唐代文学丛考·花间词人事辑》（北京：中国社会科学出版社，1997），378。

陈拾遗即陈子昂，其青年时期曾在四川射洪金华山读书堂学习，后成为开创一代诗风的伟大诗人，后人为纪念他，遂称此地为陈子昂读书台。诗题中"陈拾遗书台"所言即是此处。杜甫曾游历于此，留下了《冬到金华山观，因得故拾遗陈公学堂遗迹》[①]，冬季的金华山风日凄凄，霜鸿余哀，在这样一个肃杀萧瑟的环境中，杜甫目极伤神，悼念雄才陈子昂。他对"卓立千古，横制颓波；天下翕然，质文一变"的陈子昂及其开一代诗风的功业赞颂不已，如此"有才继骚雅，哲匠不比肩。公生扬马后，名与日月悬"的才子，正当盛年便含冤而去。如今登上陈子昂曾读书的金华台，想到自身漂泊的人生境遇，内心不禁悲慨万分。杜甫颂扬陈子昂，亦承继其诗歌创作理论，强调诗歌要重风雅写实，能补时之阙，救世之弊。此种主张使得唐诗根植于现实，获得了生命力。对于中唐元稹、白居易新乐府运动的开展亦具有积极的启发意义。杜甫此诗手书刻于金华山观山门外的石华表上，牛峤所见杜甫诗歌即为此。牛峤对陈子昂、杜甫两位先贤前辈推崇不已，但目睹于中晚唐战争中衰废的读书台后，内心充满了感伤，发出了"二贤间世生，垂名空煊赫"的哀叹。"空"表明无论拥有怎样的才华，在不公的世道面前，都显得那样无力与无奈，徒然留下文名而已。牛峤此语既是对先贤的感慨，亦是对自身的叹息。其虽少年之时即努力学习文章创作，欲追拟陈、杜二人，然终有差距。后来入朝为官，无奈国家动荡，战祸频起，为求生存不得已而四处避乱，成为了飘蓬之客。济世之心纵未随韶华

---

① 杜甫诗言："涪右众山内，金华紫崔嵬。上有蔚蓝天，垂光抱琼台。系舟接绝壁，杖策穷萦回。四顾俯层巅，澹然川谷开。雪岭日色死，霜鸿有余哀。焚香玉女跪，雾里仙人来。陈公读书堂，石柱仄青苔。悲风为我起，激烈伤雄才。"诗题下且有说明"节度使李叔明为立旌德碑于山之读书堂侧"。杜甫在金华山另留下一首《金华山野望》："金华山北涪水西，仲冬风日始凄凄。山连越嶲蟠三蜀，水散巴渝下五溪。独鹤不知何事舞，饥乌似欲向人啼。射洪春酒寒仍绿，目极伤神谁为携。"从写作季节及创作心境来看，二首作品似作于同一时间。

逝去,然乱世之中,又当如何成就功业？言语之中充满了悲伤怆痛,牛峤晚年漂泊的身世亦可想见。

牛峤"博学有文,以歌诗著名",有"集本三十卷,自序云:窃慕李长吉所为歌诗,辄效之"①。在文学观念上崇尚李贺的创作。李贺的创作在当时影响很大。《旧唐书》言李贺"手笔敏捷,尤长于歌篇。其文思体势,如崇岩峭壁,万仞崛起,当时文士从而效之,无能仿佛者"②。沈下贤亦言李贺"善择南北朝乐府故词,其所赋不多,怨郁凄艳之功,诚以盖古排今,使为词者,莫得偶也""后学争跃贺,相与缀裁其字句,以媒取价"③。戴叔伦、韩愈、李商隐、杜牧等人皆对其创作有所赞颂。韦庄《乞追赐李贺、皇甫松等进士及第奏》中更有"丽句清词,遍在词人之口"④的褒扬。李贺诗歌在艺术上颇具价值,就内容言,虽亦涉及诸多现实问题,然抒写建功立业的抱负以及壮志难酬的不平,仍是主流,很多作品都带有一种感伤怅惘的气息,《古悠悠行》言:"白景归西山,碧华上迢迢。今古何处尽,千岁随风飘。海沙变成石,鱼沫吹秦桥。空光远流浪,铜柱从年消。"韶华逝去,世事无常的沧桑之感弥漫在文字之中。牛峤诗作效法李贺,李贺诗歌伤感的格调,凄苦的语言,诡丽的辞采,空灵的风格,一定程度上影响了牛峤的词体文学创作。

牛峤祖辈颇为显赫,至其一代,遭逢丧乱,牛氏一族无力挽狂澜之将才,只能奔避于蜀,求得苟安。牛峤有理想、有文才,但武将拥兵自立的时代并未给他提供一方展示的舞台。在王建政权中担任小职的他,只能无可奈何地度过一生。《花间集》录牛

① (宋)晁公武撰、孙猛校证,《郡斋读书志校证》(上海:上海古籍出版社,1990),942。
② (后晋)刘昫,《旧唐书》(北京:中华书局,1975),2772。
③ (清)董诰,《全唐文》(北京:中华书局,1983),7594。
④ (宋)洪迈撰、孔凡礼点校,《容斋随笔》(北京:中华书局,2005),513。

峤词三十二首,内容风格颇为多样。他曾在寂寥中写下了《柳枝》五首:

> 解冻风来末上青,解垂罗袖拜卿卿。无端袅娜临官路,舞送行人过一生。
>
> 吴王宫里色偏深,一簇纤条万缕金。不愤钱塘苏小小,引郎松下结同心。
>
> 桥北桥南千万条,恨伊张绪不相饶。金羁白马临风望,认得杨家静婉腰。
>
> 狂雪随风扑马飞,惹烟无力被春欺。莫教移入灵和殿,宫女三千又妒伊。
>
> 袅翠笼烟拂暖波,舞裙新染曲尘罗。章华台畔隋堤上,傍得春风尔许多。①

汤显祖曾指出《柳枝》以物托兴,"前人无其分析,但极咏物之致,而能抒作者怀,能下读者泪,斯其至矣"②。牛峤笔下的柳树是妩媚多姿的,却又是无所依傍的。它长于官路之旁,见惯了人间的离愁别恨。它婀娜柔美,然钱塘苏小小缔结同心之处,却选在松树之下。它清雅不输南朝齐武帝时风姿绰约的张绪,娇娆不逊于南朝梁代曼妙柔美的舞女张静婉,它曾在灿烂的春光中起舞,独占了春的秀色,但最终无人怜惜,既为春风所欺,又为宫女所妒。牛峤所咏之柳或寄寓着其身世之感,词中深意,耐人寻味。或许因为他对于飘零的身世无法释怀,故于词中塑造了诸多美好却又凄伤的女子。白居易贬谪之时见浔阳江头琵琶女,

---

① (后蜀)赵崇祚辑,《花间集·卷三》(宋绍兴十八年建康郡斋刻本)(北京:国家图书馆出版社影印本,2004)。

② (明)汤显祖,汤显祖批评《花间集》(明末套印本)(福州:福建人民出版社,2011)。

曾发出"同是天涯沦落人"的感叹，历经战乱，漂泊于西南蜀地又未成功业的牛峤，对于那些女子空度流年的感慨或更为深刻。

牛峤有四首《女冠子》：

> 绿云高髻，点翠匀红时世。月如眉。浅笑含双靥，低声唱小词。　　眼看唯恐化，魂荡欲相随。玉趾回娇步，约佳期。

> 锦江烟水，卓女烧春浓美。小檀霞。绣带芙蓉帐，金钗芍药花。　　额黄侵腻发，臂钏透红纱。柳暗莺啼处，认郎家。

> 星冠霞帔，住在蕊珠宫里。佩丁当。明翠摇蝉翼，纤珪理宿妆。　　醮坛春草绿，药院杏花香。青鸟传心事，寄刘郎。

> 双飞双舞，春昼后园莺语。卷罗帷。锦字书封了，银河雁过迟。　　鸳鸯排宝帐，豆蔻绣连枝。不语匀珠泪，落花时。①

此四首词作似联章，展现了男女主人公相恋但不能相聚、只能忍受相思之苦的心绪。从词中所言"锦江"来看，这些词作当写于蜀中。"卓女"乃以蜀之美女卓文君指代漂亮的女子。"烧春"则是蜀之烧春酒。唐人李肇《国史补》言"酒则有剑南之烧春"。牛峤这一组作品使用了诸多道家意象，"醮坛"乃道士祈祷所用的祭神之坛。"蕊珠宫"为道教中天上的仙宫。"青鸟"是道教中西王母的信史。"刘郎"即东汉刘晨。相传其与阮肇曾入天台山采药，为仙女所邀，行夫妻之礼。半年后归家，抵家子孙已历七世。

---

① （后蜀）赵崇祚辑，《花间集·卷四》（宋绍兴十八年建康郡斋刻本）（北京：国家图书馆出版社影印本，2004）。

后其重入天台山访仙,仙女却踪迹渺然。牛峤词作虽用道家之语作为点缀,主旨却并非展示道教女子的仙道之气,而是说破了她们未脱尽凡尘的内心世界。"玉趾回娇步,约佳期"乃情动;"柳暗莺啼处,认郎家"是情定;"青鸟传心事,寄刘郎"为情思;"不语匀珠泪,落花时"却是情空。所谓言由心生,词中这个对未来有着无限憧憬的女子、这个愿望落空只能孤寂垂泪的女子,何尝不是与牛峤一般,同为天涯沦落人? 女子内心深处那种思而不得的苦楚,又何尝不是牛峤对于理想失落的惆怅与叹惋? 所以,当其描写男女欢会之时,会有"柳荫烟漠漠,低鬓蝉钗落。须作一生拚,尽君今日欢"之语,那应该是梦想成真之后的欢欣吧!

牛峤另有一首《望江怨》:

> 东风急,惜别花时手频执,罗帏愁独入。马嘶残雨春芜湿,倚门立,寄语薄情郎,粉香和泪泣。[①]

此词牌出于《花间集》,但见牛峤一首创作。调名来源不详。词写送别,带着无限的惆怅和悲苦。许昂霄《词综偶评》言其"有急弦促柱之妙"。况周颐《餐樱庑词话》云"昔人情语艳语,大都靡曼为工",牛峤词"繁弦促柱间有劲气暗转,愈转愈深。此等佳处,南宋名作中,间一见之"[②]。这种"劲气暗转",就来自牛峤词中对于身世的感喟吧!

闺阁咏物词之外,牛峤另有征人思归的边塞之词。其《定西番》言:

> 紫塞月明千里,金甲冷,戍楼寒。梦长安。乡思望中天

第三章　《花间集》之牛僧孺家族及创作

---

① (后蜀)赵崇祚辑,《花间集·卷四》(宋绍兴十八年建康郡斋刻本)(北京:国家图书馆出版社影印本,2004)。

② 杨景龙,《花间集校注》(北京:中华书局,2014),582。

101

阔,漏残星亦残。画角数声呜咽,雪漫漫。①

词写边塞,寒风烈烈,铠甲如冰,夜漏声残,画角呜咽,一派荒凉萧索之景。戍守者的孤苦寂寥、思乡怀土之情,在这样的情境中被淋漓尽致地展现。全词情感低回深挚,境界阔大苍凉。引人回味时亦让人反思战乱中广大人民所承受的痛苦。此词有如盛唐塞下之曲,其背后所隐含的,是牛峤对于边塞建功立业的向往,对征人的哀怜,对于思妇的顾惜。

沈雄《古今词话·词评》引陆游言牛峤"《定西番》为塞下曲,《望江怨》为闺中曲,是盛唐遗音。及读其'翠娥愁,不抬头''莫信彩笺书里,赚人肠断字',则又刻细似晚唐矣"②。牛峤被陆游评为"刻细似晚唐"的词作为《西溪子》和《应天长》。《西溪子》言:"捍拨双盘金凤,蝉鬓玉钗摇动。画堂前,人不语,弦解语。弹到昭君怨处,翠娥愁,不抬头。"《应天长》言:"双眉澹薄藏心事,清夜背灯娇又醉。玉钗横,山枕腻。宝帐鸳鸯春睡美。别经时,无限意。虚道相思憔悴。莫信彩笺书里,赚人肠断字。"无论是因弹奏昭君之事而愁苦的翠娥,还是因为相思而憔悴的女子,皆如牛峤一般孤寂。或许,牛峤的一首咏史怀古词《江城子》最能代表心境:

鸂鶒飞起郡城东,碧江空,半滩风。越王宫殿,蘋叶藕花中。帘卷水楼鱼浪起。千片雪。雨蒙蒙。

越王勾践卧薪尝胆,终成霸业,但曾经的煊赫、昔日的繁华都已

① (后蜀)赵崇祚辑,《花间集·卷四》(宋绍兴十八年建康郡斋刻本)(北京:国家图书馆出版社影印本,2004)。
② (清)沈雄,《古今词话》(上海:上海古籍出版社,2009),281。

荒芜，只有蘋叶藕花似乎还在诉说那些古老的故事。世间的一切皆如碧江一般成空，或许随风而起化为蒙蒙雨丝的浪花，才是永恒的存在！全词乃是在现实思考上的历史感喟。牛峤亲见皇家入蜀避难，唐王朝终归崩毁，前蜀政权建立，世事的变幻显得那样风云无常，其内心的凄婉，或许正如那千片雪一般，思之而即至吧！

第三节　前蜀乱政与牛希济的文论

牛希济，牛峤之侄。清人沈雄《古今词话·词评》引《尧山堂外纪》言牛希济为牛峤"兄子"。《新唐书·宰相世系》记牛僧孺有三子，为蔚、藂（一作丛）、奉倩；藂子峤；蔚子微、循、徽；循子希逸。希济或为牛循之子，希逸之兄或弟。①牛希济祖父牛丛长期担任西川节度使，天下丧乱之际，叔父牛峤随銮驾入蜀，牛希济在困窘之时亦赴蜀以投奔牛峤。然牛希济"气直嗜酒"，常为牛峤所责备，故"旅寄巴南"。前蜀建立，牛希济"不豫劝进""又以时辈所排，十年不调"。后为王建所知，乃除起居郎。牛希济早年曾梦一人曰："郎君分无科名，四十五已上，方有官禄。"②牛希济果然年过四十五岁才获得官职，梦之言虽不可尽信，然牛希济平生之颠沛，略见一斑。

《北梦琐言》记孙光宪早年尝和南越诗云："晓厨烹淡菜，春杼织橦花。"牛希济览而绝倒，曰："吾子只知名，安知淡菜非雅物也。"孙光宪"后方晓之"，并在其书中记述了这段过往，希望学吟之流，以斯为戒。③因此孙光宪所言牛希济"文学繁赡，超于时辈"，亦当属实。

---

① 罗宗强，《牛希济的〈文章论〉与唐末五代倡教化的文学主张》(《天津社会科学》，1984-05)。

②③ (宋)孙光宪，《北梦琐言》(北京：中华书局，1960)，162。

　　《新唐书·艺文志》《宋史·艺文志》皆记载牛希济曾著有《理源》二卷,虽不存,然就书名来看,或多是议论文。《全唐文》今存牛希济文十七篇,皆以"论"字命题。《文章论》乃是其文学主张的集中体现。其余《本论》《表章论》《治论》《刑论》《褒贬论》《赏论》《崔烈论》《时论》《荀息论》《石碏论》《荐士论》《贡士论》《寒素论》《铨衡论》《不招士论》《小功不税论》,涉及治国之本、刑法赏功、铨选贡荐、历史人事等多个层面,从中可见其对统治阶级的讽刺与鞭挞,对腐败政治的揭露与批判,对国家命运的感慨与忧患。①

　　牛希济在《文章论》②中指出文学与教化间存在密切关系。文是"君子以言可教于人"者,承担着明道、载道的责任。"圣人之德也有其位,乃以治化为文,唐虞之际是也。圣人之德也无其位,乃以述作为文,周孔之教是也"。唐尧虞舜以治化为文,周公孔子以述作为文,皆将文章作为推行教化的有力工具。牛希济追求治化述作之文,力主摒弃"失于中正之道""忘仁义教化之本"的文章,他认为其时国朝文士之作"忘于教化之道,以妖艳为胜。夫子之文章,不可得而见矣。古人之道,殆以中绝""有司程式之下,诗赋判章而已。唯声病忌讳为切,比事之中,过于谐谑"。这种"以宫室车辂钟鼓玉帛之为文,山龙华虫粉米藻火之为章"的做法,不仅粗鄙,更会"纂尧舜之运"。因此他希望朝廷能退屈宋徐庚之学,提倡尧舜治化之文,"以通经之儒,居燮理之任"。《表章论》③又言:"窃愿复师于古,但置于理,何以幽僻文烦为能也?"牛希济不满当时文风,强调文章的社会教化功能,且将屈宋之学一概否定,其中多少带有一些矫枉过正的意味,但是

---

　　① 刘尊明,《于"花间"香风中行"教化之道"——论"花间词人"牛希济的散文创作》(《南京师大学报》[社会科学版],1992-07)。
　　② (清)董诰,《全唐文》(北京:中华书局,1983),8877—8878。
　　③ (清)董诰,《全唐文》(北京:中华书局,1983),8878。

并非"在很大程度上说的不是心里话,具有空言明道的性质"①,而是爱之愈深,恨之愈切的一种表现。故阐释牛希济的《文章论》,当深切关注其所处之世。

黄巢乱起,国厦将倾,西蜀依靠天险,成为皇室和诸多文人暂时的避难之所。前蜀虽偏安一隅,政权内部却暗潮汹涌。牛希济为官王蜀,经历了震动朝野的太子元膺谋反案。此一事件彻底改变了王蜀政局,使得前蜀政权落到了胸无韬略的纨绔子弟、奢靡享乐的太后太妃及善于谄媚的宦竖小人手中,种下了这个西南小朝廷快速灭亡的祸根。后主王衍凭借其母徐妃专宠、权臣张格协谋而登上王位,其继位后,不能委任忠贤,躬决刑政,使得阉官执政于外,母后司晨于内。②于其时,"通都大邑起邸店,以夺民利""自刺史以下,每一官阙,必数人并争,而入钱多者得之"③,政治环境极其混乱。牛希济于后主时期曾担任翰林学士及御史中丞,虽官位较高,但鉴于此时的乱政,牛希济难有作为。亦因如此,牛希济作有众多政论文,希望文可载道,于时有补。

牛希济的《本论》④言立君之事。其认为立一国之君,虽不必立嫡立长,但一定要立有德才之人。而王之嗣君,却"莫不蔽于私爱,忘其善恶",更"有不离襁褓之中,童婴之列,而即大位焉,亦使强臣而为之辅"。牛希济以为此实乃十分危险的做法,稚子生于深宫,长养妇人之手,"身躯则安于玉堂金殿舆服之盛,耳目饱于声色靡曼之乐",从不曾知晓"曷君臣父子之道,忠信邪

---

① 罗宗强,《牛希济的〈文章论〉与唐末五代倡教化的文学主张》(《天津社会科学》,1984-05)。

② (宋)张唐英,《蜀梼杌》,见傅璇琮主编,《五代史书汇编》(杭州:杭州出版社,2004),6085—6086。

③ (宋)欧阳修,《新五代史》(北京:中华书局,1974),791。

④ (清)董诰,《全唐文》(北京:中华书局,1983),8875—8877。

佞之属，农桑艰难之本"，故受小人的蒙蔽与欺辱。而主少不明，又会令政乱国危，宗庙不血食。昔日叔孙之祷曰："主少，国家多难。祝我者使我速死，无及于乱。"宁可身死亦不愿亲见国之覆亡。如今的牛希济再读此语，发出了"此忧之深也，悲哉"的感叹！

牛希济《荀息论》①仍论立君。开篇即言春秋时晋国的骊姬之祸。晋献公有九子，其中多有贤德之人。但献公听骊姬之谮，尽逐群公子，唯骊姬之子奚齐及其娣之子卓子留于宫。骊姬因宠而二子得立，然献公离世后，强臣不事幼主，晋国内忧外患。晋献公舍贤而立亲的错误做法终究埋下了祸国的隐患。前车之鉴，不可不察。可叹的是，王建纵然意识到王衍无帝王之才，但太子元膺已死，内妃与外臣勾串支持王衍，局面已非王建所能控制。《十国春秋》记王建"尝自夹城过，闻太子与诸王斗鸡击球喧呼之声，叹曰：'吾百战以立基业，此辈其能守乎？'由是恶张格，而贤妃为之内主，竟不能去"②。王建无力改变政局，又恐诸将不为幼主所用，遂以宦官宋光嗣代之，却使得"宦者始用事"③。王建曾手书"太子虽幼有贤德，次不当立，卿等固请于外。妃后笃爱，朕未能违，立为储君，勉力匡襄，无坠我邦家之休命"。又言"太子若不堪大业，当置诸别宫，幸勿杀之"④。但此仅为王建一厢之希望，其爱子之心、怜妃之意，最终化为一场悲剧。"一日，帝疑信王暴死，徐妃及张格阴使尚食进鸡烧饼，帝中毒而逝"⑤。其朝夕挂怀的王衍，亦死于非命。《新五代史》记后唐庄宗召王衍入洛阳，"衍捧诏忻然就道""数千人以东"。同光四年

---

① （清）董诰，《全唐文》（北京：中华书局，1983），8887—8888。全祖望《跋唐人牛希济〈荀息论〉》认为此篇"言唐宪宗以后，遗诏择立太子不由大臣之谋，皆左右近密"，但考其全文，似不止于唐末立储之事。

② （宋）司马光，《资治通鉴》（北京：中华书局，1956），8824。

③⑤ （清）吴任臣，《十国春秋》（北京：中华书局，2010），528。

④ （清）吴任臣，《十国春秋》（北京：中华书局，2010），527。

（926）四月，王衍等人行至秦川驿，庄宗采纳伶人景进之计策，"遣宦者向延嗣诛其族"①。清人吴任臣曾感慨王建"负骁雄之资，奋不世出之略，智驱田、陈，力并杨、顾，北问罪子岐陇，南御侮于长和，攻综茂矣。而衅起萧墙，戮及嗣子，何遇之酷也。卒之艳妻方处，母爱子抱，舍长立少，不再传而失国，岂所称贻厥孙谋，以燕翼子者乎？自古蜀亡未有如王氏祸之烈者也。可不哀哉"②！

牛希济多年颠沛流离，亲历晚唐废立之事，亲见前蜀灭亡之景，对于兴衰治乱有着深刻的体会，写下了诸多评论性的文字。在牛希济的观念中，儒家思想乃是根本。其向往的是尧舜式的统治，期盼能出现周公般的臣子。他对唐王朝立国之时的繁盛情状憧憬不已，《治论》③言"高祖太宗得天下之初，从魏文公之言，以王道为治，不三年而化成"。如今蜀地多难，官吏横行，百姓不法，社会动荡，"天下之人，非不耕也。非不蚕也，率九州之人，一人耕而百人食，一人蚕而百人衣。王者之征赋在焉，诸侯之车服剑器在焉，职官之禄廪资焉，吏人之求取往焉。俾一人耕一人织，足上下百人之欲，不亦难乎"。如此情况下，"不为盗，不为非，不鬻不时之物，不犯及时之禁，不受役于乡豪，不为污诈之计，以给其家，可乎"？面对这样严峻的局势，朝廷当用贤良，远邪佞，重农桑，禁游惰，废不急之务，方可"丕复祖宗之耿光"。而在这些恢复王道的措施中，"用贤良"之重要性居于首位。

牛希济政论文中对于人才多有阐说，其用大量儒家功成的典型来表明擢拔任用人才的重要性。《治论》言："无士不可以为治世，无民不可以为国。唯明王择君子之人，有辅相之才，深治理之道，与之为政。"指出士是治理国家的基础，圣明的君主当尽

---

① （宋）欧阳修，《新五代史》（北京：中华书局，1974），793。
② （清）吴任臣，《十国春秋》（北京：中华书局，2010），529。
③ （清）董诰，《全唐文》（北京：中华书局，1983），8878—8881。

力寻求明治国之道、有治国之才的君子，与之一起治理国家，方能达到治世。牛希济提出朝廷应该重视"求贤"，不论其出身，专论其才干。《寒素论》①指出"今服冕之家，流品之人，视寒素之子，轻若仆隶，易如草芥，曾不以之为伍"，此种行为乃谬举，"士之美者，非贵胄之子，而登卿相之位。况投竿而为王者师，挽车而为王者相，岂白屋之士，可自遗之哉"？《贡士论》②亦认为当今"明廷无策问之科，有司亡至公之道"，进士科考使"得其术者，舍末耜而取公卿，乖其道者，抱文章而成痼疾"，所取之士在"秋风八月，鞍马九衢，神气扬扬，行者避路。取富贵若咳唾，视州县如奴仆"，此类"登第之人，其辞赋皆取能者之作，以玉易石，羊质虎皮"，为此，牛希济希望君主要着力改变这种局面，使真正的人才得到任用。

牛希济认为君主要尊重人才，了解人才，量才而用。《本论》用唐太宗的例子说明君王当如何对待人才。"太宗文皇帝贞观之初，北门之选举十六族也，皆建功定策，有布衣之交，非天下文行之士不预焉。既久与游处，非唯知民间之疾苦，时之否臧，从而更之，以熙帝载。至于臣下之情性好恶，无不悉焉，他日之任用，莫不适其材矣"。牛希济还指出人才固然重要，但朝廷擢拔人才要审慎，必要之时需用奖惩的制度来保证官吏所荐、朝廷所选之人乃德才兼备之士。《荐士论》③专论"朝廷求贤之道"，其言"姬周之世，荐贤者多受赏，鲁史有之矣。魏晋之日，门生故吏有罪，必连坐举主，史有之矣"，而"今荐贤之赏，久已废矣，连坐之典，又不行矣"，因此"今之所举，非徒古者知之审，取其必达，取其必富贵""他日之功过，皆莫知也"。这种任人不明的情况，将会对国家的统治造成危害。因此，牛希济提出"当在申明上赏

① （清）董诰，《全唐文》(北京：中华书局，1983)，8892。
② （清）董诰，《全唐文》(北京：中华书局，1983)，8891—8892。
③ （清）董诰，《全唐文》(北京：中华书局，1983)，8889—8891。

连坐之典以正之。奸邪攀援之路,渐将息矣。一举之妄,后当自获其辜,知有畏矣。在位者斯有贤者矣,有道之士争趋之矣"①。

牛希济反复论说人才的重要性,并指出了求取人才的方法。这种做法实有一定的现实针对性。前蜀后主王衍"嗜酒色游戏"②,不理国政,虽然其曾作《制科策问》:

> 朕念守器之重,识为君之难,思得奇才,以凝庶绩。因举故事,以绍前修。子大夫抱道逢时,投书应诏,必有长策,以副虚怀。何以使三农乐生,五兵不试,刑狱无枉,赋敛无加?以何策可以定中原?以何道可以卜长世?朕当亲览,汝无面从。③

貌似求贤若渴,却终是姿态而已。其"惟宫苑是务、惟宴游是好、惟憸巧是近、惟声色是尚""阉官执政于外,母后司晨于内""衣朱紫者皆盗跖之辈,在郡县者皆虎狼之人。奸谀满朝,贪淫如市"④。这使得前蜀国运江河日下,牛希济有鉴于此,遂发诸多评论。他的政论文从一个侧面佐证其《文章论》中所提倡的并非"空言",而是把治世文章看成拯救乱世的唯一希望。而当希望落空,这种理论主张自归于沉寂。

牛希济有澄清玉宇的理想,无奈却最终化为杜甫"周宣中兴望我皇,泪洒江汉身衰疾"式的凄伤。《十国春秋》记牛希济在王衍一朝"累官翰林学士、御史中丞,国亡入洛"⑤。《鉴诫录》记天成初年(926),后唐明宗"临朝,宣亡蜀旧宰臣王锴、张格、庾传

---

① (清)董诰,《全唐文》(北京:中华书局,1983),8891。

② (宋)司马光,《资治通鉴》(北京:中华书局,1956),8824。

③ (清)董诰,《全唐文》(北京:中华书局,1983),1293。

④ (宋)张唐英,《蜀梼杌》,见傅璇琮主编,《五代史书汇编》(杭州:杭州出版社,2004),6085。

⑤ (清)吴任臣,《十国春秋》(北京:中华书局,2010),646。

素、许寂、御史中丞牛希济等，各赐一韵。试《蜀主降臣唐》诗，限五十六字。成，王锴等皆讽蜀主僭号，荒淫失国。独牛希济得'川'字，所赋诗意，但述数尽，不谤君亲。明宗览诗曰：'如希济才思敏妙，不伤两国，迥存忠孝者罕矣。'当日有雍州亚事之拜，至今京洛无不称之"①。诗曰：

> 满城文物欲朝天，不觉邻师犯塞烟。唐主再悬新日月，蜀王还却旧山川。非干将相扶持拙，自是吾君数尽年。古来今往亦如此，几曾欢笑几潸然。

对牛希济之诗作，有学者以为语意诣媚，是一种无特操行为的表现。因在五代，再仕新朝不仅不受舆论责难，毫无道德上之负疚心理，且简直成为一种天经地义的事情，成为了一种大家认可的不成文的道德准则。或以为主张教化文学观的牛希济，本身就是一个反映儒家道德沦丧的例子。②此说可商榷。五代确是乱世，知识分子的政治理想普遍落潮，危机感与幻灭感增强，对于历经前蜀政坛混乱局势的牛希济来说，前蜀败亡于后唐，已是必然，君数已尽亦是客观事实，故此诗所呈现出的非诣媚式的"两解之辞"③，而是一种冷静的平和。牛希济于李唐亡而仕前蜀，前蜀亡而入后唐。或许是见惯了王朝的更替，或许是对曾经理想的放弃，诗中没有愤怒，没有指摘，一种独立于世外冷眼旁观式的孤寂弥漫于字里行间，读之却让人倍觉苍凉。

牛希济满腹经纶，识略精深，效法三代，是师承孔孟的正统

---

① （后蜀）何光远，《鉴诫录》，见傅璇琮主编，《五代史书汇编》（杭州：杭州出版社，2004），5920。

② 罗宗强，《牛希济的〈文章论〉与唐末五代倡教化的文学主张》（《天津社会科学》，1984-05）。

③ （宋）黄彻，《䂬溪诗话》（北京：中华书局，1991），11。

而典型的儒家知识分子，①其既提倡治化之文，亦有要眇宜修的词体文学创作。《花间集》存其词十一阕。清人吴任臣言牛希济"素以诗词擅名，所撰《临江仙》二阕，有云：'月斜江上，征棹动晨钟。'又云：'风流皆道胜人间，须知狂客，拚死为红颜。'特为词家之隽"②。玉茗堂《花间集》言"休文语丽而思深，名高《八咏》，映照千古。似此《临江仙》七调，亦尽有颉颃休文处"③。《临江仙》七首缘题而附，皆言仙家之事。词曰：

> 峭碧参差十二峰，冷烟寒树重重。瑶姬宫殿是仙踪，金炉珠帐，香霭昼偏浓。　　一自楚王惊梦断，人间无路相逢。至今云雨带愁容，月斜江上，征棹动晨钟。

> 谢家仙观寄云岑，岩萝拂地成阴。洞房不闭白云深，当时丹灶，一粒化黄金。　　石壁霞衣犹半挂，松风长似鸣琴。时闻唳鹤起前林，十洲高会，何处许相寻？

> 渭阙宫城秦树凋，玉楼独上无憀。含情不语自吹箫，调情和恨，天路逐风飘。　　何事乘龙人忽降，似知深意相招。三清携手路非遥，世间屏障，彩笔画娇娆。

> 江绕黄陵春庙闲，娇莺独语关关。满庭重叠绿苔斑，阴云无事，四散自归山。　　箫鼓声稀香烬冷，月娥敛尽弯环。风流皆道胜人间，须知狂客，判死为红颜。

> 素洛春光潋滟平，千重媚脸初生。凌波罗袜势轻轻，烟笼日照，珠翠半分明。　　风引宝衣疑欲舞，鸾回凤翥堪惊。也知心许恐无成，陈王辞赋，千载有声名。

① 刘尊明，《于"花间"香风中行"教化之道"——论"花间词人"牛希济的散文创作》（《南京师大学报》社会科学版，1992-07）。
② （清）吴任臣，《十国春秋》（北京：中华书局，2010），646。
③ （明）汤显祖，汤显祖批评《花间集》（明末套印本）（福州：福建人民出版社，2011）。

柳带摇风汉水滨,平芜两岸争匀。鸳鸯对浴浪痕新。弄珠游女,微笑自含春。　　轻步暗移蝉鬓动,罗裙风惹轻尘。水晶宫殿岂无因?空劳牵手,解佩赠情人。

洞庭波浪飐晴天,君山一点凝烟。此中真境属神仙,玉楼珠殿,相映月轮边。　　万里平湖秋色冷,星辰垂影参然。桔林霜重更红鲜,罗浮山下,有路暗相连。①

七首创作皆不离调名本意,语涉巫山神女、萧史弄玉、虞舜二妃、陈王宓妃等事,词中有着对楚王惊梦难遇神女的伤感,对谢女得道无处相寻的迷愁,对萧史弄玉两情相悦的向往,对湘妃为舜帝殉情而亡的感慨,对陈王倾慕洛神而不得的失落,对游女弄珠解佩以赠的怅惘,对葛洪罗浮山下得道的倾慕。词虽言仙事,然语中寓情,种种缠绕在一起的复杂情感正是牛希济内心深处对于人生的体悟。他想忘却时局的动荡、生活的艰难,如谢女、葛洪那样得道成仙,但仙路漫漫,甚难求得。何况独善其身、高蹈隐逸并非牛希济内心深处最终的追求。纵然那样可以保持良好的品德且能全身而退,亦不会再有尘世中进退维谷的尴尬,但"仙趣"仍只是其壮志难酬的精神寄托,是其排遣苦闷心境的一种特殊方式。牛希济也想如陈王一般留千载文名,然文采只能成就曹植的《洛神赋》,却改变不了他与洛神人神阻隔的命运。正如牛希济这个在动荡的社会中飘寓于蜀的才子,有满腹的文才却无展示的空间,有满心的理想却无实现的可能,心中的千千结恰似解佩相赠的弄珠游女,"空劳牵手"。正因如此,沈雄《古今词话·词评》引仇山村曰:"牛公《临江仙》,芊绵温丽极矣。自有凭吊凄怆之意,得咏史体裁。"②

---

① (后蜀)赵崇祚辑,《花间集·卷五》(宋绍兴十八年建康郡斋刻本)(北京:国家图书馆出版社影印本,2004)。

② (清)沈雄,《古今词话》(上海:上海古籍出版社,2009),284。

牛希济另作《生查子》《酒泉子》《中兴乐》《谒金门》,皆似闺阁怀人之音,《生查子》曰:

> 春山烟欲收,天淡星稀小。残月脸边明,别泪临清晓。
> 语已多,情未了,回首犹重道:记得绿罗裙,处处怜芳草。①

《白雨斋词评》言"'春山'十字,别后神理。晓风残月,不是过也。结笔尤佳",李冰若《栩庄漫记》言"'记得绿罗裙,处处怜芳草',词旨悱恻温厚而造句近乎自然,岂飞卿辈所可企及。'语多情未了,回首犹重道',将人人共有之情和盘托出,是为善于言情"②。牛希济所言,是恋人离别的苦楚,记得过往,珍惜现在,又何尝不是牛希济对生活的深沉叹息!《云韶集》言牛希济词"如怨如慕,当与端己并驱",乃是"有内心者"之词,确是恰当之语。

牛希济既有苍劲古朴的治世之文,亦有香艳清幽的小词创作。其文以载道的理论主张与创作实践似乎存在着明显的错位。但在五代,此并非个案。牛峤尊崇模拟陈子昂、杜甫的创作,亦有诸如《更漏子·春夜阑》一类"儿女情多,时流于荡,下开柳屯田一派"③的小词。花间词人亦多呈现出如此状态。纵然这种理论主张与创作实践的牴牾常被看成是花间词人流宕的证据,④但他们制词之动因及言语中的寓意,或可从一个侧面展示词体文学发生发展的心理机制。

---

① (后蜀)赵崇祚辑,《花间集·卷五》(宋绍兴十八年建康郡斋刻本)(北京:国家图书馆出版社影印本,2004)。
② 李冰若,《花间集评注》(石家庄:河北教育出版社,1999),123。
③ 李冰若,《花间集评注》(石家庄:河北教育出版社,1999),86。
④ 此种情形却非花间词人独有,晚唐五代及北宋诸多词家皆有类似行为。李煜"幼而好古,为文有汉魏风""天性喜学问"。"尝一日叹曰:周公、仲尼,忽去人远。吾道芜塞,其谁与明? 乃著为《杂说》数千万言,曰:特垂此空文,庶几百世之下有以知吾心耳。"(杨海明,《略论晚唐五代词对正统文化的背离和修补》,见《文学遗产》,2001-03)而"绣床斜凭娇无那,烂嚼红茸,笑向檀郎唾"亦出自李煜之笔。

《左传》记仲尼曾言"鸟则择木"。用之则行,舍之则藏;达则兼济,穷则独善,乃是儒家行为准则之一。士人在世事丧乱、仕途偃蹇、壮志难酬之际,皆会想到"藏"而"独善"。这种"藏"有多种方式,魏晋六朝时有慎言远祸的阮嗣宗,有直言不讳的嵇中散,有寄情山水的谢康乐,有深居田园的陶渊明,然诸种方式在中唐的白居易看来均不如"中隐"。白乐天《中隐》言:

> 大隐住朝市,小隐入丘樊。丘樊太冷落,朝市太嚣喧。不如作中隐,隐在留司官。似出复似处,非忙亦非闲。不劳心与力,又免饥与寒。终岁无公事,随月有俸钱。君若好登临,城南有秋山。君若爱游荡,城东有春园。君若欲一醉,时出赴宾筵。洛中多君子,可以恣欢言。君若欲高卧,但自深掩关。亦无车马客,造次到门前。人生处一世,其道难两全。贱即苦冻馁,贵则多忧患。唯此中隐士,致身吉且安。穷通与丰约,正在四者间。

正是因为有着这样的生存之道,强调文学社会功用的白居易亦作"新艳小律"。其《与元九书》中言,"仆志在兼济,行在独善,奉而始终之则为道,言而发明之则为诗。谓之讽喻诗,兼济之志也;谓之闲适诗,独善之义也""故自八九年来,与足下小通则以诗相戒,小穷则以诗相勉,索居则以诗相慰,同处则以诗相娱"。①乐天作词,当亦是"独善"之表现。"中隐"调和了诸多人生选择,其非言行的躲藏,乃是精神的逃避。当五代乱世,知识分子既不知忠心为谁,又不舍放弃平天下的人生理想,"中隐"成为了他们不自觉的人生选择。对于文章,他们希望能够补时之弊,这种希望是迫切的。而对于统治者,他们或是不满,或是依

---

① （清）董诰,《全唐文》(北京:中华书局,1983),6891—6892。

靠,但无论何种心态,在当时篡夺相寻的变乱情形下,认真讲起纲常名教,特别是君王大义来,在时君听来,既未必投机,而在这般臣事不同王朝的士大夫们自己,实也有些难于启齿。[1]于是,韦庄讳言《秦妇吟》,转而写作小词,酣畅淋漓地展现内心真实情感,仰慕杜甫的牛峤有"鸳鸯对衔罗结,两情深夜月",善写政论文的牛希济有"须知狂客,判死为红颜"之语,此是自我慰藉的一种方式,是填词之心理动因,亦是对陆游《跋〈花间集〉》中"唐季五代,诗愈卑,而倚声者辄简古可爱。能此不能彼,未可以理推也"的一个阐释。

---

① 王亚南,《中国官僚政治研究》(北京:中国社会科学出版社,1981),103。

第四章　《花间集》之前蜀要员及创作

　　前蜀立国之时，国内各种政治势力彼此倾轧，争斗不休。蜀主王建对于假子、亲子、近侍之间的斗争无能为力，遂竭力争取最后一股政治势力，即入蜀的晚唐衣冠文士的支持。韦庄、毛文锡、鹿虔扆皆由唐入蜀，受到王建之礼遇，为前蜀重臣。但前蜀的政治斗争令他们意识到自身不过是王建加强统治的工具，自身的政治愿望似乎从未得到过实现。他们曾经历过唐朝覆亡与前蜀建立，甚至亲见前蜀政权的崩塌，时代的风云变幻对他们的内心造成强大冲击。虽然他们曾于王蜀政权中担任要职，但复杂多变的政治环境、心无所属的精神境遇令他们的创作呈现出时代特有的风格。本章主要关注在前蜀政权中担任要职的花间词人生平及创作，以求对之有更深入的观察。

第一节　黄巢之乱与韦庄仕蜀心态

　　韦庄，唐玄宗左相、豳国公韦见素之后。《唐才子传》记其"少孤贫力学，才敏过人"[1]，但却屡试不第，直至乾宁二年（895），年近六十岁的他方才考中。《花间集》收录韦庄的两首《喜迁莺》：

---

　　① （元）辛文房，《唐才子传》(上海：古典文学出版社，1957)，171。

人汹汹，鼓冬冬，襟袖五更风。大罗天上月朦胧，骑马上虚空。　香满衣，云满路，鸾凤绕身飞舞。霓旌绛节一群群，引见玉华君。

街鼓动，禁城开，天上探人回，凤衔金榜出云来，平地一声雷。　莺已迁，龙已化，一夜满城车马。家家楼上簇神仙，争看鹤冲天。①

古人常用莺迁比喻中举，韦庄此词或是及第时所作。词中既有榜上有名的惊喜，亦有朝见帝王时的得意。多年辛苦终得中进士的喜悦与骄傲之情溢于言表。

韦庄的《喜迁莺》从一个侧面展现出科举考试对知识分子的重要。科举制度是建立在小农经济基础之上的选官制度，其基本精神是平均主义的仕途竞争。专制君主之下的任何一个平民百姓，只要具备一定的知识水平，就可以通过科举考试进入官僚集团并且凭借自己的才能逐步升迁。这一精神与中国古代士阶层片面注重政治地位的特点相结合，又通过他们的影响波及全社会，形成一种官本位的价值观念。尤其值得注意的是，在唐代大一统的封建君主专制政治之下，"设官分职"已经失去了与君主"共治天下"的原有意义。但是，地位的降低并不妨碍官僚享受愈来愈多的特权，而且由于官僚虽无"勤人致理之忧"却有"禄利泰厚之乐"，官民差别空前扩大，这种情况不仅使官本位的价值观念难以动摇，而且被社会各阶层付诸实践。"非类之人""没死以趋上，构奸以入官"，有入学受业之资格者"自童稚间已有汲汲趋利之意，其学其问，以之取名至官而已"。②韦庄数十年参加科考，或亦带有着光耀门楣的心态。

---

① （后蜀）赵崇祚辑，《花间集·卷三》（宋绍兴十八年建康郡斋刻本）（北京：国家图书馆出版社影印本，2004）。

② 任爽，《科举制度与唐代教育危机》（《中国史研究》，1994-03）。

韦庄所参加的进士科考是科举考试中难度最大的门类。在唐代,士子们都迫切希望可以通过进士科考进入朝廷的统治阶层。韦庄多次参加科举考试,终因种种原因未能考取,年近耳顺方才一飞冲天,此如何不令他欣喜万分?其《喜迁莺》中攒动的人影、欢闹的场景,皆是他愉悦心情的见证。韦庄入蜀为官后,曾奏请蜀主王建追赐生前未曾参与科考或没能考中的知名文士李贺、皇甫松、陆龟蒙等进士及第,此即展示出韦庄对于自身及第之时那美好场景的顾恋。

《十国春秋》记王建为西川节度副使之时,唐昭宗"命韦庄与李珣宣谕两川,遂留蜀"①。六十二岁的韦庄自此开始了在蜀中的生活。王建对韦庄较为看重,任其为左散骑常侍中书门下事。及前蜀开国,"制度号令,刑政礼乐,皆庄所定"②。韦庄亦参与前蜀政务。在昭宗遇弑,梁祖即位并遣使宣谕前蜀之时,韦庄对谋兴复的王建言"兵者大事,不可仓卒而行",又代王建草书答梁使曰:

> 吾家受主上恩有年矣,衣衿之上,宸翰如新,墨诏之中,泪痕犹在。犬马犹能报主,而况人之臣子乎!自去年二月车驾东还,连贡二十表,而绝无一使之报,天地阻隔,叫呼何及!闻上至谷水,臣僚及宫妃千余人,皆为汴州所害。及至洛,果遭弑逆。自闻此诏,五内糜溃。今两川锐旅,誓雪国耻,不知来使,何以宣谕?示此告敕,令自决进退。

梁使遂还。"梁祖遣使通好,以建为兄"③。韦庄之文不卑不亢,进退有度,有化干戈为玉帛之功效,展示出其沉稳大气的政治智

---

① (清)吴任臣,《十国春秋》(北京:中华书局,2010),592。
②③ (宋)张唐英,《蜀梼杌》,见傅璇琮主编,《五代史书汇编》(杭州:杭州出版社,2004),6075。

慧与风度。而其中"吾家受主上恩有年矣""犬马犹能报主，而况人之臣子乎"，不仅是为王建所作，更是韦庄作为唐代遗臣的心绪。这种心绪中有着对盛世的追忆，对故园的思恋，对漂泊的感伤。韦庄曾作《感怀》：

> 长年方悟少年非，人道新诗胜旧诗。十亩野塘留客钓，一轩春雨对僧棋。花间醉任黄鹂语，亭上吟从白鹭窥。大道不将炉冶去，有心重立太平基。

韦庄"重立太平基"终成为黄粱一梦。大唐盛世已经不可挽回地逝去，前蜀政权亦无统一之希望，而韦庄却愈加衰老。所谓"鸟飞反故乡兮，狐死必首丘"，晚年的他愈发思恋故土。《花间集》收韦庄五首《菩萨蛮》：

> 红楼别夜堪惆怅，香灯半卷流苏帐。残月出门时，美人和泪辞。　　琵琶金翠羽，弦上黄莺语。劝我早归家，绿窗人似花。

> 人人尽说江南好，游人只合江南老。春水碧于天，画船听雨眠。　　垆边人似月，皓腕凝双雪。未老莫还乡，还乡须断肠。

> 如今却忆江南乐，当时年少春衫薄。骑马倚斜桥，满楼红袖招。　　翠屏金屈曲，醉入花丛宿。此度见花枝，白头誓不归。

> 劝君今夜须沉醉，樽前莫话明朝事。珍重主人心，酒深情亦深。　　须愁春漏短，莫诉金杯满。遇酒且呵呵，人生能几何。

> 洛阳城里春光好，洛阳才子他乡老。柳暗魏王堤，此时心转迷。　　桃花春水绿，水上鸳鸯浴。凝恨对残晖，忆君

君不知。①

词似写男女离情，但正如唐圭璋所说，词言江南之乐，则家乡之苦可知也。"前事历历，思之惨痛，而欲归之心，亦愈迫切。"但今日若还乡，目击离乱，只令人断肠，故惟有暂不还乡，以待时定。情谊宛转，哀伤之至。②词中有着对江南风景的描绘，然陈廷焯的评价甚为中肯："一幅春水画图，意中是乡思，笔下却说江南风景好，真是泪溢中肠，无人省得。结言风尘辛苦，不到暮年，不得回乡，预知他日还乡必断肠也。"③韦庄生遭黄巢之乱，亲故离散，生于杜陵的他不得已而入蜀中，终生羁留于他乡。对于故土的追忆，是韦庄晚年挥之不去的情结。正是因为求而不得，韦庄沉醉在酒中，展示出一种貌似旷达、实甚悲苦的情态。这位老于他乡的"洛阳才子"，终究只能在"遇酒且呵呵"中度过这无几何的人生。

韦庄年近花甲才终于在进士科考中脱颖而出，个中辛酸，显而易见。无奈国祚不久，唐朝遭乱。入蜀的韦庄既未见李唐盛世的再现，亦没能回到久别的故园。人生的悲哀莫过于如此吧！因此，一种深深的幻灭感和无力感常萦绕在其文字中。他有三首《归国谣》：

春欲暮，满地落花红带雨。惆怅玉笼鹦鹉，单栖无伴侣。　南望去程何许？问花花不语。晚得同归去，恨无双翠羽。

金翡翠，为我南飞传我意。画桥边春水，几年花下

① （后蜀）赵崇祚辑，《花间集·卷二》（宋绍兴十八年建康郡斋刻本）（北京：国家图书馆出版社影印本，2004）。

② 唐圭璋，《唐宋词简释》（上海：上海古籍出版社，1981），13—15。

③ 杨景龙，《花间集校注》（北京：中华书局，2014），332。

醉。　　　别后只知相愧,泪珠难远寄。罗幕绣帷鸳被,旧欢如梦里。

　　春欲晚,戏蝶游蜂花烂漫。日落谢家池馆,柳丝金缕断。　　睡觉绿鬟风乱,画屏云雨散。闲倚博山长叹,泪流沾皓腕。①

鹦鹉虽在玉笼,无餐饮之忧,无风雨之苦,但却孤单寂寞,失去了广阔的天空。这与在前蜀居高位的韦庄又何其相似?对于韦庄而言,南去归家的路遥远而漫长,但人不能至,而心向往之。祈望青鸟能传达相思意,传达梦中对于过往的思恋。这样,常在香炉边流泪叹息的他,才会稍感安慰。韦庄在其《荷叶杯·其二》中自言"如今俱是异乡人,相见更无因",《清平乐·其二》又言"尽日相望王孙,尘满衣裳泪痕"。其词作中所蕴含的故国之思,令人深感悲慨。

　　《唐才子传》记韦庄"自来成都,寻得杜少陵所居浣花溪故址,虽芜没已久,而柱砥犹存,遂诛茅重作草堂而居焉"②。韦庄推崇杜甫,其承姚合《极玄集》而编《又玄集》,将杜甫列为卷首。《又玄集》首篇为杜甫的《西郊》:

　　时出碧鸡坊,西郊向草堂。市桥官柳细,江路野梅香。傍架齐书帙,看题减药囊。无人觉来往,疏懒意何长。

也许看透了世事人生的韦庄,此时之心境即如杜甫一般"疏懒",世间之事,皆似与己无干。韦庄曾作《关河道中》:

---

　　①　(后蜀)赵崇祚辑,《花间集·卷二》(宋绍兴十八年建康郡斋刻本)(北京:国家图书馆出版社影印本,2004)。

　　②　(元)辛文房,《唐才子传》(上海:古典文学出版社,1957),172。

　　槐陌蝉声柳市风。驿楼高倚夕阳东。往来千里路长在，聚散十年人不同。但见时光流似箭，岂知天道曲如弓。平生志业匡尧舜，又拟沧浪学钓翁。

　　"平生志业匡尧舜"语出杜甫《奉赠韦丞丈二十二韵》中的"致君尧舜上"，但韦庄其时，唐王朝大厦已倾，再无中兴之希望，天道真的曲如弯弓。此令韦庄有着深深的失望。"沧浪学钓翁"遂成为了不得已的人生选择。

　　韦庄晚年在蜀之时与高僧贯休颇有交往。贯休生于唐文宗太和六年（832），昭宗天复三年（903）到达成都，深受王建礼遇，"赐赏隆洽，署号禅月大师"，王建专为之建龙华道场，对之十分看重。贯休亦作二十一首赞颂王建之诗。前蜀永平二年（912）卒。①

　　贯休在蜀时与韦庄有交往，曾作《和韦相公话婺州陈事》《酬韦相公见寄》《和韦相公见示闲卧》等②，其中颇见韦庄心态。《和韦相公话婺州陈事》言："昔事堪惆怅，谈玄爱白牛。千场花下醉，一片梦中游。耕避初平石，烧残沈约楼。无因更重到，且副济川舟。"白牛乃《法华经》中对大乘佛法的隐喻。往事令人惆怅，谈论玄理可为消解纷扰的方法之一吧。《酬韦相公见寄》言："盐梅金鼎美调和，诗寄空林问讯多。秦客弈棋抛已久，楞严禅髓更无过。万般如幻希先觉，一丈临山且奈何。空讽平津好珠玉，不知更得及门么。"时已将暮，气已先衰，贯休言自身已到临山之时。纵然其赞韦庄如日到天心，但万般如幻、一丈临山又何尝不是韦庄的人生体悟呢。《和韦相公见示闲卧》有言："脱颖三千士，馨香四十年。宽平开义路，淡泞润清田。哲后知如

---

　①　陆永峰，《禅月集校注》（成都：巴蜀书社，2006），1、7、8、9。
　②　陆永峰，《禅月集校注》（成都：巴蜀书社，2006），286、394、263。

子,空王夙有缘。对归香满袖,吟次月当川。休说惭如揵,尧天即梵天。"韦庄"脱颖三千士,馨香四十",亦"常知生似幻,唯重直如弦",暮年时期的他,"刻形求得相,事事未尝眠",对于世事自然有着更深层次的体悟,《论语》曾载孔子赞尧曰"惟天为大,惟尧则之",儒家之盛世尧天或许即是佛家之色界初三重天。

　　韦庄任职于蜀的经历,思乡且疏懒的心态,皆与前蜀前主王建的政治统治密切相关。王建乃前蜀政权的建立者。其少时本以"剽盗"为事,后于乱世中入行伍。他骁勇善战,从节度使杜审权讨王仙芝,立有战功。及僖宗入蜀,王建奔其行在,被任命为随驾五都之一。光启二年(886),僖宗幸兴元,王建为清道使,"负玉玺以从"①,至当涂驿时,李昌符等焚烧栈道,王建"翼僖宗过于焰烟之中。夜宿阪下,僖宗枕建膝而寝,赐以金券"。昭宗立,陈敬瑄于成都反叛,王建与其激战数年,终取得胜利。光化三年(900),"诏建私门立戟,加中书令,封琅琊王"。光化四年(901),王建封西平王。天复三年(903),昭宗还长安,王建"奉表贡茶布等十万",被封为"蜀王"。天复四年(904),"朱全忠弑昭宗,建率将吏百姓,举哀制服"。天复七年(907),朱全忠篡位,王建亦称帝。王建一生对唐王朝未有不忠之举,《容斋随笔》记"前蜀王氏已称帝,而所立《龙兴寺碑》,言及唐诸帝,亦皆半阙"②,以示尊重之意。《蜀梼杌》言其"能奋迹士伍,奔赴行在,忠义感激,诚贯白日,执戈披锐,翼卫乘舆于烟焰之中,其勤至矣""泊陈、田召而不纳,遂抗表请师,犹有勤王之节""节制全蜀,而纳贡述职,道不绝使"。后梁建立,王建誓师雪耻,其"僭窃位号,亦时

---

① (宋)张唐英,《蜀梼杌》,见傅璇琮主编,《五代史书汇编》(杭州:杭州出版社,2004),6071。
② (宋)洪迈,《容斋随笔》(上海:上海古籍出版社,1978),49。

使之然也"①。

王建既无叛唐之举,亦有礼贤下士之姿。其虽"少无赖,以屠牛、盗驴、贩私盐为事",却"善待士"。纵目不知书,然好与书生谈论,粗晓其理,"当唐之末,士人多欲依建以避乱"②。在前蜀开国赦文中,王建即强调自身曾为唐臣,故对于那些为唐王朝效力、捐躯之公卿,皆给予追赠及封赏,"自僖宗朝,凡在有功文武大臣显忠孝者,委中书门下追赠,仍搜访骨肉,量材录用""阆州起义之日,应有随驾大将,效命功臣,或遘疾以沦亡,或当锋而夭枉,皆是捐躯为主,临难丧身,殊功无日而暂忘,遗烈千年而不泯,并委中书门下抄录,次第各与追赠,有子孙者,特授官荣"。当前蜀建国之际,王建即"授唐室旧臣王进等三十二人官爵有差"③。

王建另有《置东宫官属诏》,言"王者经世驭民,以保安于烝人,曷尝不讲求贤硕,以辅元子?故汉开博望,唐重承华,左右正人,自跻于治。其以东宫为崇贤府,凡文学道德之士,得以延纳访问,无或自尊,以蔽尔之聪明"④。其开崇贤府,广纳贤才,展示出求贤若渴的姿态。王建"僭号,所用皆唐名臣世族",其中"惟翰林学士最承恩顾,侍臣或谏其礼过,建曰'盖汝辈未之见也。且吾在神策军时,主内门鱼钥,见唐朝诸帝待翰林学士,虽交友不若也。今我恩顾,比当时才有百分之一尔,何谓之过当耶'",颇有礼贤之姿,"宋玭等百余人,并见信用"⑤。

正是因为王建忠于唐朝且重视人才,前蜀立国前后,他迅速赢得了晚唐入蜀衣冠文士的支持。王建也不断增强文人对前蜀

① (宋)张唐英,《蜀梼杌》,见傅璇琮主编,《五代史书汇编》(杭州:杭州出版社,2004),6078。

②⑤ (宋)欧阳修,《新五代史》(北京:中华书局,1974),787。

③ (宋)张唐英,《蜀梼杌》,见傅璇琮主编,《五代史书汇编》(杭州:杭州出版社,2004),6073。

④ (清)董诰,《全唐文》(北京:中华书局,1983),1288。

政权的认同感,以巩固王朝统治,祭祀为其采用的重要方法。祭祀作为中国传统社会国家礼制的重要部分,历来为各朝统治者看重。唐末由于政治剧烈动荡,来自山川神灵的庇护更成为统治者十分重视的精神力量,统治者也往往借此表明皇权的强大,甚至可凌驾于神灵之上。①祭祀封赐举动在显示君权神授,王承天命的同时,统治者的功勋被夸大。武成元年(908)前蜀政权建立之初,王建即郊祀天地,强调唐朝国运已终结,王蜀上承天命而建国,祭祀天地的郊丘之礼同祭祀山川百神的群祀之举,均是顺应天意,具有合法性。

王氏建国号为蜀,以蜀地的王国自许,实有蜀人以蜀汉传统自立的基础。②《旧五代史》记及后梁开国,蜀人"请建行刘备故事,建自帝于成都"③。王建于《郊天改元赦文》中反复申说前蜀乃承刘蜀而下,"朕自临蜀国,实庇齐民,皆资先哲之威灵,获王故都之城邑,方凭幽赞,以永天休,上答元功,宜尊旧号"④。武成三年(910)六月,王建打出刘备旗号下诏劝勤农桑,"昔刘先主入蜀,武侯劝之闭关养民,十年而后举兵,震摇关内。朕以猥眇,托居人上,爱念烝民,久罹干戈之苦,而不暇力于农桑之业"⑤,强调王蜀政权对于刘备、武侯的仿效。此举或有一定的效果,张唐英评王建曰"观其委任将佐,擢用才智,抚养士卒,惠绥黎庶,劝课农桑,轻省徭赋,始似如此。及其临终顾托,至诚无疑,前视刘备,可以无愧"⑥。

① 朱溢,《论唐代的山川封爵现象》(《新史学》,2007-12)。
② 杨峻峰,《五代南方王国的封神运动》(《汉学研究》第八卷第二期,2010年6月)。
③ (宋)薛居正,《旧五代史》(北京:中华书局,1976),1819。
④ (清)董诰,《全唐文》(北京:中华书局,1983),1290。
⑤ (清)董诰,《全唐文》(北京:中华书局,1983),1288。
⑥ (宋)张唐英,《蜀梼杌》,见傅璇琮主编,《五代史书汇编》(杭州:杭州出版社,2004),6078。

王建还尝试利用对人格神的封赐祭祀唤起蜀中民众对蜀汉曾于四川建国的历史记忆,①遂下诏封赠了蜀汉建国的两位要角:刘备、诸葛亮。"先主昭烈皇帝宜委中书门下追崇尊号,虔备册仪。忠武侯诸葛亮别加美谥,追赠王爵"。在唐代,知识分子对于刘备和诸葛亮充满了崇敬之情。明代杨慎《全蜀艺文志·陵庙》收录多篇追忆二者之作。②如杜甫《谒先主庙》中"力侔分社稷,志屈偃经纶""复汉留长策,中原仗老臣",表达出一个遭受国家败亡的诗人对于蜀先主的追恋。唐刘禹锡《蜀先主庙》"天地英雄气,千秋尚凛然。势分三足鼎,业复五铢钱"亦然。武侯同是唐人追慕的对象,杜甫《八阵图》"功盖三分国,名成八阵图。江流石不转,遗恨失吞吴",武少仪《武侯祠》"因机定蜀延衰汉,以计连吴振弱孙。欲尽智能倾僭盗,善持忠节转庸昏",白居易《咏史》"先生晦迹卧山林,三顾那逢圣主寻。鱼到南阳方得水,龙飞天汉便为霖。托孤既尽殷勤礼,报国还倾忠义心。前后出师遗表在,令人一览泪沾襟",都展现了知识分子对于刘蜀先主和武侯的赞颂。王蜀以刘蜀为借鉴的对象,所封赐之人亦是刘蜀功臣,而从永平二年(912)开始,其封赐之中开始出现了曹魏功臣。永平二年(912)正月,赠张鲁扶义公,诸葛亮安国王。通正二年(916)改元天汉元年,改国号为汉,正月,封张飞为灵应王,邓艾为彰顺王,张仪为昌化王。张鲁乃五斗米教的第三代天师,曾雄踞汉中二十余年,后降曹操,留下了"宁为曹公作奴,不为刘备上客"的典故。而邓艾乃曹魏骁将,有平蜀之功。战国时魏贵公子张仪,曾带兵攻蜀,助秦灭蜀为郡。王建封赐这样三人,似有着借其威名,开疆拓土之意。早在武成二年(909),王建

---

① 唐末五代以来,国家祭祀对象常由自然神逐渐扩及于前代功臣等人格神。见[韩]金相范,《唐代祠庙政策的变化——以赐号赐额的运用为中心》,文章出自姜锡东、李华瑞主编,《宋史研究论丛·第七辑》(河北大学出版社,2006),1—20。

② (明)杨慎编、刘琳点校,《全蜀艺文志》(北京:线装书局,2003),267—271。

曾宴于行宫,其对左右之人言:"得一二人如韩信而将之,中原不足平也。"然兵部郎中张扶进曰:"陛下雄才大略,尚不能得岐陇尺寸之土""愿陛下无以中原为意"①。王建终未北上一统中原,而选择了坚守蜀地,但"四川非坐守之地也,以四川而争衡天下,上之足以王,次之足以霸,恃其险而坐守之,则必至于亡"②。王建这种政治抉择令无数文人心生失望,对于前蜀政权的认同之感亦渐渐减弱。因此纵然王建行诸多笼络政策,蜀中许多人对王建政权依然不认同。③韦庄,即是这许多人之一。因此他的词作中才会有强烈的故国之思,才会有远离于政治的疏懒之意。

《唐诗纪事》记韦庄晚年忽咏句云"'谁知闲卧意,非病亦非眠。'又'手从雕扇落,头任漉巾偏。'识者知其不祥。后诵子美诗'白沙翠竹江村暮,相送柴门月色新',吟讽不辍,是岁卒于花林坊,葬于白沙"④。此为前蜀武成三年(910),时韦庄75岁。

《唐才子传》言韦庄"早尝寇乱,间关顿踬,携家来越中,弟妹散居诸郡。西江、湖南,所在曾游,举目有山河之异,故于流离漂泛,寓目缘情,子期怀旧之辞,王粲伤时之制,或离群轸虑,或反袂兴悲,四愁九怨之文,一咏一觞之作,俱能感动人也"⑤。《蓼

① (宋)张唐英,《蜀梼杌》,见傅璇琮主编,《五代史书汇编》(杭州:杭州出版社,2004),6074。

② (明)顾祖禹,《读史方舆纪要》(北京:商务印书馆,1937),2815。

③ 《北梦琐言》记景福年间进士张道古文学甚富,介僻不群,因上《五危二乱表》,左授施掾,尔后入蜀。先是所陈《二乱疏》云:"只今刘备、孙权,已生于世矣。"惧为蜀主所憾,无路栖托。道古曾无奈地对所亲说:"吾唐室谏臣,终不能拳跼与鸡犬同食。今虽召还,必须再贬于此。死之日,葬我于关东不毛之地,题曰:唐左补阙张道古墓。"其上王建诗,叙二乱五危七事,诗曰:"封章才达冕旒前,黜诏俄离玉座端。二乱岂由明主用,五危终被佞臣弹。西巡凤府非为固,东播銮舆卒未安。谏疏至今如可在,谁能更与读书看。"(宋)孙光宪,《北梦琐言》(北京:中华书局,1960),42。

④ (宋)计有功,《唐诗纪事》(上海:上海古籍出版社,2013),1020。

⑤ (元)辛文房,《唐才子传》(上海:古典文学出版社,1957),171。

园词选》笺云:"韦端己以才名入蜀,值王建割据,遂被羁留"。"《谒金门》云:'柳外飞来双羽玉,弄晴相对浴。'其自惜皓皓之白乎。歇拍云'寸心千里目。'可以悲其志矣"①。"寸心千里目"不仅是韦庄的心态,也是入蜀衣冠文人共同的心境。大唐盛世已逝去,蜀中生活纵然富庶,但生不逢时的辛酸与苦楚,背井离乡的无奈与凄伤始终萦绕在心头,挥之而不去。韦庄曾作《奉和左司郎中春物暗度感而成章》:

才喜新春已暮春,夕阳吟杀倚楼人。锦江风散霏霏雨,花市香飘漠漠尘。今日尚追巫峡梦,少年应遇洛川神。有时自幻多情病,莫是生前宋玉身?

锦江烟雨,花香散尽,刚刚到来的新春弹指间逝去。时已暮春,阳已西下,这样衰飒的场景好似暮年韦庄的写照。晚年飘零的他常常追忆年轻时的梦想,但时光已逝,一切成空。遥想杜甫曾感慨"摇落深知宋玉悲",虽处不同时代,但萧条的境遇,失志的惆怅,却是相似。流落的韦庄亦同前辈一般,在冷雨凄风中,怅望千秋,感念自身。

东方朔《答客难》中曾感喟士人之命运:"绥之则安,动之则苦;尊之则为将,卑之则为虏;抗之则在青云之上,抑之则在深渊之下;用之则为虎,不用则为鼠;虽欲尽节效情,安知前后?"此道出了古今知识分子共同的悲慨。生活在西汉盛世的东方朔尚感如此,五代乱世之中的文人,对此的体味当更为深刻。韦庄,就是其中之一吧!

---

　　① 李冰若,《花间集评注》(石家庄:河北教育出版社,1999),46。

第二节　太子谋反与毛文锡的政途

　　毛文锡,字平珪,约在咸通、乾符年间生于一官宦人家。①其父毛龟范曾为岭南、潮州刺史,后官至仆射卿。仆射这一官职具有较大的政治权利,《旧唐书·职官志》记"尚书省领二十四司",设"尚书令一员。正二品""左右仆射各一员,从二品""掌统理六官,纲纪庶务,以贰令之职。自不置令,仆射总判省事。御史纠劾不当,兼得弹之"②。如此家境下,毛文锡少年生活或较为舒适安稳。毛文锡年十四登进士第,继而仕唐。然晚唐时期,帝王、朝臣、宦官、藩镇等各种政治势力纠缠在一起,上演着一场场喧嚣且充满硝烟的战争。历经一次次痛苦的挣扎,唐帝国终轰然崩塌,消失于历史的尘埃之中。韦庄《秦妇吟》言"昔时繁盛皆埋没,举目凄凉无故物。内库烧为锦绣灰,天街踏尽公卿骨",如此悲惨离乱之景象亦是毛文锡所经历的,其祈盼不再漂泊,过平静安定的生活,遂"来成都""从高祖官翰林学士"③。

　　《五代史补》记王建之僭号,"惟翰林学士最承恩顾,侍臣或谏其礼过,建曰'盖汝辈未之见也。且吾在神策军时,主内门鱼钥,见唐朝诸帝待翰林学士,虽交友不若也。今我恩顾,比当时才有百分之一尔,何谓之过当耶'"④。毛文锡入蜀后,暂时过上了宁静的生活,这当是毛文锡一生中较为平静的一段时期,历经战祸,劫后余生,虽沦为遗民与贰臣,然一息尚存,纵不能实现曾经治国平天下的至高理念,但自己的人生或许还有价值。不过

----

　　① 　陈尚君,《唐代文学丛考·花间词人事辑》(北京:中国社会科学出版社,1997),383。

　　② 　(后晋)刘昫,《旧唐书》(北京:中华书局,1975),1816。

　　③ 　(清)吴任臣,《十国春秋》(北京:中华书局,2010),609。

　　④ 　(宋)薛居正,《旧五代史》(北京:中华书局,1976),1821—1822。

正如张唐英所言:"自古奸雄窃据成都者,皆因中原多故,而闭关恃险,以苟一时之安。"①前蜀二主虽据富庶之地,却无一统之心,且经唐乱,那些狡诈、奸邪、卑劣、逢迎之人,齐聚在蜀,扰其治,乱其政,毛文锡在蜀,仕途生涯亦是跌宕起伏。

《类说》引《外史梼杌》记:"蜀王建之子元膺,尝射中钱的,翰林学士毛文锡作赋美之。元膺曰:'穷措大,畏此神箭否?'"②从毛文锡官"翰林学士"看,此事当发生于其仕王蜀的前几年。此时毛文锡虽受王建礼遇,但政治上尚无深厚的根基,故为太子元膺所轻视。元膺为王建次子,"多才艺,能射钱中孔,尝自抱画球掷马上,驰而射之,无不中",有武才,颇受王建器重,"年十七,为皇太子,判六军,创天武神机营,开永和府,置官署"③。元膺少年得志,未免轻狂,"日与乐工群小嬉戏无度"④。此次其于公众场合出口不礼,称毛文锡为困穷的读书人,言语之中满含不屑与讥讽,更显轻傲之质。而毛文锡众目之下为人所辱,身为"贰臣"的他内心不知作何感受?

后毛文锡官职提升,由翰林学士擢为翰林学士承旨。此一官职约起于唐宪宗时期,权力在翰林学士之上,不仅负责起草诏命,亦可参与讨论国家机密,有一定的政治发言权。太子与毛文锡曾因射的献赋之事产生隔阂,而太子"狠喙鹐齿,蛇眼黑色,目视不正,性猜忍"⑤,见毛文锡官运腾达,遂生铲除之意。

永平三年(913),太子元膺召诸王大臣宴饮,王建假子王宗翰、内枢密使潘峭、翰林学士承旨高阳毛文锡未至。太子怒,认

① (宋)张唐英,《蜀梼杌》,见傅璇琮主编,《五代史书汇编》(杭州:杭州出版社,2004),6067。
② (宋)张唐英,《蜀梼杌》,见傅璇琮主编,《五代史书汇编》(杭州:杭州出版社,2004),6105。
③ (宋)欧阳修,《新五代史》(北京:中华书局,1974),789。
④ (清)吴任臣,《十国春秋》(北京:中华书局,2010),564。
⑤ (清)吴任臣,《十国春秋》(北京:中华书局,2010),563。

为王宗翰缺席乃潘峭与毛文锡离间之故,故对王建言潘、毛二人离间王氏兄弟。王建怒贬潘峭与毛文锡,命前武泰节度使兼侍中潘炕为内枢密使。

太子元膺同王建之嬖臣唐道袭素有嫌隙,《鉴诫录》记唐太师道袭"美眉目,足机智,自童年即亲事太祖,及太祖得蜀,遂主枢衡,勋业既高,恩宠弥厚。后出以安梁汉""太祖御制《赠别》以赐唐公,议者以鱼水之欢无出于此"①。对于王建之嬖唐道袭,元膺不仅"易之",还"屡谯于朝",而"高祖惧其不相能,乃出道袭为兴元节度使",等到"道袭罢归,复典机要,元膺廷疏其过失,高祖殊不悦"②。纵然王建对元膺心生不满,但从外放唐道袭来看,其内心深处仍倾向于亲子元膺。元膺为人轻狂,《资治通鉴》记其"骄暴,好陵暴旧臣"③。《十国春秋》记王建尝命蜀中高道杜光庭选纯净有德者"使侍东宫,光庭荐名儒许寂、徐简夫",杜光庭在前蜀颇受王建重视,许寂亦是"高祖闻其名而馆之"者,而"太子未尝与之交言",不为礼待,却仍与乐人嬉戏而不加收敛④,声名狼藉。王建曾作《诫子元膺文》,对太子行事加以提醒:"汝褓襁富贵,不知创业之艰难""勿骄勿矜,勿盈勿忌,惟敬惟诚,惟谦惟和,内睦九族,外安百姓,赤心待群臣,恩信爱士卒""然后能保我社稷,君我民臣。吾夤莫诚勖,恐汝遗忘,当置于几案,出入观省"⑤。但太子并未收敛,此次宫廷动荡,与太子有宿仇的唐道袭趁机言于王建曰"太子谋作乱,欲召诸将、诸王,以兵锢之,然后举事耳",请求召屯营兵入宿卫。太子闻此消息,"以天武甲士自卫",并"捕潘峭、毛文锡至,挝之几死,

① (后蜀)何光远,《鉴诫录》,见傅璇琮主编,《五代史书汇编》(杭州:杭州出版社,2004),5903。

②④ (清)吴任臣,《十国春秋》(北京:中华书局,2010),564。

③ (宋)司马光,《资治通鉴》(北京:中华书局,1956),8721。

⑤ (清)董诰,《全唐文》(北京:中华书局,1983),1293。

囚诸东宫"①。《蜀梼杌》记"大昌军使徐瑶等胁太子元膺,举宫中以叛。诸军讨之,斩元膺,瑶伏诛"②。不论太子是主观故意抑或客观受迫,其公然抓捕、囚禁、施刑于朝廷官员,政治意图昭然若揭。而从太子拘禁毛文锡来看,毛文锡在前蜀应该具有较高的政治地位,以至于对他的打击可以起到促成谋乱或震慑威胁的作用。

太子横死暴露出前蜀复杂的政治局势。这场政治风波后不久,"复以潘峭为枢密使",毛文锡却未被提及。约一年后,"以内枢密使潘峭为武泰节度使、同平章事。翰林学士承旨毛文锡为礼部尚书、判枢密院"③。唐中叶以后始设置的枢密院"乃宦官在内廷出纳诏旨之地",后权势日重,"枢密之权等于人主,不待诏敕而可以易置大臣"④。经太子之乱,毛文锡在仕途上又前进了一步。但较之一同为太子所捕的潘峭,毛文锡这次职位的提升似乎来得太迟。潘家乃前蜀贵族,素受王建重视。早在王蜀建国之时,潘峭即被任命为宣徽北院使。即使在毛文锡与潘峭遭贬时,潘峭的内枢密使之职亦由武泰节度使潘炕接替。潘炕为潘峭之兄,王建对其十分倚重,《十国春秋》记炕"为人有器量,家人未常见其喜怒",城府颇深。太子作乱时,"中外恇扰,一时鼎沸",潘炕十分平静,其言于王建曰元膺和唐道袭不过"争权耳,实无他志",建议王建"面谕以安社稷",王建从其言,"大乱使定"。潘炕轻而易举解前蜀之兵祸,可谓老谋深算。太子元膺死后,潘炕"屡请立东宫为国本计""及后主得立为太子,炕遂称疾

---

① 元膺谋反事件经过详见(宋)司马光,《资治通鉴》(北京:中华书局,1956),8773—8775。

② (宋)张唐英,《蜀梼杌》,见傅璇琮主编,《五代史书汇编》(杭州:杭州出版社,2004),6076。

③ (宋)司马光,《资治通鉴》(北京:中华书局,1956),8784。

④ (清)赵翼撰、王树民校证,《廿二史札记校证》(北京:中华书局,1984),471。

告老",然"国有大疑,特遣使问之"①。据《蜀梼杌》,潘炕与其弟潘峭同掌机衡,号大枢、小枢。潘炕嬖于美妾赵解愁,解愁貌美而喜新声、工小词。王建曾有取之意,为潘炕所拒。潘峭言:"绿珠之祸,可不戒邪?"潘炕答曰:"人生贵于适意,岂能爱死而自不足于心耶?"②潘家执掌要职,权势煊赫,皇室如非必需,对其亦持迁就容忍之态度。潘炕永平四年(914)即元膺事件的后一年卒,其曾经炙手可热势绝伦的政治地位或许是其弟潘峭复职迅速之故,亦是其子潘在迎受后主王衍恩宠的原因。

纵然前蜀各派政治势力彼此不断倾轧,作为人臣,毛文锡仍旧希望兼济天下。永平四年(914),即毛文锡经太子谋乱事件后职位提升之时,"峡上有堰,或劝蜀主宜乘江涨决之,以灌江陵。毛文锡曰:'高季昌不服,其民何罪? 陛下方以德怀天下,忍以邻国之民为鱼鳖食乎?'高祖乃止"③。毛文锡有恤民之心,其建功立业的抱负亦会在词作中展现。《甘州遍·其二》言:

> 秋风紧,平碛雁行低,阵云齐。萧萧飒飒,边声四起,愁闻戍角与征鼙。　　青冢北,黑山西。沙飞聚散无定,往往路人迷。铁衣冷,战马血沾蹄,破蕃奚。凤皇诏下,步步蹑丹梯。④

词无死声,乃佳作也。⑤"结以功名,鼓战士之气"⑥,此亦是对自

① (清)吴任臣,《十国春秋》(北京:中华书局,2010),610。
② (宋)张唐英,《蜀梼杌》,见傅璇琮主编,《五代史书汇编》(杭州:杭州出版社,2004),6076。
③ (清)吴任臣,《十国春秋》(北京:中华书局,2010),609。
④ (后蜀)赵崇祚辑,《花间集·卷五》(宋绍兴十八年建康郡斋刻本)(北京:国家图书馆出版社影印本,2004)。
⑤ 李冰若,《花间集评注》(石家庄:河北教育出版社,1999),111。
⑥ 史双元,《唐五代词纪事会评》(合肥:黄山书社,1995),825。

身仕进的激励。然毛文锡满腔热忱却遭遇时局之冷，终化为一场空寂。与其交好的蜀贯休和尚有《和毛学士舍人早春》，其中言毛文锡虽"新作继周南"，于"大朝名益重"，但"丹心空拱北"。贯休永平二年（924）卒，《十国春秋》记其性格落落不拘小节，亦不肯趋附权贵，其摹写毛文锡壮志难酬，言当不虚。

通正元年（916），毛文锡进文思殿大学士，已而又拜司徒，仍判枢密院如故，①职位又一次提升。然此时的政治环境已更为恶劣。《新五代史》记王建"晚年多内宠，贤妃徐氏与妹淑妃，皆以色进，专房用事，交结宦者唐文扆等干预外政。建年老昏耄，文扆判六军，事无大小，皆决文扆"②。毛文锡与唐文扆不和，"天汉时，宦官唐文扆同宰相张格为表里，与毛文锡争权"③。张格为唐左仆射张浚次子，"少负才俊迈，而尚狡谲"。入蜀后，王建待其恩礼尤异。④王建称帝时，即以其为翰林学士。而毛文锡同官翰林学士，二人纷争在所难免。在元膺谋乱事件中，张格的举动曾受到王建的欣赏。《资治通鉴》记太子谋反未成，流亡中为士所杀，王建"大恸不已"，此时张格呈《慰谕军民榜》，其中言："不行斧钺之诛，将误社稷之计"。王建乃止悲，下诏废元膺为庶人，"左右坐诛死者数十人，贬窜者甚众"。此后，张格权势日重。及元膺身死，潘炕请求册立太子。此时王衍在众兄长中年纪最幼，但其母贤妃甚得王建宠爱，贤妃密令飞龙使唐文扆"以金百镒赂格，请求立郑王为太子。格心动，以为是可术取也，乃夜为表示功臣王宗侃等，诈言受密旨，众皆署名，而后主遂得立"。此事《新五代史》《蜀梼杌》皆有记载。朝堂内有唐文扆，外有张格，二人与毛文锡势若水火。而后主王衍依靠张格之力继位，与毛文锡当不亲近。如此，毛文锡注定会在这场无声的宫廷内战中

---

① ③　（清）吴任臣，《十国春秋》（北京：中华书局，2010），609。

②　（宋）欧阳修，《新五代史》（北京：中华书局，1974），790。

　④　（清）吴任臣，《十国春秋》（北京：中华书局，2010），603。

失败。

《十国春秋》载"毛文锡以女适仆射庾传素子，宴亲族于枢密院，用乐不先奏闻，高祖闻鼓吹声，怪之，文扆因极口摘其短，贬毛文锡茂州司马，子询流维洲，籍其家"①。这是前蜀的又一次党争，牵涉面较广。毛文锡母弟毛文晏"天汉间历官翰林学士。坐兄毛文锡党，贬荣经尉"②。而与毛文锡家联姻的"起家蜀州刺史，累官至左仆射，兼中书侍郎、同平章事"的庾传素，"罢为工部尚书；未几，改兵部"③。在太子谋乱及枢密院用乐风波中，均未见毛文锡辩词。可知"为人多智诈"的王建对毛文锡是有保留的信任。然枢密院为官署，毛文锡于此处宴亲族有公然结党之嫌，其用乐未上奏，亦有不当，此或为《十国春秋·蒋诏恭》中所说的"高祖末年，臣僚多尚权势，侈敖无节"④的一个侧面。王衍即位后，庾传素再秉国钧，"加太子少保，复兼中书侍郎、同平章事"⑤，庾传素的升迁或有家族因素，因在受唐文扆诋毁遭贬之时，朝廷"以翰林学士承旨庾凝绩权判内枢密院事"，而凝绩乃"传素之再从弟也"⑥。毛文锡此次遭贬未再受重用。

《蜀梼杌》言王衍"幼无英特之质，长于绮纨富贵之中，及元膺被诛，次当以辂杰为嗣，而衍母专宠，大臣表里叶谋，遂得嗣立"⑦。王衍继位后，其母徐氏与妹淑妃卖官鬻爵，"自刺史以下，每一官阙，必数人并争，而入钱多者得之"，且于"通都大邑起邸店，以夺民利"，而"衍年少荒淫，委其政于宦者"⑧。《十国春秋》又记韩昭"性便佞，善窥迎人意"，与潘炕子在迎"同为后主狎

①② （清）吴任臣，《十国春秋》(北京：中华书局，2010)，609。
③⑤ （清）吴任臣，《十国春秋》(北京：中华书局，2010)，608。
④ （清）吴任臣，《十国春秋》(北京：中华书局，2010)，621。
⑥ （清）吴任臣，《十国春秋》(北京：中华书局，2010)，611。
⑦ （宋）张唐英，《蜀梼杌》，见傅璇琮主编，《五代史书汇编》(杭州：杭州出版社，2004)，6085。
⑧ （宋）欧阳修，《新五代史》(北京：中华书局，1974)，791。

客。后主起宣华苑,昭与诸近臣日夜侍后主酣饮,其中男女杂坐,亵慢无所不至。昭素无品望,特以嬖幸得出入宫掖,累官礼部尚书,兼成都尹"。乾德二年(920),王衍下诏北巡,进韩昭文思殿大学士,位在翰林承旨上。①乾德三年(921)十月,以韩昭为吏部侍郎,判三铨。"昭受赂徇私,选人诣鼓院诉之。又嘲曰:'嘉眉邛蜀,侍郎骨肉;导江青城,侍郎亲情;果阆二州,侍郎自留;巴蓬集壁,侍郎不惜。'衍召而问之,昭曰:'此皆太后、太妃国舅之亲,非臣之亲。'衍默然"。"昭以便佞,恩倾一时,出入宫掖。太妃爱其美风姿,而专有辟阳之宠"②。此时毛文锡已非重臣,然见韩昭仅凭阿谀奉承即可官至自己曾居的高位,回想起经历的重重政治风波和如今混乱的宫廷政局,只能是一声叹息!

《蜀梼杌》记乾德五年(923),王衍"重阳宴群臣于宣华苑,夜分未罢,衍自唱韩琮《柳枝》,词曰:'梁苑隋堤事已空,万条犹舞旧春风。何须思想千年事,惟见杨花入汉宫。'内侍宋光浦咏胡曾诗曰:'吴王恃霸弃雄才,贪向姑苏醉绿醅。不觉钱塘江上月,一宵西送越兵来。'衍闻之不乐,于是罢宴"③。胡曾诗中所言之景正是前蜀当时之情,或许王衍已预感国运不久,凄惨命运终将到来,然大势已去,回天乏术,只能用"何须思想千年事"来做心理安慰吧!《五国故事》记"衍之末年,率其母后等同幸青城,至成都山上清宫,随驾宫人皆衣画云霞道服,衍自制甘州曲辞,亲与宫人唱之曰:'画罗裙,能结束,称腰身,柳眉桃脸不胜春,薄媚足精神,可惜许沦落在风尘。'宫人皆应声而和之"④。宫人沦落风尘,处境凄凉,王衍亦如此。前蜀败于后唐。后唐庄宗召王衍

① (清)吴任臣,《十国春秋》(北京:中华书局,2010),660—661。

② (宋)张唐英,《蜀梼杌》,见傅璇琮主编,《五代史书汇编》(杭州:杭州出版社,2004),6080。

③ (宋)张唐英,《蜀梼杌》,见傅璇琮主编,《五代史书汇编》(杭州:杭州出版社,2004),6081。

④ (宋)佚名,《五国故事》(北京:中华书局,1991),8。

入洛,王衍无奈率其宗族和张格、庾传素等人东行。同光四年(926)四月,行至秦川驿,庄宗用伶人景进计,遣宦者向延嗣诛其族。①毛文锡亦"随后主王衍降唐,未几,复事孟氏。与欧阳炯等五人以小辞为后主所赏"②。其仕后蜀政治上当未有大的活动,故《直斋书录解题》仅记其"随王衍入洛而卒"③。

毛文锡生当乱世,不仅是遗民,更是贰臣,其内心之凄伤苦楚或许只有向文字倾诉。《崇文总目》记毛文锡有《前蜀王氏纪事》,《世善堂藏书目录》亦记毛文锡曾著《前蜀记》。《直斋书录解题》言毛文锡的《前蜀纪事》二卷"起广明庚子,尽天福甲子,凡二十五年"④。虽原书已佚,但当是毛文锡在王蜀败亡后所作。毛文锡修史,不知是否应官方之要求。《隋书》记隋文帝开皇十三年(593)曾下诏"人间有撰集国史、臧否人物者,皆令禁绝"⑤。唐承隋制,禁止私自修史,《隋唐嘉话》记唐薛元超所言"吾不才,富贵过分,然平生有三恨:始不以进士擢第,不得娶五姓女,不得修国史"⑥即为佐证。唐武德五年(622),唐高祖诏修梁、陈、齐、周、隋五史。贞观十年(636),五代史同时修成,太宗言于史臣:"朕睹前代史书,彰善瘅恶,足为将来之戒。秦始皇奢淫无度,志存隐恶,焚书坑儒,用缄谈者之口。隋炀帝虽好文儒,尤疾学者,前世史籍,竟无所成,数代之事,殆将泯绝。朕意则不然,将欲览前王之得失,为在身之龟镜。"⑦唐修史重在警世。毛文锡生当政局激荡之时,历仕唐与前蜀,又经历两朝败亡,对于历史当有着较为深入与独特的看法,其修史或亦在警诫。

毛文锡有文才,《花间集》中录毛文锡词作三十二首,《尊前

① (宋)欧阳修,《新五代史》(北京:中华书局,1974),793。
② (清)吴任臣,《十国春秋》(北京:中华书局,2010),609。
③④ (宋)陈振孙,《直斋书录解题》(上海:上海古籍出版社,1987),137。
⑤ (唐)魏征,《隋书》(北京:中华书局,1973),38。
⑥ (唐)刘餗撰、程毅中点校,《隋唐嘉话》(北京:中华书局,1979),28。
⑦ 白寿彝,《中国史学史》(北京:北京师范大学出版社,2004),114。

集》又录其《巫山一段云·貌掩巫山色》一首,存词计三十三首,使用词调二十一个,其中《赞成功》《接贤宾》等词调《教坊记》未载,今存除毛作外,未见他作传世。创调、用调、传调之功,不可磨灭。①毛文锡的词作,很多都带有伤感之情,一些创作甚至有所寄托,四首《柳含烟》即是代表。

> 隋堤柳,汴河春。夹岸绿阴千里,龙舟凤舸木兰香。锦帆张。因梦江南春景好,一路流苏羽葆。笙歌未尽起横流,锁春愁。
>
> 河桥柳,占芳春。映水含烟拂路,几回攀折赠行人,暗伤神。乐府吹为横笛曲,能使离肠断续。不如移植在金门,近天恩。
>
> 章台柳,近垂旒。低拂往来冠盖,朦胧春色满皇州,瑞烟浮。直与路边江畔别,免被离人攀折。最怜京兆画蛾眉,叶纤时。
>
> 御沟柳,占春多。半出宫墙婀娜,有时倒景醮轻罗,曲尘波。昨日金銮巡上苑,风亚舞腰纤软。栽培得地近皇宫,瑞烟浓。②

《柳含烟》这一词牌得名自毛文锡的创作,清人毛先舒《填词名解》言"毛文锡有词'河桥柳',遂名《柳含烟》"③。此调源于汉乐府古题之《折杨柳》,后化为词调《杨柳枝》。"唐自刘禹锡、白乐天而下,凡数十首。然惟咏史咏物,比讽隐含,方能各极其妙"。其"极

---

① 杨景龙,《花间集校注》(北京:中华书局,2014),777。

② (后蜀)赵崇祚辑,《花间集·卷五》(宋绍兴十八年建康郡斋刻本)(北京:国家图书馆出版社影印本,2004)。

③ 史双元,《唐五代词纪事会评》(合肥:黄山书社,1995),819。

咏物之致，而能抒作者怀，能下读者泪，斯其至矣"①。毛文锡的四首《柳含烟》亦皆有所托寄。

第一首写隋堤柳。隋堤修筑于隋代，河两岸修御道，植杨柳，以供炀帝舟游江南时欣赏。隋炀帝纵乐失国，隋堤柳因与炀帝有关联，《杨柳枝》遂被看成了亡国之曲。毛文锡的隋堤柳篇亦言及隋帝乱国之事，篇尾"笙歌未尽起横流。锁春愁"写出了败亡之迅速与愁苦之长久。生当政局激荡之时，历仕唐与前蜀，又经历两朝败亡的毛文锡，或许对隋堤边的杨柳，有着比前人更深刻的感悟。

第二首写河桥柳。河桥乃远离京城的送别之所，刘长卿《送姨子弟往南郊》言"客路向楚云，河桥对衰柳"，钱起《送孙十尉温县》曰"飞花落絮满河桥，千里伤心送客遥"。生活在这样环境中的柳树虽得春芳，却目见太多凄清的离别，自身也只能悲哀地为行人所攀折，随游子四方漂泊。毛文锡历经唐乱，个中凄苦，无法言说。因而他希望被移栽在金门之外以"近天恩"。

第三首写章台柳。章台为汉代长安城的街名。②生活在帝京中的柳树离帝王又进一步，不仅免去了为人攀折之苦，还可以感受到朦胧的"瑞烟"。毛文锡入蜀，受到蜀主王建的礼遇，生活暂时平静。然重重政治风波后，毛文锡深感章台虽好，亦不及御沟。

第四首写御沟柳。御沟乃是宫院河道。崔豹《古今注·都邑》言："长安御沟谓之杨沟，谓植高杨于其上也。"王昌龄《青楼曲》言："驰道杨花满御沟，红妆漫绾上青楼。金章紫绶千余骑，夫婿朝回初拜侯。"张祜《题御沟》言："万树垂杨拂御沟，溶溶漾

---

① 张以仁，《试论孙光宪的四首〈杨柳枝〉》(《中国文哲研究集刊》第 4 期，1994年 3 月)。

② 《汉书》记张敞"无威仪，时罢朝会，过走马章台街，使御吏驱，自以便面拊马"。杨师道《咏马》言"鸣珂屡度章台侧，细蹀经向濯龙傍"。可见章台乃繁华喧闹之所。

漾绕神州。都缘济物心无阻,从此恩波处处流。"生活在御沟边上的柳树地近皇宫,得见天颜,瑞烟自是"浓浓"。

从隋堤、河桥,到章台、御沟,从锁春愁、近天恩到叶纤时、瑞烟浓,四首作品层次递进,表达的感情逐步深沉。结合毛文锡之生平,似可揣度这几首作品,即是其一生的写照。他乱离的遭遇,跌宕的仕途,最后都如柳絮般,空成一梦。

沈雄《古今词话·词评》言:"毛文锡词大致匀净,不及熙震。其所撰《纱窗恨》可歌也。"又引叶石林曰:"逮览其全集,而咏其《巫山一段云》,其细心微诣,真造蓬莱顶上。"①《纱窗恨》两首曰:

> 新春燕子还来至,一双飞。垒巢泥湿时时坠,浣人衣。　　后园里看百花发,香风拂、绣户金扉。月照纱窗,恨依依。
>
> 双双蝶翅涂铅粉,咂花心。绮窗绣户飞来稳,画堂阴。　　二三月爱随飘絮,伴落花、来拂衣襟。更剪轻罗片,傅黄金。

两首词写春之景色,春日可见对对飞燕,双双蝴蝶,更有百花争艳,风絮飞舞,如此美好景致,词中之人却意兴阑珊,春恨依依,或许人如蝶燕成双对之时,那怅惘的心境才能得到纾解吧。全词明净纯粹,有淡淡的忧伤笼罩其中,细思令人哀楚。毛文锡另有叶梦得盛赞的《巫山一段云》,词云:

> 雨霁巫山上,云轻映碧天。远风吹散又相连,十二晚峰前。　　暗湿啼猿树,高笼过客船。朝朝暮暮楚江边,几度降神仙。

① (清)沈雄,《古今词话》(上海:上海古籍出版社,2009),286。

　　　　貌掩巫山色，才过濯锦波。阿谁提笔上银河，月里写嫦
娥。　　　薄薄施铅粉，盈盈挂绮罗。菖蒲花役梦魂多，年代
属元和。

此为毛文锡名篇，《十国春秋》言其为当世传咏。贺裳《皱水轩词
笺》言："文人无赖，至驰思杳冥，盖自高唐作俑而后，遂浸淫不可
禁矣。"毛文锡此词"摹写云气，真觉氤氲蓊渤，满于纸上""虽用
神女事，犹不失为国风好色"；陈廷焯《云韶集》亦赞曰"神光离
合，高唐神女之流亚也"。词写调名本意，咏神女之事，朝朝暮暮
的楚江或曾有神仙降临，薄施铅粉、轻挂绮罗的神女，终究只是
在梦幻中出现，求之而不得，思之而不至。此或是毛文锡的平常
心境，遥想其十四岁登进士第之时，豪情或许就如苏轼《沁园春》
所说的那样："有笔头千字，胸中万卷；致君尧舜，此事何难？"然
"世路无穷，劳生有限"，"似此区区长鲜欢"仿佛成为了人生的常
态，历经了祈盼与失望，见惯了争斗与倾轧，所有的过往，都会在
"月照纱窗"时，染上依依的恨意。《云韶集》评其《更漏子·春夜
阑》云："'红纱一点灯'，真妙。我读之不知何故，只是瞠目呆望，
不觉失声一哭。我知普天下世人读之，亦无不瞠目呆望，失声一
哭也""'红纱一点灯'，五字五点血"①。这是读懂了毛文锡，他
的一生，就是政局风云变幻的一个缩影，他彷徨、困惑、失落、痛
楚，不断寻求解脱，却终究还是那个在变幻中苦苦挣扎却找不到
超脱之路的苦难人。

第三节　外姓镇藩与鹿虔扆的舍宅

　　鹿虔扆的资料最早见于北宋蜀人黄休复《茅亭客话》之"勾

---

①　杨景龙，《花间集校注》（北京：中华书局，2014），718。

居士"条:"瓦屋和尚名能光,日本国人也。嗣洞山悟本禅师,天
复年初入蜀,伪永泰军节度使禄虔扆舍碧鸡坊宅为禅院居之,至
孟蜀长兴年末迁化。时齿一百六十三。"①这则材料虽短小,然
隐含诸多关于鹿氏的信息:

其一,"禄虔扆"即"鹿虔扆"。"禄"作为姓氏与"鹿"相通。
《元和姓纂》中"鹿"姓下记"济阴:后梁有乐郡太守鹿蕴""元孙念
西魏光禄大夫、河内公,自西平徙济阴。孙善,隋长春宫监、河内
公。生愿、裕、注,裕唐司农少卿,定陶公嶲州司功"②。"禄"姓
之下亦有相同的记载:"《风俗通》云,殷纣远裔悉,西魏光禄大
夫、河内公,自西平徙济阴,孙善,隋长春宫监、河内公,生愿、
裕、注,裕唐司农少卿,定陶公。"③因此,上引之文中的"禄虔
扆"或即"鹿虔扆"。唐末有鹿晏弘,曾任山南西道节度使。
《旧五代史》记黄巢乱起、僖宗幸蜀之时,鹿晏弘曾和高祖王建
一起,从监军杨复光率师抵抗黄巢军队。杨复光将忠武军八
千人立为八都,鹿晏弘与王建各为一都校。杨复光死后,鹿晏
弘率八都迎銮行在,至兴元,驱节度使牛丛,鹿晏弘自为留后,
王建等为属郡刺史。后鹿晏弘猜忌众将,王建乃率三千人趋
僖宗行在,僖宗嘉之,赐与巨万。④鹿晏弘曾任山南西道节度
使,与王建一同征战,乃一员战将。鹿虔扆亦任节度使,与王
建关系密切。"鹿"非常见之姓,二鹿均为武将,同熟识王建,
或有亲族关系。

其二,鹿虔扆舍宅为寺发生在前蜀之时。能光和尚在天复
年初入蜀。天复为唐昭宗的年号,所用时间从公元 901 年到
904 年,计四年。此后王建以公元 907 年为天复七年,并于此年

---

① (宋)黄休复,《茅亭客话》(北京:中华书局,1991),18。
② (唐)林宝撰、岑仲勉校记,《元和姓纂》(北京:中华书局,1994),47。
③ (唐)林宝撰、岑仲勉校记,《元和姓纂》(北京:中华书局,1994),68—69。
④ (宋)薛居正,《旧五代史》(北京:中华书局,1976),1815。

建国,史称前蜀,次年即改年号为武成。材料中称鹿虔扆为"伪永泰军节度使","伪"表明此时王蜀已立国,故能光入蜀之年当为公元907年王蜀建国之年。能光离世时间是"孟蜀长兴年末"。长兴乃后唐明宗年号,所用时间从公元930年到933年,计四年。长兴四年(933)二月,后唐以孟知祥为东西两川节度使、蜀王。孟知祥为蜀地的实际统治者,此时才有"孟蜀"之称,故能光当卒于公元933年。因此,鹿虔扆舍宅为寺之事定发生在王蜀时期。

　　其三,鹿虔扆具有一定的经济实力与社会地位。舍宅为寺是中国历史上常见之现象,一般而言,有此行为者多为达官显贵,目的在于累积功德,消灾祈福。鹿虔扆所舍之宅位于碧鸡坊。碧鸡坊在成都诸坊中名列前茅,风景幽美,海棠尤甚。宋人周辉《清波杂志附别志》中言"巴蜀风物之盛,或者言过其实""然海棠富艳,江浙则无之。成都燕王宫碧鸡坊尤名奇特。客云:碧鸡王氏亭馆,先中植一株,继益于四隅。岁久繁盛,衮延至三两间屋。下瞰覆冒锦绣,为一城春游之冠。石湖范致能词,'碧鸡坊里花如屋,只为海棠,也合来西蜀',谓是也"①。陆游亦有赞美此处海棠之诗句,其《病中久止酒有怀成都海棠之盛》诗言"碧鸡坊里海棠时,弥月兼旬醉不知",可见碧鸡坊实居住之佳选,诸多达官贵人、风流雅客选宅于此。女校书薛涛就曾于此处建吟诗楼以度晚年。《锦里耆旧传》记大顺二年(891)八月庚寅"田令孜开城门,携牌印出降",王司徒放田令孜"归碧鸡坊宅"②。田令孜为晚唐时期的大宦官,其随僖宗入蜀,恃宠横暴,把持朝政,荒酗无检,所居之宅定是经过精心挑选之佳处。如此,可舍碧鸡坊宅的鹿虔扆在前蜀当具有一定的社会名望。沈雄《古今词

　　①　(宋)周辉,《清波杂志附别志》(北京:中华书局,1985),122。

　　②　(宋)句延庆,《锦里耆旧传》,见傅璇琮主编,《五代史书汇编》(杭州:杭州出版社,2004),6027。

话·词评》卷上引《乐府纪闻》言鹿虔扆"初读书古祠,见画壁有周公辅成王像,期以此见志"①。鹿虔扆有着治国平天下的至高人生理念,寺庙画壁上"辅成王"的周公或许就是他的人生偶像。寺庙不仅给了鹿虔扆知识,更坚定了他在唐末五代乱世中建功立业的远大理想,这种理想是其日后成功的原动力。而与寺庙结下的情结,或许就是其后来"舍宅为寺"的心理动因。

其四,鹿虔扆乃前蜀举足轻重的武将。鹿氏在王蜀时曾为军节度使,五代如唐朝一般,节度使仍是各藩镇的最高军事统帅。②又《花间集》称其为"鹿太保",《十国春秋》本传记其"官至检校太尉"③,从其所担任的"太保""检校太尉"这些武官的高级职位来看,鹿虔扆当为前蜀重要的武将。王蜀的军节度使多由王建假子担任,所姓多是王建赐予的"王"姓,鹿虔扆得以外姓充任军节度使,表明其很受王建重视,亦有非凡的将才,有可能曾随王建征战,或是一员战功赫赫的骁将。

《茅亭客话》记鹿虔扆为永泰军节度使,然遍检新、旧《五代史》《宋史》《资治通鉴》《九国志》《五国故事》《十国春秋》,均未见前蜀甚至后蜀曾使用"永泰军"这一番号。但南唐军额中曾有"永泰"军号,《十国春秋》记保大九年(951),马希崇为永泰军节度使,镇舒州。④然结合鹿虔扆生平的其他资料,此时能光和尚已经过世多年,鹿氏焉能有为其舍宅之举?故无论从时间抑或地点上考证,鹿虔扆均无可能担当南唐永泰军节度使。

故此,关于材料中的"永泰军节度使",可作两种推解:

第一,鹿氏为武德军节度使。蜀有永泰县,《新五代史》记永

---

① (清)沈雄,《古今词话》(上海:上海古籍出版社,2009),287。

② 罗琨,《中国军事通史·五代十国军事史》(北京:军事科学出版社,1998),51。

③ (清)吴任臣,《十国春秋》(北京:中华书局,2010),815。

④ (清)吴任臣,《十国春秋》(北京:中华书局,2010),218。

平三年(913)正月,"麟见永泰"①。永泰县隶属于梓州,梓州在前蜀时乃武德节度使辖区。王建立国时,改剑南东川节度使为天贞节度使,永平二年(912),又将天贞改为武德。历史上有过用辖区的某个州府来指称整个辖区的现象。唐末的山南西道节度使,领兴元府和其他诸州县。但历史上往往以其治所兴元府来指称全部辖区,称其为兴元节度使。若此,曾经出现过祥瑞的辖区永泰,不知能否指代武德。

第二,"永泰"很有可能是"永平"或"武泰"的误记。《蜀梼杌》记唐僖宗广明之时,王建"奏请择大臣帅蜀,乃召宰相韦昭度为成都尹,割邛、蜀、黎、雅,置永平军于邛州,以建为节度使"②。王建曾经担任永平军节度使,此为其日后掌控蜀中之基础。后王建兼并了山南西道,蜀分割出十个军节度使,永平军番号依然保留,其余的为武德、武定、山南、阶州、镇江、昭武、武兴、天雄、武泰。前蜀建立后的公元911年,王建将年号改为永平,以表达对往昔担任永平军节度使的光辉岁月的怀恋。而永平军也确是忠于王蜀。《资治通鉴》记后唐庄宗同光二年(924),前蜀后主王衍轻信后唐关于两国交好的谎言,令戍守在威武城二十四军的士卒撤离,又撤武定、武兴等三十七军,天雄招讨二十九军的招抚讨伐任务亦取消。至此,前蜀对后唐的军事防御变得十分的薄弱。而在对后唐之战中,除永平和武泰外其余各家均降唐。③

五代时,诸政权的多个禁军番号常有类似,如朱梁时期的"神武""神捷""神威""天武""天威""天兴";④后唐时期的"捧

① (宋)欧阳修,《新五代史》(北京:中华书局,1974),789。

② (宋)张唐英,《蜀梼杌》,见傅璇琮主编,《五代史书汇编》(杭州:杭州出版社,2004),6072。

③ 罗琨,《中国军事通史·五代十国军事史》(北京:军事科学出版社,1998),122。

④ 齐勇锋,《五代禁军初探》,见《唐史论丛·第三辑》(西安:陕西人民出版社,1987),165—166。

日""捧圣""护圣""保卫""拱卫""严卫"等。①很多时候各个王权的禁军番号相同,如唐代曾经设立的"羽林""神武"等番号,五代之梁、唐、晋、汉、周,都曾经使用过。五代时期,朝代更替频繁,军号繁杂,同一政权内部亦多有变动。如后唐同光三年(925)灭前蜀,曾置剑南西川节度使,废除永平军节度。而至后蜀孟知祥称帝时,废剑南西川节度,置永平军节度。在动荡繁杂的情况下,军队番号出现误记并不为怪。

沈雄《古今词话·词评》卷上引《乐府纪闻》亦记鹿虔扆"为永泰军节度使"②,此很有可能是延续《茅亭客话》的说法。关于《乐府纪闻》,王兆鹏曾加以详细考证,认为其成书于清康熙十八年(1679)至二十六年(1687)之间,是与《词林纪事》相类似的有关唐宋金元明人轶事、词作本事的辑录杂纂,其中所录史料或据一书节录删改,或从诸书杂凑成篇,时有讹误。而清人词话征引时又有所删改,更不可靠,③不可尽信。

综上,或可勾勒鹿虔扆生平之轮廓。其少年读书寺庙,立有大志,后随王建征战,军功赫赫,得以拜为前蜀大将。其于成都有田产,因此当能光和尚入蜀时,舍宅为寺,以累功德。鹿虔扆的大部分人生应该是在前蜀时期度过的,明代蒋一葵《尧山堂外纪》、清人吴任臣《十国春秋》皆言鹿虔扆曾在后蜀为官,且与欧阳炯、韩琮、阎选、毛文锡等称"五鬼"。"五鬼"之说乃杜撰之语,对此,学界多有辩释,此不加赘论。④况周颐《餐樱庑词话》亦言鹿虔扆为孟蜀遗臣。然据台湾张以仁详考,况蕙风并未详细考

---

① 齐勇锋,《五代禁军初探》,见《唐史论丛·第三辑》(西安:陕西人民出版社,1987),172—173。
② (清)沈雄,《古今词话》(上海:上海古籍出版社,2009),287。
③ 王兆鹏,《乐府纪闻考(下)》(《文献》,1997-01)。
④ 见郭锋,《花间词人鹿虔扆考辨》(《学术研究》,2006-03);陈尚君,《唐代文学丛考·花间词人事辑》(北京:中国社会科学出版社,1997),386。

订鹿虔扆之生平，徒延续成说而已。①张说可信。"孟蜀"之语，或亦不实。鹿虔扆在前蜀时功名显赫，在对后唐之战中，并未有降唐之举。那些折节之人如王宗弼之流，最后都落得满门命丧的结局，孟知祥缘何独能让鹿虔扆官至太保？故言鹿虔扆曾为官后蜀，当与史实不符。鹿虔扆很有可能如《乐府纪闻》所记的那样，前蜀亡而不仕。

《花间集》收鹿虔扆词六首，《全唐诗》同。词中颇有佳语。鹿虔扆曾读书古祠，文化背景别于王建这类凭屠牛、贩私盐起家的武人，其感慨之时，得以文字聊抒心绪。《思越人》言：

> 翠屏欹，银烛背，漏残清夜迢迢。双带绣窠盘锦荐，泪侵花暗香销。珊瑚枕腻鸦鬟乱，玉纤慵整云散。苦是适来新梦见，离肠争不千断。②

该调《教坊记》未录，现存敦煌曲中亦未见。玉茗堂《花间集》评鹿虔扆《思越人》"结句酸楚，江文通、潘安仁悼亡诗不过如此"③。清人张德瀛《词征》言："'双带绣窠盘锦荐，泪侵花暗香销'之句，词家推荐为绝唱。"④《花间集》中除鹿氏之作外，另有孙光宪词两首，张泌词一首。⑤孙、张之作所咏皆不离调名本意，

---

① 张以仁，《从鹿虔扆的〈临江仙〉谈到他的一首〈女冠子〉》（《中国文哲研究集刊》，1993-03）。

② （后蜀）赵崇祚辑，《花间集·卷九》（宋绍兴十八年建康郡斋刻本）（北京：国家图书馆出版社影印本，2004）。

③ （明）汤显祖，汤显祖批评《花间集》（明末套印本）（福州：福建人民出版社，2011）。

④ 杨景龙，《花间集校注》（北京：中华书局，2014），1310。

⑤ 孙光宪词云："古台平，芳草远，馆娃宫外春深。翠黛空留千载恨，教人何处相寻？绮罗无复当时事，露花点滴香泪。惆怅遥天横渌水，鸳鸯对对飞起。""渚莲枯，宫树老，长洲废苑萧条。想象玉人空处所，月明独上溪桥。经春初败秋风起，红兰绿蕙愁死。一片风流伤心地，魂销目断西子。"张泌词云："燕双飞，莺百啭，越波堤下长桥。斗钿花筐金匣恰，舞衣罗薄纤腰。东风澹荡慵无力，黛眉愁聚春碧。满地落花无消息，月明肠断空忆。"

感慨越国西施之事。鹿虔扆的作品虽未离闺阁思妇,却已脱离了调名本意,扩大了词作的表现范围。《思越人》一调五代仅见此四首作品,宋代未见该调创作。《鹧鸪天》虽又名《思越人》,然考其句式,为双调五十五字,押平韵。其中佳作如晏几道的《鹧鸪天·彩袖殷勤捧玉钟》、苏东坡的《鹧鸪天·林断山明竹隐墙》等,皆与五代《思越人》迥异,当为两调。《词征》言:"今考鹿词不多见,固非如冯正中诸人日从事于声歌者,零玑碎锦,尤足贵矣。"[1]鹿虔扆为武将,自不同于冯延巳等文官,作词抒情只是鹿虔扆生活的一小部分,但这"零玑碎锦"的"感叹之语",展现了鹿氏心性,亦可见其创作上的独特之处。

沈雄《古今词话·词评》引倪瓒语曰:"鹿公高节,偶尔寄情倚声,而曲折尽变,有无限感慨淋漓处。"[2]所指即《花间集》收录之《临江仙》,词云:

> 金锁重门荒苑静,绮窗愁对秋空。翠华一去寂无踪。玉楼歌吹,声断已随风。烟月不知人事改,夜阑还照深宫。藕花相向野塘中。暗伤亡国,清露泣香红。[3]

《金五代诗》引《诗史》曰鹿虔扆"工小词,伤蜀亡"。《十国春秋》言其有"故国蜀离之感,不专为靡靡之音也"。《云韶集》亦言此"深情苦调,有《黍离》《麦秀》之悲"。此作含蓄婉转,一唱三叹。《古今词统》曰"花有叹声,史识之矣",《词综偶评》言"曰'不知',曰'暗伤',无情有恨,各极其妙",《古今诗余醉》曰"结到藕花泣露,可谓伤感之极",故玉茗堂《花间集》说"'曲终人不见,江上数峰青',似有神助。以此方之,可谓劲敌"[4]。该曲不仅艺术上有

---

① 杨景龙,《花间集校注》(北京:中华书局,2014),1310。

② (清)沈雄,《古今词话》(上海:上海古籍出版社,2009),287。

③ (后蜀)赵崇祚辑,《花间集·卷九》(宋绍兴十八年建康郡斋刻本)(北京:国家图书馆出版社影印本),2004)。

④ 杨景龙,《花间集校注》(北京:中华书局,2014),1298—1299。

高超之处，于词体发展上，亦有开拓之功。

《临江仙》这一词牌《教坊记》中即有记载。敦煌曲中亦有使用，以写情事和仙事居多。如：

> 不处嚣尘千万年。我于此峒求仙。坐□□□□□□。行游策仗，策仗也，寻溪听流泉。夜深长□□□□，□□□舞于前。神方求尽愿为丹。□淇登云，登云〔也〕，□□□□□。①

词作乃写求仙。《全唐五代词译注》另有一首少妇怨夫的歌辞，词云：

> 少年夫婿奉恩多，霜脸上泪痕多。千回□去自消磨。罗带上鸳凤，拟拆意若何？锦帐屏帷多冷落，因何复恋娇娥。回来直拟苦过磨。思量□得，还是嗲哥哥。②

然值得注意的是，《临江仙》这一词牌的描摹领域已渐脱离调名本意，悄然发生着变化。王重民辑《敦煌曲子词集》有《临江山》，注言"斯卷作仙"。（伯二五〇六、斯二六〇七）"山"当为"仙"的误写。词云：

> 岸阔临江底见沙。东风吹柳向西斜。春光催绽后园花。莺啼燕语撩乱。争忍不思家。
> 每恨经年离别苦。等闲抛弃生涯。如今时世已参差。不如归去，归去也，沉醉卧烟霞。③

---

① 曾昭岷等，《全唐五代词》(北京：中华书局，1999)，853—854。
② 孔范今，《全唐五代词译注》(西安：陕西人民出版社，1998)，1326。
③ 王重民，《敦煌曲子词集》(北京：商务印书馆，1950)，12。

《全唐五代词》收此首，题"曲子临江仙"①。词写游子思归的心绪。曾经怀着雄心壮志离家远游，期望建功立业。然韶华已逝，功名却是水月镜花。又是一年东风起，寥廓江天中孤独的游子再不是"同学少年，风华正茂"的年纪，再没有"书生意气，挥斥方遒"的豪情，曾经的"指点江山，激扬文字"，如今都化为天地间一声思家的长叹。此时的他，只想寻得幽悠宁谧、高远清虚之所，与烟霞为伍，与山川为邻，与美酒为伴，不问世事，不求功名，了此余生。黄升《花庵词选》言唐词多缘题所赋，《临江仙》则言仙事，《女冠子》则述道情。此种情形于唐词中的确甚多。但这首敦煌词写的却是游子思归之情，充分表现了古代读书人对社会动乱的厌憎和对前程无望的苦恼。或为依旧曲另抒新意，或其名是由首句之"临江"及末句"沉醉卧烟霞"之"仙隐"而取。②敦煌曲中另有一首《临江仙》：

> 大王处分警烽烟。山路阻隔多般。寒风切切贱于丹。
> 行路远，正见一条天。愿我早晚脱山川。大王尧舜团圆。
> 自今已后把枪攒，舍金甲，齐唱快活年。

曾昭岷言此首原题"一首"。林编以"失调名"署之。曾氏从总编考补作《临江仙》。③词写战争中的心绪，充满了胜利的希望。

《临江仙》于五代文人创作中又回归调名本意。文人之《临江仙》辞，几乎首首咏"仙"，全为艳情之曲。④顾夐有"暗想昔时欢笑事，如今赢得愁生"；牛希济有"鸳鸯对浴浪痕新。弄珠游女，微笑自含春"；李珣有"几回偷看寄来书，离情别恨，相隔欲何如"，皆含香艳之气。偶然有一些作品有阔大之境，如张泌的"古

---

① 曾昭岷等，《全唐五代词》(北京：中华书局，1999)，852—853。
② 张剑，《敦煌曲子词百首译注》(兰州：敦煌文艺出版社，1991)，70—71。
③ 曾昭岷等，《全唐五代词》(北京：中华书局，1999)，945。
④ 任半塘，《教坊记笺订》(北京：中华书局，2012)，85。

祠深殿,香冷雨和风";毛文锡的"黄陵庙侧水茫茫。楚山红树,烟雨隔高唐",但仍不离题意中的"仙"事。而鹿虔扆的《临江仙·金锁重门荒苑静》,并未言及水仙,却将目光投向了寥廓大地,东风已暗换了曾经的物华,理想的破灭带来的是孤寂与怅惘。洞悉了古今人事沧桑易变的词人,在这凄凉冷清的秋夜中,听到的不仅是藕花的啜泣,更是内心深处的痛哭。遥想千年以前,《诗经》中已含有这种凄婉的黍离之悲,"彼黍离离,彼稷之苗。行迈靡靡,中心摇摇。知我者谓我心忧,不知我者谓我何求。悠悠苍天!此何人哉?"历史在轮回中将某些场景重现,人虽不是那个人,但情仍旧是那份情。李白曾有"只今惟有西江月,曾照吴王宫里人",刘禹锡有"淮水东边旧时月,夜深还过女墙来"。如今,见惯了历史悲欢离合的月亮依然静静地挂在夜空,没有喜悦亦没有感伤,而那种家国败亡的怆痛,却让世间之人情何以堪?

　　承载这样的情感,在那个时代,本该是诗歌的历史责任,而鹿虔扆却让一种尚未登大雅之堂的新兴文体来尝试承担这样的重任,未尝不是一种历史性的开创。其中传达出的是一位对国家充满眷恋之情的武将在国亡时的惨淡心绪,这种情感已经超越了敦煌词中的一事一己,具有了浩瀚时空下普泛的历史意义。《餐樱芜词话》言其"含思凄婉,不减李重光'晚凉天净月华开。想得玉楼瑶殿影,空照秦淮'之句"①。然李氏之作更多的是抒发君王本人在国家败亡后的悲慨,虽然典型,但不具备模仿性,此作则开创了后世以词这种样式摹写历史兴亡的先河。明人李廷玑《新刻注释草堂诗余评林》言"结句妙。周美成《西河》词云:'燕子不知何世,入寻常巷陌人家,如说兴亡,斜阳里。'亦就是'烟月不知人事改'一段变化出来"②。吴梅《词学通论》中说《花间集》"缘情托兴,万感横集,不独醉妆薄媚,沦落风尘,睿藻流

---

① 李冰若,《花间集评注》(石家庄:河北教育出版社,1999),192。

② 王兆鹏,《唐宋词汇评·唐五代卷》(杭州:浙江教育出版社,2004),357。

传，足为词谶"①，鹿虔扆的《临江仙》当在其所指之列！

第四节　唐宋迭代与蜀宰相欧阳炯

　　欧阳炯，《宋史》《续资治通鉴长编》《野人闲话》《益州名画记》《锦里耆旧传》《唐诗纪事》《十国春秋》等皆有记载，或作"炯"为"迥""逈""烱""炳"。今从王国维②、夏承焘③、陈尚君④等学者的观点，以为各家史料中所载皆为欧阳炯。

　　《历代诗余·词人姓氏》载欧阳炯为"益州人，事王衍为中书舍人"⑤，明代杨慎《丹铅余录》言欧阳炯乃"他方流寓而老于蜀者"⑥。欧阳炯籍贯或非蜀地，乃是成长于蜀，且于前蜀王衍朝

---

　　① 吴梅，《词学通论》（上海：商务印书馆，1947），62。

　　② 炯为孟蜀宰相，蜀亡入宋，为翰林学士。一作欧阳炳。苏易简《续翰林志（下）》谓学士放诞则有王著、欧阳炳；又云炳以伪蜀顺化旋召入院，尝不巾不袜见客于玉堂之上，尤善长笛，太祖尝置酒令奏数弄，后以右貂终于西洛。又作欧阳迥。《学士年表》：欧阳迥，乾德三年八月以左散骑常侍拜（前曰右貂，此云左散骑常侍，左、右必有一误），开宝四年六月以本官分司西京罢。则与炳自为一人。此本与聊城杨氏所藏鄂州本均作欧阳炯，恐炯字不误。炳与迥因避太宗嫌名而追改也。见王国维辑、万曼璐整理，《唐五代二十一家词辑》（北京：中华书局，2018），184。

　　③ 乾宁三年（896）欧阳迥生。迥即欧阳炯。按炯作《〈花间集〉序》在蜀广政三年，当即花间结集之年。花间称炯曰舍人。据《宋史》四九七，迥为中书舍人在蜀明德元年，即花间结集前之六年，至花间结集后八年，方拜翰林学士。则迥即炯无疑矣。《翰林群书》下《学士年表》，宋太祖开宝四年六月，欧阳迥以本官分司西京罢学士，与《宋史》迥传合。知今本《宋史》作"迥"实误。《十国春秋》分列迥、炯为二传，尤非。又作欧阳炳，见《翰林志》卷下，王国维《观堂外集》卷一《花间集跋》有考。见夏承焘，《唐宋词人年谱》（台北：金园出版有限公司，1982），18—19。

　　④ 炯，《宋会要辑稿·职官》四六、《翰苑群书》卷一〇、《学士年表》《宋史》卷四七九本传均作迥，苏易简《续翰林志》卷下、林师蒇《天台前集别编》误作炳，今从《花间集》《尊前集》《野人闲话》《益州名画记》《锦里耆旧传》《唐诗纪事》《续资治通鉴长编》《图画见闻志》。《十国春秋》分迥（误作回）、炯为二人，大误。见陈尚君，《唐代文学丛考·花间词人事辑》（北京：中国社会科学出版社，1997），391。

　　⑤ （清）王国维辑、万曼璐整理，《唐五代二十一家词辑》（北京：中华书局，2018），184。

　　⑥ （明）杨慎撰、王大亨，《丹铅总录笺证》（杭州：浙江古籍出版社，2013），938。

官中书舍人。《唐六典》记载了中书舍人的职掌："中书舍人掌侍奉进奏,参议表章。凡诏旨、制敕及玺书、册命,皆按典故起草进画;既下,则署而行之。其禁有四,一曰漏泄,二曰稽缓,三曰违失,四曰忘误,所以重王命也。制敕既行,有误则奏而改正之。凡大朝会,诸方起居,则受其表状而奏之;国有大事,若大克捷及大祥瑞,百僚表贺亦如之。凡册命大臣于朝,则使持节读册命命之。凡将帅有功及有大宾客,皆使以劳问之。凡察天下冤滞,与给事中及御史三司鞫其事。凡有司奏议,文武考课,皆预裁焉。"①唐代中书舍人为正五品上的高层职事官,其掌侍奉进奏、参议政事,且预审官员上呈的奏议表章,为君王提供审阅意见。李肇《翰林志》言:"初,国朝修陈故事,有中书舍人六员,专掌诏诰,虽曰禁省,犹非密切。故温大雅、魏征、李百药、岑文本、褚遂良、许敬宗、上官仪,时召草制,未有名号。乾封(666—668)已后,始曰北门学士,刘懿之、刘祎之、周思茂、元万顷、范履冰为之。则天朝,苏味道、韦承庆。其后上官昭容独掌其事。睿宗,则薛稷、贾膺福,崔湜。玄宗初,改为翰林待诏,张说、陆坚、张九龄、徐安贞相继为之,改为翰林供奉。开元二十六年(738),刘光谦、张垍乃为学士,始别建学士院于翰林院之南"。此段讲述了翰林院的发生发展,亦追述了中书舍人逐步使职化的过程。唐代任职的中书舍人多受过精深的教育,擅长写公式化的"王言",其中一些颇具文才。尽管中书舍人的职权逐步遭到翰林学士和知制诰等使职的替代,但三者互为补充,直至唐亡,中书舍人这一职官仍旧存在。②前蜀多承唐制,欧阳炯中书舍人之责分,或大体相同。欧阳炯的日常事务,大抵亦如上。

欧阳炯伶俐颖慧,擅长诗文,诸多史料的记载展示出欧阳之才。《五代诗话》引《野人闲话》记唐沙门贯休"能诗、善书、妙画""纵笔用水墨画罗汉一十六身,并一大士",皆为神来之作,广为

①　(唐)李林甫等撰、陈仲夫点校,《唐六典》(北京:中华书局,2014),276。
②　赖瑞和,《唐代高层文官》(北京:中华书局,2017),125—127。

人称赞。"蜀主曾宣入内,叹其笔迹狂逸,供养经月",欧阳炯亦曾观之,且赠之以歌,①即那首著名的四百余字的《贯休应梦罗汉画歌》。观其赞贯休诗中"休公休公始自江南来入秦,于今到蜀无交亲。诗名画手皆奇绝,觑你凡人争是人",欧阳炯作歌之时贯休尚在人世。贯休永平二年(912)离世时,欧阳炯为16岁,确是年少才高。或正因为其才华横溢,后蜀开国,欧阳炯拜中书舍人、翰林学士承旨,累迁门下侍郎,兼户部尚书同平章事(宰相),兼修国史。②其于后蜀亦颇有文名,且为后蜀君王赏识。

《会稽志》载"唐僖宗西幸之年,有会稽山处士孙位,随驾至蜀。位有道术,兼攻书画,皆妙得笔精。曾于应天寺门左壁画天王部从鬼神,奇怪斯存,笔势狂纵,三十余年无有敌者。景焕其先亦专书画,尝与翰林学士欧阳炯乃忘形之友。一日,联骑同游兹寺,偶画右壁天王以对之。渤海复作歌行一篇,有草书僧梦龟后至,请书之于壁。成都号为应天三绝"③。渤海乃欧阳氏旧望④,文献中所指即欧阳炯,其所作《应天寺壁天王歌》声名远播,有六百余字,与景焕画、梦龟书并称为"应天三绝"。

《益州名画录》载"甲寅岁十一月十一日,值蜀主诞生之辰,安公进素卿所画《十二仙真形》十二帧。蜀主耽玩欣赏者久,因命翰林学士礼部侍郎欧阳炯次第赞之⑤。《太平广记》记西蜀道士张素卿曾于青城山丈人观作画,乃画中之奇绝。"或有收得素卿所画八仙真形八幅,以献孟昶""一日,令伪翰林学士欧阳炯次第赞之,又遣水部员外郎黄居宝八分题之。每观其画,叹笔迹

---

① (清)王士禛编、郑方坤删补、戴鸿森校点,《五代诗话》(北京:人民文学出版社,1998),206。

② (清)王国维辑、万曼璐整理,《唐五代二十一家词辑》(北京:中华书局,2018),173。

③ (宋)施宿、张淏等撰、李能成点校,《(南宋)会稽二志点校》(合肥:安徽文艺出版社,2012),361—362。

④ 陈尚君,《唐代文学丛考·花间词人事辑》(北京:中国社会科学出版社,1997),391。

⑤ (宋)黄休复撰、何韫若等注,《益州名画录》(成都:四川人民出版社,1982),25。

之纵逸;览其赞,赏文词之高古;视其书,爱点画之宏壮。顾谓'八仙',不让'三绝'"。①《益州名画录》又记"广政癸丑岁,新构八卦殿,又命筌于四壁画四时花竹兔雉鸟雀。其年冬,五坊使于此殿前呈雄武军进者白鹰,误认殿上画雉为生,掣臂数四,蜀主叹异久之,遂命翰林学士欧阳炯撰《壁画奇异记》以旌之"②。

　　若此,欧阳炯确是一才思敏捷、文采飞扬之人。《宋史·西蜀世家》载后唐同光中,蜀平,欧阳炯随前蜀后主王衍至洛阳,补秦州从事。孟知祥"镇成都,复来入蜀。知祥僭号,为中书舍人"。欧阳炯在后蜀建国初以其才华为孟氏所赏,是以后蜀赵崇祚编纂《花间集》之时,请其为序。序曰:

　　　　镂玉雕琼,拟化工而迥巧;裁花剪叶,夺春艳以争鲜。是以唱云谣则金母词清,挹霞醴则穆王心醉。名高《白雪》,声声而自合鸾歌;响遏行云,字字而偏谐凤律。杨柳大堤之句,乐府相传;芙蓉曲渚之篇,豪家自制。莫不争高门下,三千玳瑁之簪;竞富樽前,数十珊瑚之树。则有绮筵公子,绣幌佳人,递叶叶之花笺,文抽丽锦;举纤纤之玉指,拍按香檀。不无清绝之辞,用助娇娆之态。

　　　　自南朝之宫体,扇北里之倡风。何止言之不文,所谓秀而不实。有唐已降,率土之滨,家家之香径春风,宁寻越艳;处处之红楼夜月,自锁嫦娥。在明皇朝,则有李太白应制《清平乐》词四首,近代温飞卿复有《金荃集》。迩来作者,无愧前人。今卫尉少卿字弘基,拾翠洲边,自得羽毛之异;织绡泉底,独殊机杼之功。广会众宾,时延佳论。因集近来诗客曲子词五百首,分为十卷。以炯粗预知音,辱请命题,仍为叙引。昔郢人有歌《阳春》者,号为绝唱,乃命之为《花间集》。庶以阳春之甲,将使西园英哲,用资羽盖之欢;南国婵

①　王兆鹏,《唐宋词汇评·唐五代卷》(杭州:浙江教育出版社,2004),254。
②　(宋)黄休复撰、何韫若等注,《益州名画录》(成都:四川人民出版社,1982),50。

娟,休唱莲舟之引。

时大蜀广政三年夏四月日叙。

作为一部词集的序言,《花间集序》的评论乃以集中作品为基础。文之首句言"镂玉雕琼,拟化工而迥巧。裁花剪叶,夺春艳以争鲜",经过雕琢的琼玉堪称杰作,经过剪裁的花叶可夺春先。欧阳炯以此来赞美《花间集》所录皆为精品,乃是声合鸾歌、字谐凤律的"云谣"。"合歌"从辞乐配合的角度指出集中作品"由乐以制词"的创作方式,"谐律"则指出作品对于字声的强调。后蜀朝廷重视字声。宰相毋昭裔著有《尔雅音略》三卷,孟昶次子元珏的老师陈鄂仿唐李瀚《蒙求》、高测《韵对》,为《四库韵对》四十卷。崇文馆校书郎句中正精于字学,凡古文、篆、隶、行、草诸书,无所不工。孟蜀亡,句中正入宋,曾"献八体书""授著作佐郎,直史馆,详定《篇》《韵》",又"与徐铉重校订《说文》",太宗尝问曰"凡有声无字有几何?"中正退而"条为一卷以献""又与吴铉、杨文举同撰定《雍熙广韵》"。①此皆展示出后蜀宫廷对于声律的重视。赵崇祚对此当亦知晓。后蜀林罕有《说文》学著作《林氏字源编小说》,林氏自序言明德二年(935),"与大理少卿赵崇祚讨论,成一家之书",又言"非欲独藏私家,实冀遍之天下。乃手书刻石,期以不朽"②。林罕一生落魄不羁,《林氏字源编小说》撰成不久即可刻石蜀中,颁示学界,或与赵崇祚的参与推荐相关。③若此,赵崇祚在编纂《花间集》时重视字声,便可理解。欧阳炯作《花间集序》时为武德军节度判官,属文官,掌判诸曹事物,其时武德军节度使乃赵崇祚之父赵廷隐④,欧阳炯与赵崇祚当十分熟识,此

① (清)吴任臣,《十国春秋》(北京:中华书局,2010),814。
② (清)董诰,《全唐文》(北京:中华书局,1983),9291。
③ 闵定庆,《花间集论稿》(海口:南方出版社,1999),69。
④ 武德军节度判官"任者多为节度使之亲信,或为节度使所聘任的知名文士,是节度使属下最重要或最亲近的文臣"。见陈仲安、王素,《汉唐职官制度研究》(北京:中华书局,1993),222。

或是《花间集序》开篇即言及字声的缘由。位列《花间集》卷首的温庭筠,创作上明显体现出声律的精严,似亦可为佐证。

　　《花间集序》又言"杨柳大堤之句,乐府相传;芙蓉曲渚之篇,豪家自制"。"乐府相传"指出集中诸多作品乃是通过前代乐府流变而来,集中《杨柳枝》《望梅花》确是如此。而《花间集》另有诸多词牌未见于《教坊记》,或为其时新制,诸如《梦江南》《思越人》《采莲子》《应天长》《玉蝴蝶》等。后蜀"豪家"制词或为时尚,以之"争高门下""竞富樽前"。其中佳品既非"南朝宫体""北里倡风"之作,亦非"言之不文""秀而不实"之篇。此或与后蜀后主孟昶的审美趣尚相关。《挥麈录》记孟昶"能文章,好博览,知兴亡,有诗才"①,《蜀梼杌》记其"尝谓李昊、徐光浦曰'王衍浮薄而好轻艳之辞,朕不为也'"②,前蜀后主王衍喜艳歌,曾集艳诗二百篇而为《烟花集》。③《北梦琐言》记其"尝裹小巾,其尖如锥,宫人皆衣道服,簪莲花冠,施胭脂夹脸,号'醉妆',因作《醉妆词》",词曰:"者边走,那边走,只是寻花柳。那边走,者边走,莫厌金杯酒",风格浮艳。孟昶"尝言不效王衍作轻薄小词,而其词自工"④。苏东坡《洞仙歌·冰肌玉骨》题前序言:"仆七岁时见眉山老尼姓朱,忘其名,年九十余,自言尝随其师入蜀主孟昶宫中。一日大热,蜀主与花蕊夫人夜起避暑摩诃池上,作一词。朱具能记之。今四十年,朱已死,人无知此词者。但记其首两句,暇日寻味,岂《洞仙歌令》乎,乃为足之。"孟昶存留的"冰肌玉骨,自清凉无汗"这两句词,已脱"月貌花容"之俗境,进入了"美"的另一境界。⑤

　　① (宋)王明清,《挥麈录》(北京:中华书局,1961),292。
　　② (宋)张唐英,《蜀梼杌》,见傅璇琮主编,《五代史书汇编》(杭州:杭州出版社,2004),6093。
　　③ (宋)欧阳修,《新五代史》(北京:中华书局,1974),791。
　　④ (清)张宗橚编、杨宝霖补正,《词林纪事　词林纪事补正合编》(上海:上海古籍出版社,1998),88。
　　⑤ 夏承焘、臧克家、缪钺等,《苏轼诗文鉴赏辞典》(上海:上海辞书出版社,2012),348。

　　孟昶宠妃花蕊夫人亦长于诗咏,曾仿王建作宫词百首,时人多称许之。①。《宋诗钞》赞曰"清新艳丽,足夺王建、张籍之席。盖外间摹写,自多泛设,终是看人富贵语,故不若内家本色,天然流丽也"②。《宫词》中有"御制新翻曲子成,六宫才唱未知名。尽将簪篆来抄谱,先按君王玉笛声""舞头皆着画罗衣,唱得新翻御制词。每日内庭闻教队,乐声飞上到龙墀"③等语,表明孟昶或创制了诸多曲词,且常奏唱。"总是一人行幸处,彻宵闻奏管弦声""夜夜月明花树底,傍池长有按歌声""西球场里打球回,御宴先于苑内开。宣索教坊诸伎乐,傍池催唤入船来",更表明后蜀宫廷夜夜笙歌的生活情态。宫廷所奏唱之歌曲当别于王衍的浮浪,而是如"冰肌玉骨,自清凉无汗"般风流蕴藉、飘逸含蓄。此正是欧阳炯所谓的声名高于《阳春》《白雪》的花间词作。其听众正是如"金母""穆王"一般的权贵显要。如此"清绝之辞"或写作于花笺之上,或奏唱于酒宴樽前,以之"助娇娆之态",令宴饮的氛围更加欢愉惬意。"使西园英哲,用资羽盖之欢。南国婵娟,休唱莲舟之引",亦有深意。"使"与"休"表明《花间集》或带有引领风气的作用,以改其时流鄙之音乐风气。如此词集是赵崇祚"广会众宾,时延佳论"而成,欧阳炯盛赞其"以拾翠洲边,自得羽毛之异",有"织绡泉底,独殊机杼之功",序言中为"阳春之甲"更表明《花间集》当世无双的地位。

　　欧阳炯《花间集序》与前文提及的《贯休应梦罗汉画歌》《应天寺壁天王歌》,有相似的创作背景及结构风格。《贯休应梦罗汉画歌》为应制之作,开篇即言"西岳高僧名贯休,孤情峭拔凌清秋",指出其卓然的品行地位;"休公休公逸艺无人加,声誉喧喧遍海涯",乃盛赞贯休的声名;最后以"若将此画比量看,总在人间为第一"作结,评价了贯休应梦罗汉画的画史地位。《应天寺

---

①　(清)吴任臣,《十国春秋》(北京:中华书局,2010),824。

②　(清)吴之振等,《宋诗钞》(北京:中华书局,1982),3057。

③　徐式文,《花蕊宫词笺注》(成都:巴蜀书社,1992),40、96。

壁天王歌》以"锦城东北黄金地,故迹何人兴此寺"开篇,进而描述了应天寺东面壁画的精妙,"后人见者皆心惊,尽为名公不敢争。谁知未满三十载,或有异人来间生",以此来反衬在西面墙壁作画的景焕的画艺。结句"君不见明皇天宝年,画龙致雨非偶然。包含万象藏心里,变现百般生眼前。后来画品列名贤,唯此二人堪比肩。人间是物皆求得,此样欲于何处传",仍是对景焕画的地位给予评价。作为一篇序言,《花间集序》或是受赵氏家族嘱托、或是受后蜀王室委派而作,创作主旨或是讴歌《花间集》及其编纂者赵崇祚,抑或暗含着对孟昶的赞美。《宋史》载后蜀广政十二年(949),欧阳炯"拜翰林学士。明年,知贡举,判太常寺。迁礼部侍郎,领陵州刺史,转吏部侍郎,加承旨"①,地位不断擢升。五代时期的翰林学士依然发挥着政治作用,在内廷掌书诏、备顾问,同时发挥进谏职能。参谋、秉笔之职责,非他职可代。作为天子耳目,翰林学士多为君主旧人,易为君王所倚重,其所献计策亦易被君王接受②,或因如此,欧阳炯一路升迁。《宋史》又记广政二十四年(961),欧阳炯"拜门下侍郎兼户部尚书、平章事、兼修国史"③,观其仕途之平顺,或可推测赵崇祚家族亦为孟昶所信任,赵氏所编纂之《花间集》、欧阳炯所作之《花间集序》,亦当符合孟昶的审美风格。是以此篇虽展示了欧阳炯自身的词学观念,但如此之多的溢美之词,或说明全文仅是针对集中作品而发,是否涵盖了唐五代词坛的整体情状,还可再商榷。

欧阳炯虽有着一定的官阶,亦描绘了"有唐已降,率土之滨,家家之香径春风,宁寻越艳;处处之红楼夜月,自锁嫦娥"的社会生活,然其自身尚俭素,《宋史》言蜀"卿相以奢靡相尚,炯能守俭素,此其可称也"③,此或是受到孟昶"寝处惟紫罗帐、紫碧绫帷

---

① ③ (元)脱脱等,《宋史》(北京:中华书局,1977),13894。

② 刘社建,《古代监察史》(上海:东方出版中心,2018),163—164。

③ (元)脱脱等,《宋史》(北京:中华书局,1977),13895。

褥而已，无加锦绣之饰。至于盥漱之具，亦但用银，兼以黑漆木器耳"①的影响。宋人张俞《华阳县学馆记》言"孟氏踵有蜀汉，以文为事"②。欧阳炯之好友景焕曾言孟昶"承高祖纂业，性多明敏，以孝慈仁义，在位三纪已来，尊儒尚学，贵农贱商"③，其"戒王衍荒淫骄侈之失，孜孜求治，与民休息，虽刑罚稍峻，而不至酷虐，人颇安之"④。欧阳炯在后蜀仕途平顺，一路升迁，常在君主身畔，耳濡目染，或亦带有孟昶之仁德儒雅。

《宋史》记欧阳炯"尝拟白居易讽谏诗五十篇以献"，孟昶"手诏嘉美，赍以银器、锦彩"⑤。大有圣君贤臣之气象。欧阳炯善谏亦善荐。《十国春秋·僧可朋》载可朋能诗好饮，"来蜀与欧阳炯相善，炯比之孟郊、贾岛，力荐于后主，后主赐钱帛有加等"，《唐诗纪事》又载：

> 孟昶广政十九年（956），赐诗僧可朋钱十万、帛五十四。孟蜀欧阳炯与可朋为友，是岁酷暑中，欧阳命同僚纳凉于净众寺，依林亭列樽俎，众方欢适。寺之外皆耕者，曝背烈日中耘田，击腰鼓以适倦。可朋遂作《耘田鼓》诗以赞欧阳，众宾阅已，遂命撤饮。诗曰"农舍田头鼓，王孙筵上鼓。击鼓兮皆为鼓，一何乐兮一何苦！上有烈日，下有焦土，愿我天翁，降之以雨。令桑麻熟，仓箱富，不饥不寒，上下一般"。言虽浅近，而极于理。君子谓可朋善谏，而欧阳善听焉。⑥

---

① （宋）佚名，《五国故事》（北京：中华书局，1991），9。

② （宋）张俞，《华阳县学馆记》，见《成都文类》卷三十一（文渊阁《四库全书》本），348。

③ （宋）王明清，《挥麈录》（北京：中华书局，1961），291。

④ （宋）张唐英，《蜀梼杌》，见傅璇琮主编，《五代史书汇编》（杭州：杭州出版社，2004），6100。

⑤ （元）脱脱等，《宋史》（北京：中华书局，1977），13894。

⑥ （宋）计有功，《唐诗纪事》（上海：上海古籍出版社，2013），1086。

若此,欧阳炯之心胸气度,可窥见一斑。明曹学佺《蜀中广记》卷九十二记欧阳炯著有"《唐录备阙》十五卷",其撰史书,或有以史为鉴之意。

　　后蜀败亡,欧阳炯入宋。李焘《续资治通鉴长编》记乾德三年(965)八月"辛酉,以左散骑常侍欧阳炯为翰林学士。炯,性坦率,无检束,雅喜长笛。上闻,召至便殿奏曲。御史中丞刘温叟闻之,叩殿门求见。谏曰:'禁署之职,典司诰命,不可作伶人事。'上曰'朕顷闻孟昶君臣溺于声乐,炯至宰相,尚习此伎,故为我擒,所以召炯,欲验言者之不诬耳。'温叟谢曰:'臣愚,不识陛下鉴戒之微旨。'自是亦不复召炯矣"。欧阳炯入宋先后为左散骑常侍、翰林学士。左散骑常侍唐代置,宋代延置。①《唐六典》记"左散骑常侍二人,从三品。掌侍奉规讽,备顾问应对"②,仍是重要的文官。后欧阳炯官翰林学士。北宋前期沿袭唐制,置翰林学士院,翰林学士是正三品的实官,带翰林学士的内制官负责起草诏令制书,"凡宫禁所用文词皆掌之"。作为皇帝近臣,翰林学士亦备顾问。"乘舆行幸,则侍从以备顾问;有所献纳,则请对或奏对",地位很高。③欧阳炯或凭文才在北宋为高阶文官,但因在后蜀官至宰相却好乐,被视为后蜀亡国之因。欧阳炯确有才华,但恐文学之才居多,而表章之才稍逊。是以《宋史》有欧阳炯"掌诰命亦非所长"④的评价。

　　《儒林公议》卷下载:"伪蜀欧阳炯尝应命作宫词,淫靡甚于韩偓。江南李坦时为近臣,私以艳藻之词闻于主听,盖将亡之兆也。君臣之间,其礼先亡矣。"⑤欧阳炯擅制词,作为中书舍人、翰林学

　　① 王俊良,《中国历代国家管理辞典》(长春:吉林人民出版社,2002),1021。
　　② (唐)李林甫等撰、陈仲夫点校,《唐六典》(北京:中华书局,2014),245—246。
　　③ 苗书梅,《南宋全史3·典章制度·卷上》(上海:上海古籍出版社,2016),46—47。
　　④ (元)脱脱等,《宋史》(北京:中华书局,1977),13895。
　　⑤ (宋)田况,《儒林公议·卷下》(上海:上海进步书局),13。

士这般文臣，其常在君侧，制作所谓"淫靡"之"艳藻"，实无可厚非。欧阳炯确有浮靡华艳之作，如九首《春光好》中的如下两首：

> 胸铺雪，脸分莲。理繁弦。纤指飞翻金凤语，转婵娟。　　嘈嘈如敲玉佩，清泠似滴香泉。曲罢问郎名个甚，想夫怜。

> 垂绣幔，掩云屏。思盈盈。双枕珊瑚无限情，翠衩横。　　几见纤纤动处，时闻款款娇声。却出锦屏妆面了，理秦筝。

无论是"胸铺雪""想夫怜"，还是"纤纤动处""款款娇声"，皆带有轻靡淫艳之气。欧阳炯又有四首《菩萨蛮》，其中两首如下：

> 晓来中酒和春睡，四支无力云鬟坠。斜卧脸波春，玉郎休恼人。　　日高犹未起，为恋鸳鸯被。鹦鹉语金笼，道儿还是慵。

> 画屏绣阁三秋雨，香唇腻脸偎人语。语罢欲天明，娇多梦不成。　　晓街钟鼓绝，嗔道如今别。特地气长吁，倚屏弹泪珠。①

若此创作确是浓软香艳，世以"淫靡"评之，亦不为过。不过值得指出的是，《花间集》中并未收录欧阳炯的《春光好》及《菩萨蛮》，这些词作皆录于《尊前集》。《花间集》中收欧阳炯十七首词，词牌为《浣溪沙》《三字令》《南乡子》《献衷心》《贺明朝》《江城子》《凤楼春》。其中除《浣溪沙》之"天碧罗衣拂地垂"与"相见休言有泪珠"两首，颇有《春光好》之情味，余作皆无"淫靡"之态。

---

① （清）王国维辑、万曼璐整理，《唐五代二十一家词辑》（北京：中华书局，2018），176、177、179、180。

如《贺明朝》二首：

> 忆昔花间初识面，红袖半遮，妆脸轻转。石榴裙带，故将纤纤玉指偷捻，双凤金线。　碧梧桐锁深深院，谁料得两情，何日教缱绻。羡春来双燕，飞到玉楼，朝暮相见。

> 忆昔花间相见后，只凭纤手，暗抛红豆。人前不解，巧传心事，别来依旧，辜负春昼。　碧罗衣上蹙金绣，睹对对鸳鸯，空裹泪痕透。想韶颜非久，终是为伊，只恁偷瘦。

词写相思，却无胭脂俗粉气。李冰若言此词极为浓丽、兼有俳调风味，上承温飞卿，后启柳屯田。词似联章，两次提及"花间"，不知赵崇祚《花间集》之得名，是否与此相关。而《花间集》不录欧阳炯"淫靡"之作，亦不知是否与蜀主孟昶雅致的审美趣尚相关。

欧阳炯擅长音乐，喜用新调。《花间集》收其《凤楼春》：

> 凤髻绿云丛，深掩房栊。锦书通，梦中相见觉来慵。匀面泪，脸珠融。因想玉郎何处去，对淑景谁同。　小楼中，春思无穷。倚阑颙望，暗牵愁绪，柳花飞起东风。斜日照帘，罗幌香冷粉屏空。海棠零落，莺语残红。

《凤楼春》本唐教坊曲，任二北《教坊记笺订》曾言《唐词纪》谓此即《忆秦娥》之遗意。又言所传五代人作《凤楼春》，与《忆秦娥》句格全异，或唐五代另有其调。《凤楼春》一调在《花间集》中仅见欧阳炯此作。全词用韵较密，句拍短促，上片较近律体，下片因四言句较多，已近于慢体。词作内容与调名本意相合，虽见《教坊记》，然不类盛唐之制作，殆五代时所创制之新声。[1]更值得注意的是，欧阳炯此作乃七十七字的双调，此于多择令词的《花间集》中，确为独特。《花间集》另有欧阳炯的《三字令》，双调

　① 张梦机，《词律探源》（台北：文史哲出版社，1981），204—205。

小令,亦惟欧阳炯一首。此与前之《凤楼春》不知是否为《花间集序》中的"豪家自制",抑或欧阳炯所创新调。

《花间集》收欧阳炯八首《南歌子》,清新俏丽,明澈可喜,汤显祖评《花间集》卷三言:"短词之难,难于起得不自然,结得不悠远。诸词起句无一重复,而结语皆有余思,允称名作。"郑文焯《大鹤山人词话·附录》言:"《南乡子》八首,实皆纪岭海风土,语义与《竹枝》为近。"《栩庄漫记》言欧阳炯的《南乡子》"多写炎方风物""写物真切,朴而不俚。一洗绮罗香泽之态,而为写景纪俗之词"①。词曰:

> 嫩草如烟,石榴花发海南天。日暮江亭春影渌,鸳鸯浴,水远山长看不足。
> 画舸停桡,槿花篱外竹横桥。水上游人沙上女,回顾,笑指芭蕉林里住。
> 岸远沙平,日斜归路晚霞明。孔雀自怜金翠尾,临水,认得行人惊不起。
> 洞口谁家,木兰船系木兰花。红袖女郎相引去,游南浦,笑倚春风相对语。
> 二八花钿,胸前如雪脸如莲。耳坠金环穿瑟瑟,霞衣窄,笑倚江头招远客。
> 路入南中,桄榔叶暗蓼花红。两岸人家微雨后,收红豆,树底纤纤抬素手。
> 袖敛鲛绡,采香深洞笑相邀。藤杖枝头芦酒滴,铺葵席,豆蔻花间趖晚日。
> 翡翠鵁鶄,白蘋香里小沙汀。岛上阴阴秋雨色,芦花扑,数只渔船何处宿。

词作带有一股清新质朴的风土情味。不必说如烟的嫩草、明丽

---

① 李冰若,《花间集评注》(石家庄:河北教育出版社,1999),219。

的晚霞、阴阴的秋雨、扑面的芦花，也不必说老翁藤杖上的芦酒、游人水面上的嬉乐、热情大方的俊俏女子、扁舟去乡的到访远客，单是那蕉林间的笑、春风中的笑、江头旁的笑、深洞中的笑，就令人于尘寰世俗中了身外事，参心中禅。欧阳炯有《江城子》："晚日金陵岸草平，落霞明，水无情。六代繁华，暗逐逝波声。空有姑苏台上月，如西子镜，照江城。"此为《花间集》中为数不多的咏史怀古词，词中物是人非事事休的人生感慨，令人黯然神伤。陈廷焯《词则・大雅集》评其"于伊郁中饶蕴藉"，将之与《南乡子》中的怡然自乐结合，或能更深入地了解历经两蜀四位君主的欧阳炯。他有才华、有能力、有智慧，知世态、懂人情、通事故，所以会久居高位、会创制新调，会制作艳词。他亦有家国沧桑之感，有幽居遁世之意，所以会写下《江城子》《大游仙诗》①等。欧阳炯的词风恣意真诚，是以《古今词话・词评》言："《蓉城集》曰'欧阳炯，首叙《花间集》者，每言愁苦之音易好，欢娱之语难工'。其词大抵婉约轻和，不欲强作愁思者也。"况周颐《历代词人考略》评欧阳炯词"艳而质，质而愈艳，行间句里，却有清气往来。大概词家如炯，求之晚唐五代，亦不多觏"。如此的热诚与清气，当源于欧阳炯对人生的参悟。

　　《续资治通鉴长编》记宋太祖开宝四年（971）五月"辛酉，上欲遣翰林学士、左散骑常侍欧阳炯祭南海。炯闻之，称疾不出。上怒。六月辛未，罢职，以本官分司西京"②。此年欧阳炯六十六岁。或许是在宋太祖召唤之时，其已年迈无力担职。或许是见惯了帝王威严、官场纷扰的他，对此再无兴致，故称疾不出。是年，欧阳炯罢翰林学士，未几卒于洛阳，然其那篇洋洋洒洒的《花间集序》却流传千年，为后人评说。

---

①　诗曰："赤城霞起武陵春，桐柏先生解守真。白石桥高曾纵步，朱阳馆静每存神。囊中隐诀多仙术，肘后方书济俗人。自领蓬莱都水监，只忧沧海变成尘"。
②　王兆鹏，《唐宋词汇评・唐五代卷》（杭州:浙江教育出版社，2004），255。

第五章 《花间集》之前蜀王亲及创作

花间词人中的魏承班和李珣乃是前蜀王朝的王亲。二人虽与王室关系密切,但却未在仕途上有大的发展,魏承班在夷族中殒命,李珣科考失意后浪迹四方。世事无常、浮生若梦的感慨在他们的创作中皆时有流露。这是时代带来的怆痛,身为王室之亲,他们的体味,当比他人更为深刻。本章主要关注前蜀皇亲中的花间词人生平及创作,以求对之有更细微的体察。

第一节 豢养假子与魏承班的家世

魏太尉承班,王建养子王宗弼之子,许州人,生年不详。《十国春秋》言唐末,"中官典兵,常养壮士为子以自卫,诸将往往多效之""高祖假子凡百二十人,皆功臣"①。魏承班父魏宏夫即王建假子之一,赐名王宗弼。《九国志》记宗弼"以家籍隶忠武军。建讨王仙芝,尚君长,皆在帐下"②,其以骁勇善战而颇得王建赏识。但王宗弼为人反复,《十国春秋》又记"杨守厚之攻梓州也,高祖遣华洪等救顾彦晖,谋因犒师执之,宗弼乃以密语泄之彦晖,高祖殊不

---

① (清)吴任臣,《十国春秋》(北京:中华书局,2010),588。
② (宋)路振,《九国志》,见傅璇琮主编,《五代史书汇编》(杭州:杭州出版社,2004),3290。

为意,待之如初",后宗弼"从高祖攻东川,为东川兵所擒,彦晖念旧恩,畜为子。及彦晖败,复自归于高祖"。不过王建似乎并不介意宗弼在政治上反复的行为,却使之"积功至兼中书令,充北面行营招讨使"。此不仅因为乱世用人之季,王宗弼的军事才能已掩盖了其人格上少忠义的不足,更是因为前蜀极其复杂的政治局势。

前蜀政权内部可划分为四种势力:其一为早年随王建征伐起家的假子,如魏承班之父王宗弼之流;其二为身边近侍如与毛文锡争权的唐道袭;其三为亲子,典型的是废太子元膺;其四乃由唐入蜀之文人如韦庄等。假子和近侍的权利在建国初曾经很大,亦曾经发生激烈的权利争夺。①《十国春秋》记王建假子王宗涤"有勇略,得将士心,高祖颇内忌之。会成都作府门,绘以朱丹,国人谓之画红楼。高祖以宗涤姓名应之,而王宗佶等疾其功,复为构飞语,高祖召宗涤诘责之,宗涤曰:'三蜀略平,大王听谗杀功臣,可矣。'高祖令亲随指挥使唐道袭饮以酒,缢杀之;成都为之罢市,涕泣如丧亲戚"②。王建令唐道袭谋杀了战功显赫的王宗涤,此事发生于王建尚未称帝之时,乃王建集团的历史性转折点。此后,其军事力量大大降低,军事扩张基本结束。③

王建的亲子、近侍与入蜀的文人之间亦有较大的矛盾。前已言及太子元膺同文人毛文锡、高道杜光庭、嬖臣唐道袭皆有嫌隙。永平三年(913),元膺谋反案发生。④在此事件中,"徐瑶、常

①③ 〔日〕佐竹靖彦,《王蜀政权小史》,见刘俊文主编,《日本中青年学者论中国史·宋元明清卷》(上海:上海古籍出版社,1995),21。

② (清)吴任臣,《十国春秋》(北京:中华书局,2010),573—574。

④ 《资治通鉴》记永平三年(913)秋七月,元膺召集诸王大臣宴饮,王宗翰、内枢密使潘峭、翰林学士承旨高阳毛文锡未至。太子认为王宗翰缺席乃潘峭与毛文锡离间之故,故言于王建曰潘、毛二人离间王氏兄弟,王建一怒之下贬潘峭与毛文锡。此时与太子有隙的王建近侍唐道袭言元膺欲谋反,请求召屯营兵入宿卫。太子闻此消息,"以天武甲士自卫",并"捕潘峭、毛文锡至,挝之几死,囚诸东宫"。

谦与怀胜军使严璘等各帅所部兵奉太子攻道袭。至清风楼,道袭引屯营兵出拒战;道袭中流矢,逐至城西,斩之。杀屯营兵甚众,中外惊扰"。后"瑶死,谦与太子奔龙跃池,匿于舰中。及暮稍定。己酉旦,太子出就舟人丐食,舟人以告蜀主,遣集王宗翰往慰抚之;比至,太子已为卫士所杀"①。

元膺事件折射出前蜀复杂的政治态势,亦反映出王建政权内部各派势力彼此间的倾轧,极具不稳定性。太子向王建进言潘峭、毛文锡离间兄弟,兄弟所指乃是王建的亲子元膺与假子王宗翰。从王建未经查实而直接贬谪潘峭及毛文锡的举动来看,王建十分在意亲子同养子之间的和谐关系,因为自身崩殂后,亲子需要养子的支持才能接替且稳定政权。但近侍唐道袭言与王建曰太子谋反,此令王建感到疑惑,难辨忠逆。太子与唐道袭不和,太子有一批武将拥护,唐道袭则有王建的支持。唐道袭与太子交兵,身死。太子则囚禁拷打朝中晚唐衣冠。局势一时陷入难以控制的境地。此时老谋深算的潘炕为保前蜀安定欲将此事化小平息,其言于蜀主曰"太子与唐道袭争权耳,无他志也。陛下宜面谕大臣以安社稷",王建乃"遣集王宗翰往慰抚之",不料太子却为卫士所杀,"王建有疑宗翰所为,由是大哭不已",《资治通鉴》言"左右恐事变",这个"变"当是王建与其养子之间的矛盾纷争,此种纷争很有可能会升级至逼宫。在这种局势愈发不可收拾之时,张格呈慰谕军民榜,蜀主读至"不行斧钺之诛,将误社稷之计"时,乃收涕曰:"朕何敢以私害公!"于是下诏废太子元膺为庶人。宗翰奏诛手刃太子者,元膺左右坐诛死者数十人,贬窜者甚众。庚戌,赠唐道袭太师,谥忠壮;复以潘峭为枢密使。从唐道袭的追封和潘峭的复职来看,王建的后期改变了对太子的看法。当唐道袭身死之时,太子尚值得其保全,争执的责任可归

---

　　① 　(宋)司马光,《资治通鉴》(北京:中华书局,1956), 8773—8775。

于近侍唐道袭。但当元膺身亡时,养子则被牵扯到了事件之中。这次宫廷政变给予王建及前蜀王朝强烈的打击,王建失去了在前蜀政权建立中作为自己化身而加以信赖的唐道袭,又失去了应当接替政权的太子元膺。[①]如果再失去假子的拥护,王建政权几乎不能支撑。于是王建不得已舍弃了亲子与近侍,而选择支持假子这支军事骨干力量,以换取大局的稳定。假子多是王建的宗亲、同姓、乡党、降族等,成分十分复杂,有居功跋扈者,有反复无常者,以他们为中坚力量的王建政权,本身就极具不稳定性。且王建在四川根基不深,立足不牢。松井秀一曾指出,在唐代,四川与中央之间存在显著的社会性差别以及基于社会性差别的体制差别,正因如此,四川当地的有势力者对于唐朝的秩序有一种强烈的归属感。像这样的当地有势力者,很难设想他们会积极支持王建集团。[②]因此,王建在建国伊始,即对假子持一种近乎诏媚之态度。其对于魏承班之父王宗弼"以德报怨"式的反馈,根本原因还在于政权的不稳定。

《十国春秋》记高祖王建病笃之时,"以宗弼沉静多谋,召为马步都指挥使,同诸臣受遗诏"[③]。王宗弼大权在握,其诸子亦骄奢。前蜀顾在珣曾令太子洗马林罕著《十臣文》,其中言王宗弼"受先皇之付嘱,为大国之栋梁,既不输忠,又不知退。恣一门之奢侈,任数子之骄矜,徒为贪饕之人,实非社稷之器"[④]。林罕所言之"一门"与"数子",当包括魏承班。魏承班今存词作中展现了当时的生活状态。《玉楼春·其二》言:

---

① [日]佐竹靖彦,《王蜀政权小史》,见刘俊文主编,《日本中青年学者论中国史·宋元明清卷》(上海:上海古籍出版社,1995),37。

② [日]松井秀一,《唐代前半期的四川——以律令制支配与豪族层的关系为中心》,见佐竹靖彦,《王蜀政权小史》(刘俊文主编,《日本中青年学者论中国史·宋元明清卷》,上海:上海古籍出版社,1995),8—9。

③ (清)吴任臣,《十国春秋》(北京:中华书局,2010),574—575。

④ (清)吴任臣,《十国春秋》(北京:中华书局,2010),636。

轻敛翠蛾呈皓齿,莺啭一枝花影里。声声清迥过行云,寂寂画梁尘暗起。　　玉筝满斛情未已,促坐王孙公子醉。春风筵上贯珠匀,艳色韶颜娇绮旎。①

《菩萨蛮·其一》言:

罗裾薄薄秋波染,眉间画时山两点。相见绮筵时,深情暗共知。翠翘云鬓动,敛态弹金凤。宴罢入兰房,邀人解佩珰。②

两首词作或描绘绮宴上歌女圆润的歌喉、绰约的风姿,或讲述美丽女子席间传情、邀人尽欢的情态。场景华丽,风格轻艳,此类作品当作于魏承班居显位、生活较为安定之时。

王宗弼执政作风硬朗。《资治通鉴》记"内飞龙使唐文扆久典禁兵,参预机密,欲去诸大臣""伺蜀主殂,即作难",然事为王宗弼所知,宗弼乃扶持王衍,削唐文扆之权,故王衍即位后,"宗弼守太师兼中书令、判六军,辅政。已又封巨鹿王,进封齐王"③。魏承班此时为驸马都尉,④官至太尉。"后主不亲政事,

---

①　(后蜀)赵崇祚辑,《花间集·卷九》(宋绍兴十八年建康郡斋刻本)(北京:国家图书馆出版社影印本,2004)。

②　(后蜀)赵崇祚辑,《花间集·卷八》(宋绍兴十八年建康郡斋刻本)(北京:国家图书馆出版社影印本,2004)。

③　(宋)司马光,《资治通鉴》(北京:中华书局,1956),8825。

④　驸马都尉乃帝婿的称号,汉武帝时设置,唐仍存续。《旧唐书》记"戊辰,以太子司议郎杜忭为银青光禄大夫、殿中少监、驸马都尉,尚岐阳公主";"田华,太常少卿、驸马都尉,尚永乐公主,再尚新都公主";"皇女万寿公主出降右拾遗郑颢,以颢为银青光禄大夫、行起居郎、驸马都尉",《新唐书》亦记"郭暧以太常主簿尚升平公主。暧年与公主侔,十余岁许昏。试殿中监,封清源县侯,宠冠戚里"。魏承班尚哪位公主已不可考,但其为王建之婿却可肯定。

内外迁除皆自宗弼出"①,魏家可谓是权倾朝野,煊赫一时。

《王氏闻见录》记前蜀末年,王衍在嬖臣王承休与韩昭等人的怂恿下欲去秦州"采掇美丽",王宗弼进言唐兵压境,秦州不可去,又上表切谏,王衍怒置之于地,终赴秦州。顷之,唐师入蜀,后主无计,君臣对泣。王宗弼此时在绵谷,闻此迅速回朝,以佞谀偾事之名斩韩昭,除去了朝中一股政治势力。②此事发生于咸康元年(924),此年,蜀前山南节度使兼中书令王宗俦以蜀主失德,与王宗弼谋废立。王宗弼犹豫未决。"庚戌,宗俦忧愤而卒。宗弼谓枢密使宋光嗣、景润澄等曰:'宗俦教我杀尔曹,今日无患矣。'光嗣辈俯伏泣谢。承班闻之,谓人曰:'吾家难乎免矣'"③。王宗弼对于"谋废立"之事"犹豫"的态度,可见其对于前蜀政权或有所不满。高处本不胜寒,况父辈心怀二意?魏承班"吾家难乎免矣"的慨叹,足见其焦灼忐忑之心。魏承班某些创作颇有哀伤之意,或亦是此种心境的展现。《花间集》录其《满宫花》:

> 雪霏霏,风凛凛,玉郎何处狂饮?醉时想得纵风流,罗帐香帏鸳寝。春朝秋夜思君甚,愁见绣屏孤枕。少年何事负初心,泪滴缕金双衽。④

"狂饮"后"罗帐香帏鸳寝"的玉郎身上,带有着得意之时的魏承班的身影。而王宗弼一家终"负初心",打湿衣襟的泪水中,又有着多少彷徨和忧虑!

---

① (清)吴任臣,《十国春秋》(北京:中华书局,2010),575。
② (五代)王仁裕,《王氏见闻录》,见傅璇琮主编,《五代史书汇编》(杭州:杭州出版社,2004),5835—5841。
③ (宋)司马光,《资治通鉴》(北京:中华书局,1956),8925。
④ (后蜀)赵崇祚辑,《花间集·卷九》(宋绍兴十八年建康郡斋刻本)(北京:国家图书馆出版社影印本,2004)。

魏承班另有《生查子》二首：

> 烟雨晚晴天，零落花无语。难话此时心，梁燕双来去。
> 琴韵对薰风，有恨和情抚。肠断断弦频，泪滴黄金缕。
> 寂寞画堂空，深夜垂罗幕。灯暗锦屏欹，月冷珠帘薄。
> 愁恨梦难成，何处贪欢乐。看看又春来，还是长萧索。①

明人沈际飞《草堂诗余别集》评其"远近含吐，精魂生怯"。词言有长流不尽的泪水，年复一年的萧索，这其中的忧愁焦虑，或即来自对登高跌重的恐惧。

王建临终曾言，太子王衍仁弱，若其不堪大业，可置其于别宫，"幸勿杀之"②。但也许王衍令王宗弼过于失望，抑或是出于王宗弼一贯有之的反叛性格，这位前蜀重臣终背叛了王蜀，在唐军面前不战而降。《九国志》记王衍"次利州，唐师已入散关，陷凤州，衍遂遣三招讨屯三泉，以拒唐师。未战，三招讨俱遁走，因令宗弼守绵谷而诛三招讨。宗弼遂与三招讨同送款与魏王，乃还成都，斩宋光嗣等，函首送于魏王，迁衍及母妻于西宫。贵戚纳金宝、进妓妾，救死于宗弼者，不可胜计；微有绲误者，咸遭戮焉。尽辇内藏之宝货，归于其家"③。《十国春秋》亦记唐兵入境，"宗弼骄慢，无复人臣礼。已而刮迁太后、后宫诸王于西宫，收玺绶，又使亲吏于义兴门邀取内库金帛"。宗弼子、承班兄弟"承涓遽仗剑入宫，取后主宠姬数人以去"④。及唐师至蜀，王宗弼令其子魏承班"赍衍玩用直百万献于魏王，并赂郭崇韬，请以

---

① （后蜀）赵崇祚辑，《花间集·卷九》（宋绍兴十八年建康郡斋刻本）（北京：国家图书馆出版社影印本，2004）。

② （宋）司马光，《资治通鉴》（北京：中华书局，1956），8925。

③ （宋）路振，《九国志》，见傅璇琮主编，《五代史书汇编》（杭州：杭州出版社，2004），3291。

④ （清）吴任臣，《十国春秋》（北京：中华书局，2010），575。

己为西川节度使，魏王曰：'此我家之物也，焉用献来！'魏王入城翌日，数其不忠之罪，并其子斩之于球场。军士取其尸，脔而食之"①。《锦里耆旧传》亦记："斩伪齐王宗弼，并男驸马都尉承班等，榜曰：'窃以前件人等，擅废本主，专杀内臣，潜取资财，将为己物，爰自收降城邑，又无犒赏三军。俱是元凶，须加显戮。'"②诸上记载表明王宗弼一家在前蜀灭亡的过程中，扮演了推波助澜的角色。纵然王家频频向后唐示好以求仍享封爵，但此确如魏承班《诉衷情·其一》所说的那样，终究是"思想梦难成"。

《青箱杂记》记王衍在蜀时，有"童谣曰'我有一帖药，其名为阿魏，卖于十八子'，其后衍兄宗弼果卖国归唐，而宗弼乃王建养子，本姓魏氏，此其应也"③。

魏承班《诉衷情·其三》曾言：

> 银汉云晴玉漏长，蛩声悄画堂。筠簟冷，碧窗凉，红蜡泪飘香。　　皓月泻寒光，割人肠。那堪独自步池塘，对鸳鸯。④

空寂的画堂、流泪的红烛、凄冷的月光，无一不令孤独的人肝肠寸断。词中所传之情，似如李易安之"花自飘零水自流"一般，成为了谶语。一个曾经煊赫的家族，在王朝更替之际，留下了一抹惨淡的背影，令人何其感慨！

沈雄《古今词话·词评》引《柳塘词话》言魏承班词"较南唐

① （宋）路振，《九国志》，见傅璇琮主编，《五代史书汇编》（杭州：杭州出版社，2004），3291。

② （宋）句延庆，《锦里耆旧传》，见傅璇琮主编，《五代史书汇编》（杭州：杭州出版社，2004），6040。

③ （宋）吴处厚撰、李裕民校点，《青箱杂记》（北京：中华书局，1985），70。

④ （后蜀）赵崇祚辑，《花间集·卷九》（宋绍兴十八年建康郡斋刻本）（北京：国家图书馆出版社影印本，2004）。

诸公更淡而近,更宽而尽,人人喜效为之",又引元遗山语曰"魏承班俱为言情之作,大旨明净,不更苦心刻意以竞胜者"①。魏承班入选《花间集》,或不仅因其词作,对于当世的警示作用乃真正用意。赵崇祚不称其为"王承班",而称为"魏承班",或与宗弼叛蜀,时人鄙其行径有关。②而魏承班对于前蜀政权的否定,或正是赵崇祚将其选入《花间集》的又一原因。

第二节　波斯后裔与李珣的游隐仙

李珣,字德润,梓州人,生活于晚唐前蜀时期,生卒年不详。何光远《鉴戒录》言:"宾贡李珣,字德润,本蜀中土生波斯也。"③《茅亭客话》记:"李四郎名玹,字廷仪,其先波斯国人,随僖宗入蜀,授率府率。兄珣有诗名,预宾贡焉。"④李珣先人乃是波斯人,但李姓本非波斯之姓氏,或为入华后所改。李珣先人何时入华尚未见史料明确记载,但颇有唐时来华且改姓唐之国姓"李"的可能。李唐一朝国力强盛,文化发达,政策开明,外国客居者很多。范文澜言李亨时田神功大掠扬州,杀商胡数千人。黄巢破广州,杀胡商十二万至二十万人,皆为佐证。外国商人在中国经营商业,有胡商、蕃贾、波斯商等名目,以波斯商最富。长安窦某开一旅店,专招待波斯商,每日获钱一缗。⑤波斯商善贾,积累了巨额财富,他们人数众多,不仅于长安城中设波斯邸,其中一些商人甚至与皇室建立了联系。《旧唐书》载长庆四年(824)"波

---

① (清)沈雄,《古今词话》(上海:上海古籍出版社,2009),285。
② 陈尚君,《唐代文学丛考·花间词人事辑》(北京:中国社会科学出版社,1997),410。
③ (后蜀)何光远,《鉴诚录》,见傅璇琮主编,《五代史书汇编》(杭州:杭州出版社,2004),5895。
④ (宋)黄休复《茅亭客话》(北京:中华书局,1991),13。
⑤ 范文澜,《中国通史简编》(石家庄:河北教育出版社,2000),334。

斯大商李苏沙进沉香亭子材,拾遗李汉谏云'沉香为亭子,有异瑶台、琼室'",又记"敬宗好治宫室,波斯贾人李苏沙献沉香亭子材。汉上疏论之曰'若以沉香为亭子,即与瑶台琼室事同'"①。李苏沙是否为李珣先人尚不可考,但这则材料说明某些波斯商与皇室关系密切,其姓氏"李"亦有皇室赐予之可能。《茅亭客话》载李珣先人曾"随僖宗入蜀"。僖宗入蜀乃一仓促的政治避难行为,随行者多为京都豪门权贵、文人儒士及宫廷近侍。李珣一家与僖宗一同赴川,或说明其同皇室有关联。如若其非与僖宗同行乃是追随而至,亦可表明李家对于唐王朝的仰慕。纵然这个王朝已困境重重,但曾经的辉煌仍旧留存于他们的记忆之中,这当是李家随僖宗入蜀的原动力。

　　李珣虽为波斯后裔,却"少小苦心",勤学汉文,文章亦佳,"所吟诗句,往往动人"②。《茅亭客话》记其颇"有诗名",但李珣却并未因此赢得功名。何光远言其"屡称宾贡"③。宾贡乃是宾贡进士的简称,指异域而于唐应进士者。《花间集》称李珣为秀才,即进士之意。前蜀未见开科,李珣为宾贡,乃唐末之事。然其似屡试而未第。④此或与当时科考情状有关。李珣本非汉人,《茅亭客话》记其弟李四郎"以鬻香药为业",经济上或有厚积,但政治上并无奥援,这令李珣终未能于科考中脱颖而出。《十国春秋》载成都人尹鹗"工诗词,与宾贡李珣友善。珣本波斯之种,鹗性滑稽,常作诗嘲之,珣名为顿损"⑤。《鉴戒录》亦记"尹校书鹗者,锦城烟月之士,与李生常为善友,遽因戏遇嘲之,李生文章,

　　① （后晋）刘昫,《旧唐书》(北京:中华书局,1975), 512、4453。

　　② （后蜀）何光远,《鉴诚录》,见傅璇琮主编,《五代史书汇编》(杭州:杭州出版社,2004), 5895。

　　③ （宋）黄休复,《茅亭客话》(北京:中华书局,1991), 13。

　　④ 陈尚君,《唐代文学丛考·花间词人事辑》(北京:中国社会科学出版社,1997), 415。

　　⑤ （清）吴任臣,《十国春秋》(北京:中华书局,2010), 645。

扫地而尽。诗曰'异域从来不乱常,李波斯强学文章。假饶折得东堂桂,胡臭薰来也不香'"①。尹鹗之词有奚落李珣考场失利之意,却也暗含对当时科考有失清明的嘲讽与无奈。

李珣一家自随僖宗入蜀以来,似一直居于蜀中。李珣之妹李舜弦为前蜀后主王衍的昭仪。杨慎《词品》言李舜弦乃"李珣妹,为王衍昭仪。饶辞藻,有'鸳鸯瓦上'一首,误入花蕊夫人集。词云'鸳鸯瓦上瞥然声,昼寝宫娥梦里惊。元是我王金弹子,海棠花下打流莺'"②。《十国春秋》记:"昭仪李氏,名舜弦,梓州人。酷有辞藻,后主立为昭仪,世所称李舜弦夫人也。所著《蜀宫应制诗》《随驾诗》《钓鱼不得诗》诸篇,多为文人赏鉴。"③《图绘宝鉴》又称李舜弦夫人能画,不独能诗,乃才女也。④昭仪为九嫔之首,地位仅次于皇后和四妃。李舜弦得为昭仪除因能诗善文,或亦与其波斯人的样貌相关。五代君主喜纳异族女子为妃嫔,南汉后主刘鋹后宫有"波斯女,失其名氏。黑腯而慧,光艳绝人。性善淫,后主甚嬖之,赐名媚猪。后主荒纵无度,益求方士媚药为淫亵之戏。又选恶少年配以宫婢,使裳衣露偶,扶波斯女循览为乐,号曰'大体双'"⑤。李舜弦纵不似刘鋹之波斯女一般"善淫",当亦是一颇有风致的女子。且据《十国春秋》中"同时宫人李玉箫者,宠幸亚于舜弦"之记载,李舜弦或颇为王衍宠爱。王衍喜制词,"常宴近臣于宣华苑,命玉箫歌己所撰'月华如水宫词'""声音委婉,抑扬合度,一座无不倾倒"⑥。王衍好词,李珣亦"以小辞为后主所赏,尝制《浣溪沙》词,有'早为不逢巫峡梦,

---

①　(后蜀)何光远,《鉴诫录》,见傅璇琮主编,《五代史书汇编》(杭州:杭州出版社,2004),5895。

②　岳淑珍,《杨慎词品校注》(郑州:中州古籍出版社,2013),112。

③　(清)吴任臣,《十国春秋》(北京:中华书局,2010),562。

④　白寿彝,《中国伊斯兰史纲要参考资料》(上海:文通书局,1948),55。

⑤　(清)吴任臣,《十国春秋》(北京:中华书局,2010),879。

⑥　(清)吴任臣,《十国春秋》(北京:中华书局,2010),563。

那堪虚度锦江春',词家互相传诵。所著有《琼瑶集》若干卷"①。

纵然李舜弦为王衍的昭仪,李珣并未因此而享受官爵,此既与前蜀混乱的政局有关,亦与李珣科考失意后疏离于王权的心态相连。《十国春秋》记同光四年(926),后唐举兵七十日平蜀,王衍至长安,"唐庄宗有诏止之。是月,伶人景进白庄宗曰'魏王未至,康延孝初平,王氏族党不少,闻车驾东征,恐骤为变,盍除之。'庄宗乃遣中使向延嗣赍勅害帝""嗣延至长安,杀帝及宗族于秦川驿"。又记秦川祸起,前蜀太后、太妃同毙命焉,皇后金氏、元妃韦氏亦随后主降唐死之。②昭仪李舜弦之结局史虽未载,然观前蜀皇室妃嫔之遭遇,李舜弦或亦死于秦川之驿。

《茅亭客话》记李珣"事蜀主衍,国亡不仕"。李珣词中"十载逍遥物外居"之语,似可佐证其于前蜀亡国后散淡闲逸的生活状态。李珣之弟李玹"举止温雅,颇有节行,以鬻香药为业,善弈棋,好摄养,以金丹延驻为务。暮年以炉鼎之费,家无余财,唯道书药囊而已"③,性情心态与李珣相仿。李珣著有《海药本草》,书已散佚,仅散见于唐慎微《政和证类本草》。书中征引诸多方志,如刘斯《交州记》、徐表《南方记》、徐长《南荆记》等,④其中记"贝子,云南极多,用为钱货易";"椰子,云南亦好,武侯讨云南时,并令将士剪除椰树,不令小邦有此异物,多食动气也",此表明李珣或曾到过云南。

李珣词中另有诸多描绘南粤风情的作品。俞陛云指出唐人咏南荒风景之诗,以柳子厚为多。五代词如欧阳炯之《南乡子》、孙光宪之《菩萨蛮》亦咏及之。惟李珣词有十七首之多。荔枝轻红,桄榔深碧,猩啼暮雨,象渡瘴溪,更萦以艳情,为词

① (清)吴任臣,《十国春秋》(北京:中华书局,2010),644。
② (清)吴任臣,《十国春秋》(北京:中华书局,2010),555、561、562。
③ (宋)黄休复,《茅亭客话》(北京:中华书局,1991),13。
④ 魏尧西,《杂谈西蜀词人李珣》(重庆师院学报,1983-10)。

家特开新采。①其中以《南乡子》十首为代表：

　　烟漠漠，雨凄凄，岸花零落鹧鸪啼。远客扁舟临野渡，
思乡处，潮退水平春色暮。

　　兰棹举，水纹开，竞携藤笼采莲来。回塘深处遥相见，
邀同宴，绿酒一卮红上面。

　　归路近，扣舷歌，采真珠处水风多。曲岸小桥山月过，
烟深锁，豆蔻花垂千万朵。

　　乘彩舫，过莲塘，棹歌惊起睡鸳鸯。游女带香偎伴笑，
争窈窕，竞折团荷遮晚照。

　　倾绿蚁，泛红螺，闲邀女伴簇笙歌。避暑信船轻浪里，
闲游戏，夹岸荔枝红蘸水。

　　云带雨，浪迎风，钓翁回棹碧湾中。春酒香熟鲈鱼美，
谁同醉？缆却扁舟篷底睡。

　　沙月静，水烟轻，芰荷香里夜船行。绿鬟红脸谁家女？
遥相顾，缓唱棹歌极浦去。

　　渔市散，渡船稀，越南云树望中微。行客待潮天欲暮，
送春浦，愁听猩猩啼瘴雨。

　　拢云髻，背犀梳，焦红衫映绿罗裙。越王台下春风暖，
花盈岸，游赏每邀邻女伴。

　　相见处，晚晴天，斜桐花下越台前。暗里回眸深属意，
遗双翠，骑象背人先过水。②

以上十首作品从不同的角度写南国风情，无论是采莲女还是越

---

　　①　俞陛云，《唐五代两宋词选释》(上海：上海古籍出版社，1985)，69。
　　②　(后蜀)赵崇祚辑，《花间集·卷十》(宋绍兴十八年建康郡斋刻本)(北京：国家图书馆出版社影印本，2004)。

王台,都带有浓郁的南国气息。陈廷焯赞其"语极本色,于唐人《竹枝》外,另辟一境"①。此等描绘,非亲历之人不能写就。而李珣之漫游,展示出其无心于政治,故纵情于山水风物之心态。且波斯商人来唐经商,不少人留居长安、扬州、广州等地,有同族所居或是李珣出游的一个辅因。

《花间集》录李珣词三十七首,《尊前集》亦录十七首,然此非李珣创作之全部,《碧鸡漫志》另有五条同李珣词调有关的记载:

1. 伪蜀毛文锡,有《甘州遍》,顾夐、李珣有《倒排甘州》,顾夐又有《甘州子》,皆不著宫调。

2.《何满子》,"今词属双调,两段各六句,内五句各六字,一句七字。五代时,尹鹗、李珣亦同此。"

3. 李珣《琼瑶集》有《凤台》一曲,注云:俗调之《喝驮子》,不载何宫调。

4. 伪蜀时,孙光宪、毛熙震、李珣有《后庭花》曲,皆赋后主故事。

5.《花间集》和凝有《长命女》曲,伪蜀李珣《琼瑶集》亦有之。句读各异,然皆今曲子。

王灼提及的李珣所用之词牌及创作,皆未见于《花间集》《尊前集》或其他现存词集。此或表明李珣诸多创作未能流传。李珣有词集《琼瑶集》,王灼编写《碧鸡漫志》时可能见过此书,李珣的作品或亦随此书广为流传。《天香阁随笔》载"德安府城西北有山,须水注入,有司马温公读书台,其下凿石为洞",洞中有一词曰:

　　　　楚山青，湘水绿，春风淡荡看不足。草芊芊，花簇簇，渔艇棹歌相续。　　信浮沉，无管束，钓回乘月归湾曲。酒盈樽，云满屋，不见人间荣辱。①

洞中石上所镌刻的即是李珣的《渔歌子》，此词在《花间集》中有所收录②。清人丁绍仪《听秋声馆词话·李珣词误作铁铉》言明惠帝"建文中，燕师起，铁尚书铉力守济南，殉难最烈。明《词综》录公《浣溪沙》云：'晚出闲亭看海棠，风流学得内家妆。小钗横戴一枝芳。削玉梳斜云鬓腻，镂金衣透雪肌香。暗思何事立斜阳。'"唐圭璋言此《浣溪沙》"见《花庵词选》，为五代时李珣作，或者公喜其词，曾手书之，后人不知，误为公作"③。此两则资料或可佐证李珣词曾广泛传播。

　　李珣《河传·其一》言：

　　　　去去，何处？迢迢巴楚，山水相连。朝云暮雨，依旧十二峰前，猿声到客船。　　愁肠岂异丁香结？因离别，故国音书绝。想佳人花下，对明月春风，恨应同。④

词中充满了对故国的怀恋。李珣之先祖怀着对唐王朝的仰慕之心，不远万里而来，却不想后人历经唐之败亡而流寓四方。那远离故土、漂泊无依之怅恨，恰如丁香花蕾一般，缠绕不解。既付韶华，却负春光。此等心境，或与明月春风之中，于花下思恋良人之佳人相同。如此生活境遇之下，李珣的心态渐渐偏于淡薄。

―――――――――

① （明）李介，《天香阁随笔》（北京：中华书局，1985）。

②④ （后蜀）赵崇祚辑，《花间集·卷十》（宋绍兴十八年建康郡斋刻本）（北京：国家图书馆出版社影印本，2004）。

③ （清）丁绍仪《听秋声馆词话·卷九》，见唐圭璋《词话丛编》（北京：中华书局，1986），2690。

其有四首《渔歌子》言隐居：

> 楚山青，湘水绿，春风淡荡看不足。草芊芊，花簇簇，渔艇棹歌相续。　　信浮沉，无管束，钓回乘月归湾曲。酒盈樽，云满屋，不见人间荣辱。
>
> 荻花秋，潇湘夜，橘洲佳景如屏画。碧烟中，明月下，小艇垂纶初罢。　　水为乡，篷作舍，鱼羹稻饭常餐也。酒盈杯，书满架，名利不将心挂。
>
> 柳垂丝，花满树，莺啼楚岸春天暮。棹轻舟，出深浦，缓唱渔歌归去。　　罢垂纶，还酌醑，孤村遥指云遮处。下长汀，临浅渡，惊起一行沙鹭。
>
> 九疑山，三湘水，芦花时节秋风起。水云间，山月里，棹月穿云游戏。　　鼓清琴，倾绿蚁，扁舟自得逍遥志。任东西，无定止，不议人间醒醉。①

春风澹荡，山青水绿。脱离了政治困扰、功名烦忧的生活是那样的自然而轻松，惬意而逍遥。这正是李珣所努力追慕的隐逸生活。有些时候，他也渴望能够摆脱尘世的烦扰，到达仙的境界。其二首《女冠子》即言求仙：

> 星高月午，丹桂青松深处。醮坛开，金磬敲清露，珠幢立翠苔。　　步虚声缥缈，想象思徘徊。晓天归去路，指蓬莱。
>
> 春山夜静，愁闻洞天疏磬。玉堂虚，细雾垂珠珮，轻

① （后蜀）赵崇祚辑，《花间集·卷十》（宋绍兴十八年建康郡斋刻本）（北京：国家图书馆出版社影印本，2004）。

烟曳翠裾。　　　对花情脉脉，望月步徐徐。刘阮今何处？
绝来书。①

月圆星高，丹桂青松中金磬的清丽之声令人神往。李珣希望通
过梦中神仙的指引，达到蓬莱仙境。无奈信使终是了无踪迹，神
仙一梦，亦枉自成空。

李珣一生终未能通过科考而获得功名，历经丧乱的他便匆
匆赴蜀避难。然蜀中的生活并不如意，这使得李珣最终舍弃了
所谓的利禄荣华，而选择归隐或求仙。李珣亲历唐朝的繁华，也
见证了它的败亡。其词作中那些遁世之语，或是这个历经磨难
之人对于世事人生悲慨不已后的彻悟吧！

---

① （后蜀）赵崇祚辑，《花间集·卷十》（宋绍兴十八年建康郡斋刻本）（北京：国
家图书馆出版社影印本，2004）。

余　论

通过对几类花间词人进行生平梳理及创作分析,可以看到,"广会众宾、时延佳论"而成的《花间集》,在词人的遴选上用心良苦,在词作的择录上亦反复斟酌。全书择调审慎、风格一致,似乎在努力使用一种标准来改变"自南朝之宫体,扇北里之倡风。何止言之不文,所谓秀而不实"①的状态,达到欧阳炯所谓的"使西园英哲,用资羽盖之欢;南国婵娟,休唱莲舟之引"②的目的。编纂形式上的诸多细节亦透露出此书不仅是一部符合后蜀宫廷审美习尚与文治政策的唱本,更隐含着赵氏家族趋奉孟昶的政治心绪。

一、《花间集》词人中缘何无帝王

《花间集》所录十八位词家中并无帝王,这与相近时期的其他词集有着明显差异。《花间集》的姊妹书《尊前集》录有唐玄宗的《好时光·宝髻偏宜宫样》,唐昭宗《巫山一段云》之"缥缈云间质""蝶舞梨园雪",后唐庄宗李存勖的《阳台梦·薄罗衫子金泥缝》《忆仙姿·曾宴桃源深洞》《一叶落·搴珠箔》《歌头·赏芳

---

① ②　(后蜀)赵崇祚辑,《花间集》(宋刻递修公文纸印本)(北京:北京图书馆出版社影印本,2003)。

春》等众多帝王词。就词之内容及风格而言,《尊前集》所录帝王词与花间词相仿,然《花间集》却未收任一帝王之作,此或是编者赵崇佐有意为之。

第一,《花间集》不录李唐帝王词。后蜀尊唐,《容斋随笔》言"蜀本石《九经》皆孟昶时所刻,其书'渊''世''民'三字皆缺画,盖为唐高祖、太宗讳也"[1]。孟蜀避唐讳,还曾模仿唐朝而刻印经书、修纂史书,此皆是其仰慕唐朝的表征。唐玄宗与昭宗均有词作,但此时词体文学仍为"小道",尽管赵崇祚有意提倡,词之文体地位仍不可与诗文比肩。贸然将李唐帝王之词收至歌集中以佐酒宴清欢,似有不尊之意。且玄宗与昭宗的命运常引人悲慨,他们惨淡的人生从某种角度而言亦与音乐相关。玄宗曾励精图治,创造了盛唐辉煌,却因"缓歌曼舞凝丝竹,尽日君王看不足",最终落得"渔阳鼙鼓动地来""九重城阙烟尘生"的下场,一代帝王仓皇入蜀避难。《明皇杂录》载:

> 明皇既幸蜀,西南行初入斜谷,属霖雨涉旬,于栈道雨中闻铃,音与山相应。上既悼念贵妃,采其声而为《雨霖铃》曲,以寄恨焉。时梨园子弟善吹觱篥者,张野狐为第一,此人从至蜀,上因以其曲授野狐。泊至德中,车驾复幸华清宫,从宫嫔御多非旧人。上于望京楼下命野狐奏《雨霖铃》曲,未半,上四顾凄凉,不觉流涕,左右感动,与之歔欷。[2]

玄宗所制哀婉缠绵的《雨霖铃》,即是那段惨恻历史的见证。玄宗之后,唐昭宗亦曾奔避于蜀。《尊前集》收唐昭宗《巫山一段云》题下有注"上幸蜀,宫人留题宝鸡驿壁"[3],表明此词作于幸

---

① (宋)洪迈撰、孔凡礼点校,《容斋随笔》(北京:中华书局,2005),49。

② (唐)郑处诲撰、田廷柱点校,《明皇杂录》(北京:中华书局,1997),46—47。

③ 朱祖谋校、蒋哲伦增校,《尊前集》(南昌:江西人民出版社,1984),1。

蜀之时。唐代从长安入川,可从宝鸡入陈仓道,再经褒城驿。盛唐时期交通发达,唐代孙谯随僖宗避黄巢之乱入川时曾作《书褒城驿壁》,指出以前"忠穆公曾牧梁州,以褒城控二节度治所,龙节虎旗,驰驿奔辄,以去以来,毂交蹄劘,由是崇侈其驿,以示雄大"。而僖宗的褒城驿"视其沼,则浅混而污;视其舟,则离败而胶;庭除甚芜,堂庑甚残,乌睹其所谓宏丽者"①?曾"视他驿为壮"的褒城驿尚且如此破败,宝鸡驿景况或更为凄凉。一个曾经辉煌的王朝就此远去,留下了一抹惨淡的背影。对此,王朝的统治者自难辞其咎,他们醉心乐舞时所创作之词,乃是这一悲剧的缩影。或出于对李唐统治者的推崇,《花间集》略去了见证这些历史片段的帝王之作。

第二,《花间集》不录五代君王词。后蜀高祖孟知祥本为后唐将领,在后唐气数将尽之时割据四川,建国称帝。对于后唐来讲,孟氏当属叛臣,故黄松子言孟知祥"始末臣于后唐,托葭莩之援,阶将相之贵,固当勤王勠力,为国藩辅,而乃俏然自帝,不复顾忌,迹其素心,真乱臣贼子也"②。孟蜀不愿提及于此,故处处以李唐为尊,强调正统。孟昶避李唐君王之讳,却不避后唐之讳。《容斋随笔》言"昶父知祥,尝为庄宗、明宗臣,然于'存''勖''嗣''源'字乃不讳"③,此表明孟蜀对于后唐不认同的政治态度。

后唐庄宗李存勖"好俳优,又知音,能度曲",创制了很多词作,"至今汾、晋之俗,往往能歌其声,谓之'御制'者皆是也"。又"别为优名以自目,曰李天下。自其为王,至于为天子,常身与俳优杂戏于庭,伶人由此用事,遂至于亡"。庄宗溺于享乐,为帝仅

① 王水照,《唐宋古文选》(南京:凤凰出版社,2012),61。
② (宋)张唐英,《蜀梼杌》,见傅璇琮主编,《五代史书汇编》(杭州:杭州出版社,2004),6100。
③ (宋)洪迈撰、孔凡礼点校,《容斋随笔》(北京:中华书局,2005),49。

三年有余便死于乱军之中，其词纵风流可爱，亦是亡国之音。欧阳修论曰："忧劳可以兴国，逸豫可以亡身，自然之理也。故方其盛也，举天下之豪杰，莫能与之争；及其衰也，数十伶人困之，而身死国灭，为天下笑。"① 或鉴于此，赵崇祚未收庄宗词入《花间集》。且对于李存勖所用的词牌《阳台梦》《忆仙姿》《一叶落》《歌头》等，《花间集》亦不曾收录。后蜀对后唐的疏离之心，由此可见一斑。

庄宗失国与前蜀后主王衍有相似之处。王衍耽于艳词，荒淫无道，终至沦为亡国之奴，骤然殒命，教训不可谓不惨烈。《蜀梼杌》记孟昶"尝谓李昊、徐光浦曰'王衍浮薄而好轻艳之辞，朕不为也'"②。孟氏铭记前蜀君臣溺于靡靡之音以至惨痛失国之教训，因此纵然王衍"凡有所著，蜀人皆传诵"③，词作流播广泛，赵崇祚仍未将其选入《花间集》，以防官员沉迷、百姓相习。

后蜀孟昶喜作小词，其词亦工稳高雅，但以时代君王之作聊佐清欢似不甚得体。且将孟昶词作收入书中传唱于天下，易形成君王耽于乐舞之舆论，于统治有弊。《花间集》既有取悦孟昶之意，自不能行此举。另一方面，前代君王在恢复文道、建立新的社会风尚之时，纵会编纂设计一批官书如《文选》《国秀集》等，却从未将帝王创作录于其中。或鉴于此，孟昶之作亦未入《花间集》。

总之，《花间集》不录帝王词既有词之文体地位较低的因素，亦同后蜀对李唐的尊崇，对后唐、前蜀的否定相关。赵崇祚如此细致审慎地思虑孟昶之心态，进一步说明《花间集》不是一部单纯的唱本，其编纂带有更深层的趋奉后主的动机。

---

① （宋）欧阳修，《新五代史》（北京：中华书局，1974），397—398。
② （宋）张唐英，《蜀梼杌》，见傅璇琮主编，《五代史书汇编》（杭州：杭州出版社，2004），6093。

③ （清）吴任臣，《十国春秋》（北京：中华书局，2010），531。

二、《花间集》因何选十八位词人

《花间集》录词家十八位。人数的确定亦是经过慎重的斟酌，因为"十八"并非普通数字，而是带有一定政治文化内涵、人物群体指代的符号。

《史记》载汉高祖"赐爵列侯，与诸侯剖符，世世勿绝"①。《汉书》记"于是申以丹书之信，重以白马之盟，又作十八侯之位次"②。此十八人曾辅佐刘邦开疆拓土、一统江山，功勋卓著，故裂土封侯。这个群体是汉初天下的中流砥柱，于君民心中有崇高地位。或是自此开始，"十八"这一数字隐隐带有政治色彩，渐渐深入人心。

至唐高祖李渊，因秦王李世民功大，前代官位皆不足以称之，特置天策上将，位在王公之上。又开天策府，置官属。随着李世民平定金城薛仁杲、武威李轨、晋北刘武周、河北窦建德、洛阳王世充等人，太宗开始由武功转向文治，其于天策府开文学馆，延四方文学之士。《旧唐书》记"始太宗既平寇乱，留意儒学，乃于宫城西起文学馆，以待四方文士"，又"寻遣图其状貌，题其名字、爵里，乃命（褚）亮为之像赞，号《十八学士写真图》，藏之书府，以彰礼贤之重"③。"彰礼贤之重"的《十八学士写真图》为阎立本绘制、褚亮撰写赞词。《封氏闻见记》言"太宗之为秦王也，使立本图秦府学士杜如晦等一十八人，文学士褚亮为赞，今人见《十八学士图》是也"④。张彦远《历代名画记》亦载"阎立本初为

---

　　① （汉）司马迁，《史记》（北京：中华书局，1963），2028。
　　② （汉）班固，《汉书》（北京：中华书局，1962），527。
　　③ （宋）司马光，《资治通鉴》（北京：中华书局，1956），5931。
　　④ （唐）封演，《封氏闻见记》，见赵贞信《封氏闻见记校注》，（北京：中华书局，1958），42。

太宗秦王库直。武德九年,命写秦府十八学士,褚亮为赞"①。《十八学士图》今不传,或为一人一像,下有赞语。褚亮赞杜如晦"建平文雅,休有烈光。怀中履义,身立名扬";赞孔颖"道充列第,风传阙里。精义霞开,掞辞飙起"。②其他学士之赞词亦如是,展示出群体成员博通古今、明达政事、文辞显著的共同特点。

太宗对十八学士尊崇有加,"凡分三番递宿于阁下,悉给珍膳。每暇日,访以政事,讨论坟籍,榷略前载,无常礼之间"③。画像之举,更表达出朝廷对人才的倾慕。如北宋郭若虚言:"盖古人必以圣贤形像、往昔事实,含毫命素。制为图画者,要在指鉴贤愚,发明治乱。故鲁殿纪兴废之事,麟阁会勋业之臣,迹旷代之幽潜,托无穷之炳焕。"④遴选学士、摹画图像为唐代士林之盛事,"方是时,在选中者,天下所慕问,谓之'登瀛洲'"⑤。沈德潜言"太宗所尚者,因文求道"⑥。李世民文治武功,其仿汉高祖封十八列侯之举,确立十八学士。此种行为带有以政治力量引导文化发展之意味,亦含有成人伦、助教化的政治动机。

十八学士不仅是文学集团,亦是唐太宗平定天下与治理国家的左膀右臂,在唐初的政治舞台上占有重要地位。其后唐代君王多有效太宗之举,以显示朝廷对于人才的渴求与尊重。《旧唐书》记武则天时"张易之、昌宗尝命画工图写武三思及纳言李峤、凤阁侍郎苏味道、夏官侍郎李迥秀、麟台少监王绍宗等十八人形像,号为《高士图》"⑦。唐玄宗开元时下诏以张说、贺知章等人为十八学士,命董萼画《开元十八学士图》,记录十八位学士

---

① 何志明、潘运告,《唐五代画论》(长沙:湖南美术出版社,1997),233。

② 王隽,《"十八学士图"的绘制、衍变及其文化内涵》(《文艺评论》,2015-02)。

③⑤ (宋)欧阳修,《新唐书》(北京:中华书局,1975),3977。

④ 周积寅,《中国画论辑要》(南京:江苏美术出版社,2005),70。

⑥ (清)沈德潜,《沈德潜诗文集》(北京:人民文学出版社,2011),1181。

⑦ (后晋)刘昫,《旧唐书》(北京:中华书局,1975),2915。

的姓名、表字、爵位等，并亲自撰写赞文，以示推崇及颂扬。

唐十八学士之说影响很大，五代"楚王希范始开天策府，置护军都尉，领军司马等官，以诸弟及将校为之。又以幕僚拓跋恒、李弘皋、廖匡图、徐仲雅等十八人为学士"，号称天策府十八学士①。前蜀希慕唐风，将崇贤府更曰"天策府"，另颁《置东宫官属诏》，言"凡文学道德之士，得以延纳访问，无或自尊，以蔽尔之聪明"②，用以彰显求贤之心。宋代对"十八学士"亦甚推崇，宋徽宗于大观二年(1108)亲洒宸翰，画秦府十八学士像，书学士姓名，并御笔题诗二首："有唐至治咏康哉，辟馆登延经济才。麀泮育贤今日盛，汇征无复隐蒿莱。""儒林华国古今同，吟咏飞毫醒醉中。多士作新知入彀，画图犹喜见文雄。"以示其延揽人才之心。北宋钦宗、李公麟，南宋刘松年都曾创作或临摹十八学士图。③此皆表明唐十八学士之说的巨大影响。

与此同时，"十八学士"还渗透到宗教领域。佛教十八罗汉的说法，在唐五代时期开始出现并流行。唐高宗永徽五年(654)，玄奘译成《大阿罗汉难提密多罗所说法住记》，介绍了十六位大阿罗汉。随着佛经的广泛流传，十六罗汉的信仰及图像流播开来。④但或受十八学士的影响，十八罗汉的说法亦产生。唐人李华《杭州余杭县龙泉寺故大律师碑》言"天宝十三年春，忽洒饰道场，端理经论，惟铜瓶锡杖留置左右，具见五天大德、十八罗汉幡盖迎引，请与俱西"⑤，已经有了十八罗汉的记载。苏轼有《自海南归过清远峡宝林寺敬赞禅月所画十八大阿罗汉》。禅月乃五代时期的贯休和尚。《宣和画谱》记僧贯休"颇为伪蜀王

① (宋)司马光，《资治通鉴》(北京：中华书局，1956)，9208。
② (清)董诰，《全唐文》(北京：中华书局，1983)，1288。
③ 王隽，《"十八学士图"的绘制、衍变及其文化内涵》(《文艺评论》，2015-02)。
④ 于向东，《五代、宋时期的十八罗汉图像与信仰》(《民族艺术》2013-04)。
⑤ (清)董诰，《全唐文》(北京：中华书局，1983)，3234。

衍待遇,因赐紫衣,号'禅月大师'"①。贯休擅画罗汉像,"常自梦得十五罗汉梵相,尚缺一,有告曰'师之相乃是也',于是遂为《临水图》以足之"②。《十国春秋》记贯休尝"绘罗汉一十六身,并一佛二大士像,皆作古野之貌,不类人间。或曰梦中所睹,觉后图之,谓之应梦罗汉"③。十六罗汉并两位大士,即为苏轼所谓之十八罗汉。苏轼又有《十八大阿罗汉颂》,言"蜀金水张氏,画十八大阿罗汉"。张氏即前蜀画家张玄,其同贯休一般"攻画人物,尤善罗汉",他所绘制之十八罗汉,所本或是贯休的应梦罗汉。五代时期,"十八罗汉"渐渐成习,其中即或有着十八学士的影响。

政治与宗教领域之外,"十八"亦出现在诗集编纂中。这些或与宫廷宴饮相关,或带有教化动机的诗集,均选录十八位作家。《花间集》同样用于宫廷宴会,同样带有教化之目的,其编纂体例的设计,颇有可能受此类诗集的启发。

唐代许敬宗所编纂之《翰林学士集》④录贞观年间唐太宗、许敬宗、上官仪、长孙无忌等十八人的宴饮唱和诗五十首,分为十卷。《翰林学士集》是一部宫廷诗集,收录多首宴会赋诗,如许敬宗的《四言奉陪皇太子释奠诗一首应令》,唐太宗、长孙无忌、杨师道、朱子奢、许敬宗的《五言奉和侍宴仪鸾殿早秋应召并同应召四首并御诗》⑤等。《翰林学士集》编选体例的设计为:十八位诗作者、五十首作品、划分为十卷。而《花间集》选录十八位词

---

① (宋)《宣和御纂·宣和画谱》(景印文渊阁四库全书,台北:台湾商务印书馆股份有限公司,2008)。

② (清)吴任臣,《十国春秋》(北京:中华书局,2010),763。

③ (清)吴任臣,《十国春秋》(北京:中华书局,2010),672。

④ 《翰林学士集》宋代以后散逸,但日本存有抄本,清代使臣赴日得之,中国境内始见。

⑤ 见傅璇琮,《唐人选唐诗新编》(西安:陕西人民教育出版社,1996),9、11—12。

家五百首作品,亦分为十卷,与之极其类似,或有《翰林学士集》的潜在影响。

唐代的殷璠录武则天末期至李隆基开元时期,丹阳郡包融、储光羲等十八位诗人的创作而成《丹阳集》。书中"十八人皆有诗名"[①],选人的地域性较为明显,是一部颇有地域特征的诗集。书前序言:"李都尉没后九百余载,其间词人不可胜数。建安末,气骨弥高,太康中,体调尤峻,元嘉筋骨仍在,永明规矩已失,梁、陈、周、隋,厥道全丧。盖时迁推变,俗异风革,信乎人文化成天下。"[②]今存的这段文字当是序文的开端部分,指出诗道有凋敝之态势,当崇尚建安风骨,反对齐梁绮靡,讲求永明规矩。殷璠《丹阳集》论诗的旨趣同其《河岳英灵集》是一致的,同样讲求高雅,反对轻艳。这两部书在诗歌的选录上体现出盛唐诗声律、风骨皆备的特点,受到了后人推崇。《丹阳集》的编纂某种程度上带有变革风俗、化成天下的意味,唐宋之时曾广为流传。《花间集》与之有着诸多相似:地域性较为明显,强调声律格调,选录十八位作家,作家中亦皆有宦达与不显者。这其中,暗暗透露出《花间集》对于《丹阳集》的借鉴痕迹。[③]

汉高祖定十八列侯,李世民设十八学士,皆为天下美谈,影响后世甚深。与此同时,"十八"这个由政府选定的数字渐为民众认可,带有某种标准化的意味。十八罗汉之说的出现,《翰林学士集》《丹阳集》十八位作家的选录即表明这一点。后蜀卫尉

① (宋)欧阳修,《新唐书》(北京:中华书局,1975),1610。
② (宋)陈应行,《吟窗杂录》(北京:中华书局,1997),207。
③ 《翰林学士集》和《丹阳集》之外,尚未见唐代诗文总集有选录十八位作家者。元结《箧中集》录七人二十四首诗;芮挺章《国秀集》录九十人二百二十首诗;令狐楚《御览诗》录三十人二百八十六首诗;高仲武《中兴间气集》录二十六人近一百四十首诗;姚合《极玄集》录二十一人的一百首诗;无名氏《搜玉小集》录三十七人六十一首诗;《珠英学士集》录四十七人二百七十六首诗。词集亦如此,《云谣集杂曲子》录词三十首,作者不详;《尊前集》录三十六人二百六十首;《草堂诗余》因不断被增删修订,作家作品数量不定。

少卿赵崇祚自知晓"十八"所蕴含的政治与文化寓意,亦深谙其于官民中的认可程度。因此,在词体文学尚难登大雅之堂、地位尚不可与诗文同日而语的时期,其将《花间集》这部文人词集选录的词家数量确定为十八位,有借助"十八"之内蕴与影响,提升《花间集》政治文化地位的动机,以迎合后蜀孟昶的文治政策。其中既有仿效唐代君王"彰礼贤之重"的意味,同时包含以集中十八位词人引领文学风尚之用意。

三、《花间集》词人为何题名题官

《花间集》所录十八位词家皆标注了姓名与职官。《四库全书总目提要》言《花间集》于作者不题名而题官,"盖即《文选》书字之遗意"①。《文选》乃李唐时期官方提倡阅读之书籍,用以指导创作、助成人伦。于其时,已有作品集仿《文选》"书字之遗意"。唐人芮挺章编纂之《国秀集》即注明作者的姓名及官位,如天官侍郎李峤、考功员外郎宋之问、膳部员外郎杜审言、右丞相张说等。《国秀集》前有芮挺章友人楼颖的序言,阐述了此书编纂之动机与过程。秘书监陈公、国子司业苏公曾言于芮挺章曰:"风雅之后,数千载间,诗人才子,礼乐大坏。讽者溺于所誉,志者乖其所之,务以声折为宏壮,势奔为清逸,此蒿视者之目,聊听者之耳,可为长太息也。"感慨风雅之后文章之道敝,"及源流浸广,风云极致,虽发词遣句,未协风骚,而披林撷秀,揭厉良多",令人扼腕叹息。遂使芮挺章取"自开元以来,维天宝三载,谴谪芜秽,登纳菁英,可被管弦者都为一集"。芮挺章于是"探书禹穴,求珠赤水,取太冲之清词,无嫌近涸;得兴公之佳句,宁止掷

---

　　① 　蒋哲伦、杨万里,《唐宋词书录》(长沙:岳麓书社,2007),13。

金"，终"为之小集"。①《国秀集》意在"成一家之言"，其标榜"雅正"，注重文字与声律，要求作品"风流婉丽""可被管弦"。该书所录作家多为开元天宝时期的政要权贵，集内上、中、下三编皆按诗人身份地位之高低排序，似有借助诗人的政治地位、通过行政的力量一改其时"礼乐大坏"之用意。此即是书前序言中所谓"运属皇家，否终复泰"。

当唐之时，编纂形式上类似《国秀集》之书籍亦有存在，《郡斋读书志》记唐武后一朝，"尝诏武三思等修《三教珠英》一千三百卷，预修书者凡四十七人。崔融编集其所赋诗，各题爵里，以官班为次"②。崔融所辑之《珠英学士集》，同是题名题官的文本选集。唐代殷璠《丹阳集》中的作家除包融、储光羲外，亦皆标明了姓名及职官。如"余杭尉丁仙芝""监察御史蔡希周""处士张潮"等。这些官职皆非作家最后的官位，当出自原书③。

《文选》《国秀集》《三教珠英》《丹阳集》等书籍的编纂多与皇家关系密切，书中标明作者官职亦带有教化的动机。《花间集》或受到了这些书籍的影响。身为后蜀卫尉少卿的赵崇祚掌蜀国之文物政令，其选取晚唐豪门权贵之后、两蜀显爵之士、文名显著之人的词作入《花间集》，且堂而皇之地署上诸位词家的姓名与职官，显示出强烈的对于文体、文人及词作的推崇之意。

词作为一种新的文体样式虽在中唐即已出现，但或为酒宴樽前聊佐清欢，或是文人相竞的文字游戏，常被视为"小道"，词之文体地位实难与诗文并提。《云溪友议》记裴郎中为晋国公次弟子，好作歌曲，"迄今饮席，多是其词焉。裴君既入台，而为三

---

① （唐）芮挺章，《国秀集》（四部丛刊初编集部）（上海：上海书店，1989），1—2。

② （宋）晁公武撰、孙猛校证，《郡斋读书志校证》（上海：上海古籍出版社，1990），1059。

③ 陈尚君，《殷璠〈丹阳集〉辑考》，见《唐代文学丛考》（北京：中国社会科学出版社。1997），229。

院所谴曰：'能为淫艳之歌，有异清洁之士也'"①。此表明在时人眼中，词体文学质性"淫艳"，作词之人亦被视为"不洁"。裴郎中与温庭筠相善，二人曾作新添声《杨柳枝》词，"饮筵竞唱其词而打令也"②。宴席中有周德华。周德华乃当时著名歌伎刘采春之女。虽《罗唝》之歌，不及其母；而《杨柳枝》词，采春亦难及。豪门女弟子从其学者甚众。"温、裴所称歌曲，请德华一陈音韵，以为浮艳之美，德华终不取焉。二君深有愧色。所唱者七八篇，乃近日名流之咏也。"③歌女周德华认为温、裴二人之作浮艳，鄙夷而不为演唱。其所唱七八曲，乃贺知章、杨巨源、刘禹锡、韩琮、滕迈诸名流之诗歌。此进一步表明词在当时的"小道"地位。

至五代，社会对于词体文学地位的认知并未发生明显改观。《新五代史》言和凝"好饰车服，为文章以多为富，有集百余卷，尝自镂板以行于世，识者多非之"④。《北梦琐言》记晋相和凝少年时好为曲子词，"布于汴洛。洎入相，专托人收拾，焚毁不暇。然相国厚重有德，终为艳词玷之。契丹入夷门，号为'曲子相公'。所谓好事不出门，恶事行千里，士君子得不戒之乎"⑤。宰相和凝专托人收拾以往词作并焚毁不暇，表明其曾以制艳词为耻。"识者多非之"与"恶事行千里"说明当时之人亦认为作词会玷辱人品，有损人格，对词体文学仍持不屑之态度。然《花间集》反其道而行之。不仅收录和凝、孙光宪的作品，且标注了编者及所有

---

① 裴君《南歌子》词云："不是厨中串，争知炙里心。井边银钏落，展转恨还深。"又曰："不信长相忆，抬头问取天。风吹荷叶动，无夜不摇莲。"

② 裴郎中词云："思量大是恶因缘，只得相看不得怜。愿作琵琶槽那畔，美人长抱在胸前。"又曰："独房莲子没人看，偷折莲时命也拚。若有所由来借问，但道偷莲是下官。"温岐曰："一尺深红朦曲尘，旧物天生如此新。合欢桃核终堪恨，里许元来别有人。"又曰："井底点灯深烛伊，共郎长行莫围棋。玲珑骰子安红豆，入骨相思知不知？"

③ （唐）范摅，《云溪友议》（上海：古典文学出版社，1957），65—66。

④ （宋）欧阳修，《新五代史》（北京：中华书局，1974），640。

⑤ （宋）孙光宪，《北梦琐言》（北京：中华书局，1960），51。

词作者的姓名与官职，如"温助教庭筠""韦相庄""牛给事峤"等，有意与社会上关于词人词作的评价相背离，非但毫不介意声名可能受损，反而有强烈的自我标榜之意，似乎是在通过这样一种方式，宣告《花间集》中词人词作的地位。入选《花间集》的十八位作者，即或是另一种形式的"登瀛洲"。

词作题名题官确有"尊体"之意，但赵崇祚之本心并不在于推崇一种全新的文体样式，而是意图通过官方的提倡，树立一种高尚雅致的作词标准，以指导创作、助成人伦，醇化浮艳之乐风，美化社会之习尚，终至达到孟昶文治之目的。

因此《花间集》的编纂并非偶一为之，集中词人的选录与标注亦是经过反复的斟酌，诸多细节表明该书或是赵氏家族向后蜀后主孟昶示好的载体。纵然如此，却并不影响花间词人的词史地位。

花间词人筚路蓝缕、笃意制词，其创作实践促使词体文学的声调格律、题材取向、审美规范、抒情方式等趋于定型，在他们的努力下，词体文学超越了南朝宫体、北里倡风的"秀而不实"，成为了别于"莲舟"的"阳春白雪"，"无愧前人"的高雅云谣。由民间通俗词到花间词人的"诗客曲子词"，[1]表明词体的发展进入了文人化的崭新时代，词体文学创作的传统亦同时于花间词人的实践中得到了确立，纵然此后诸家在词学领域或开疆拓土，或精雕细琢，花间词人的创作方法与审美取向业已成为作词的典范，启后人无限法门。世之言作词者，多以花间词人为圭臬，花间遗风，存于千载以下的词坛。是以本书即以花间词人为中心，关注学界此前较少涉足的层面，力求深化对于花间词人的认知，拓展对于《花间集》的体察。疏漏错谬之处，还请批评指正。

---

① 赵崇祚集，李一氓校，《花间集校》（北京：人民文学出版社，1981），1。

主要参考文献

古 典 文 献

1. （后晋）刘昫，《旧唐书》，北京：中华书局，1975.

2. （宋）欧阳修，《新唐书》，北京：中华书局，1975.

3. （宋）薛居正，《旧五代史》，北京：中华书局，1976.

4. （宋）欧阳修，《新五代史》，北京：中华书局，1974.

5. （宋）路振，《九国志》，北京：中华书局，1985.

6. （清）吴任臣，《十国春秋》，北京：中华书局，2010.

7. （后蜀）何光远，《鉴诫录》，北京：中华书局，1985.

8. （宋）张唐英，《蜀梼杌》，北京：中华书局，1985.

9. （宋）王溥，《唐会要》，上海：上海古籍出版社，1991.

10. （宋）司马光，《资治通鉴》，北京：中华书局，2012.

11. （唐）李吉甫，《元和郡县志》，北京：中华书局，1983.

12. （晋）常璩撰、刘琳校注，《华阳国志校注》，成都：巴蜀书社，1984.

13. （宋）乐史，《太平寰宇记》，北京：中华书局，2000.

14. （明）曹学佺撰、刘知渐点校，《蜀中名胜记》，重庆：重庆出版社，1984.

15. （明）曹学佺，《蜀中广记》，上海：上海古籍出版社，1993.

16.（宋）欧阳忞，《舆地广记》，成都：四川大学出版社，2003.

17.（五代）孙光宪，《北梦琐言》，北京：中华书局，2006.

18.（宋）勾延庆，《锦里耆旧传》，北京：中华书局，1985.

19.（元）马端临，《文献通考》，北京：中华书局，1986.

20.（元）费著，《岁华纪丽谱》，北京：中华书局，1991.

21.（元）费著，《蜀笺谱》，上海：神州国光社，1947.

22.（元）费著，《蜀锦谱》，上海：神州国光社，1947.

23.（宋）郭允蹈，《蜀鉴》，台北：台湾中华书局，1968.

24.（宋）陆游，《南唐书》，北京：中华书局，1985.

25.（宋）马令，《南唐书》，北京：中华书局，1985.

26.（五代）王定保，《唐摭言》，上海：上海古籍出版社，1978.

27.（唐）刘餗，《隋唐嘉话》，北京：中华书局，1991.

28.（唐）郑处诲，《明皇杂录》，北京：中华书局，1985.

29.（唐）裴庭裕，《东观奏记》，北京：中华书局，1985.

30.（唐）刘肃，《大唐新语》，北京：中华书局，1984.

31.（宋）王谠，《唐语林校证》，北京：中华书局，1987.

32.（宋）赵彦卫，《云麓漫钞》，上海：古典文学出版社，1957.

33.（宋）邵伯温，《邵氏闻见录》，北京：中华书局，1983.

34.（宋）周密，《齐东野语》，北京：中华书局，1985.

35.（宋）计有功撰、王仲镛笺校，《唐诗纪事》，成都：巴蜀书社，1989.

36.（元）辛文房撰、傅璇琮主编，《唐才子传校笺》，北京：中华书局，2002.

37.（明）杨慎编、刘琳，王晓波点校，《全蜀艺文志》，北京：线装书局，2003.

38.（清）彭定求等编，《全唐诗》，北京：中华书局，1960.

39.（清）董诰主编，《全唐文》，北京：中华书局，1983.

40.（唐）崔令钦，《教坊记》，北京：中华书局，1985.

41. （后蜀）韦縠，《才调集》，北京：北京图书馆出版社，2005.

42. （清）李调元，《全五代诗》，成都：巴蜀书社，1992.

43. （清）王士禛，《五代诗话》，北京：人民文学出版社，1989.

44. （唐）殷璠，《唐人选唐诗》，北京：中华书局，1958.

45. （后蜀）赵崇祚，《花间集》（宋绍兴十八年建康郡斋刻本影印），北京：国家图书馆出版社，2004.

46. （后蜀）赵崇祚，《花间集》（宋刻递修公文纸影印本），北京：国家图书馆出版社，2003.

47. （明）汤显祖，《汤显祖批评花间集》（明末套印本影印），福州：福建人民出版社，2011.

48. （清）秦巘，《词系》，北京：北京师范大学出版社，2010.

学 术 著 作

1. 王国维，《宋元戏曲史》，上海：华东师范大学出版社，1995.

2. 况周颐，《历代词人考略》，北京：全国图书馆文献缩微复制中心，2003.

3. 陈寅恪，《唐代政治史述论稿》，北京：生活·读书·新知三联书店，1956.

4. 陈寅恪，《隋唐制度渊源略论稿》，北京：生活·读书·新知三联书店，1954.

5. 钱穆，《国史大纲》，北京：商务印书馆，1996.

6. 钱穆，《古史地理论丛》，北京：生活·读书·新知三联书店，2014.

7. 吕思勉，《隋唐五代史》，上海：上海古籍出版社，1984.

8. 范文澜，《中国通史简编》，石家庄：河北教育出版社，2000.

9. 白寿彝，《中国史学史》，北京：北京师范大学出版社，2004.

10. 颜耕望，《颜耕望史学论文集》，上海：上海古籍出版社，2009.

11. 王重民,《敦煌曲子词集》,北京:商务印书馆,1950.

12. 王重民,《敦煌古籍叙录》,北京:商务印书馆,1958.

13. 任二北,《词学研究法》,北京:商务印书馆,1935.

14. 任半塘,《唐声诗》,上海:上海古籍出版社,2006.

15. 任半塘,《唐戏弄》,上海:上海古籍出版社,2006.

16. 任中敏,《敦煌歌辞总编》,南京:凤凰出版社,2014.

17. 任中敏,《敦煌曲研究》,南京:凤凰出版社,2013.

18. 夏承焘,《唐宋词人年谱》,北京:中华书局,1961.

19. 夏承焘,《唐宋词论丛》,北京:中华书局,1962.

20. 龙榆生,《词学十讲》,福州:福建人民出版社,1988.

21. 龙榆生,《中国韵文史》,北京:商务印书馆,2010.

22. 王易,《词曲史》,南京:江苏教育出版社,2005.

23. 杨义,《通向大文学观》,合肥:安徽教育出版社,2006.

24. 杨义,《重绘中国文学地图》,北京:中国社会科学出版社,2003.

25. 缪钺,《诗词散论》,上海:上海古籍出版社,1982.

26. 曾昭岷,《全唐五代词》,北京:中华书局,2008.

27. 唐圭璋,《唐宋人选唐宋词》,上海:上海古籍出版社,2009.

28. 梅新林,《中国古代文学地理形态与演变》,上海:复旦大学出版社,2006.

29. 刘扬忠,《唐宋词流派史》,北京:中国社会科学出版社,2007.

30. 史双元,《唐五代词纪事会评》,合肥:黄山书社,1995.

31. 侯忠义,《隋唐五代小说史》,杭州:浙江古籍出版社,1997.

32. 吴承学,《中国文体学与文体史研究》,南京:凤凰出版社,2011.

33. 郁贤皓,《唐刺史考全编》,合肥:安徽大学出版社,2000.

34. 吴熊和,《唐宋词通论》,杭州:浙江古籍出版社,1989.

35. 吴熊和,《唐宋词汇评》,杭州:浙江教育出版社,2004.

36. 谢桃坊,《中国词学史》,成都:巴蜀书社,2002.

37. 傅璇琮,《唐五代人物传记资料综合索引》,北京:中华书局,1982.

38. 冯汉骥,《前蜀王建墓挖掘报告》,北京:文物出版社,1964.

39. 王仲荦,《隋唐五代史》,上海:上海人民出版社,1988.

40. 傅璇琮,《唐五代文学编年史》,沈阳:辽海出版社,1998.

41. 傅璇琮,《唐代诗人丛考》,北京:中华书局,2003.

42. 傅璇琮,《唐诗论学丛稿》,北京:京华出版社,1999.

43. 刘开扬,《唐诗通论》,成都:巴蜀书社,1998.

44. 邓乔彬,《文化与文艺》,芜湖:安徽师范大学出版社,2013.

45. 郁贤皓、陶敏,《唐代文史考论》,台北:洪业文化事业有限公司,1999.

46. 陶敏、李一飞,《隋唐五代文学史料学》,北京:中华书局,2001.

47. 余英时,《朱熹的历史世界:宋代士大夫政治文化的研究》,北京:生活·读书·新知三联书店,2004.

48. 余英时,《中国文化史通释》,北京:生活·读书·新知三联书店,2012.

49. 余英时,《士与中国文化》,上海:上海人民出版社,2013.

50. 余英时,《文史传统与文化重建》,北京:生活·读书·新知三联书店,2012.

51. 敏泽,《中国文学思想史》,长沙:湖南教育出版社,2004.

52. 敏泽,《中国文学理论批评史》,北京:人民文学出版社,1981.

53. 姜方锬,《蜀词人评传》,成都:成都古籍书店,1984.

54. 罗宗强,《隋唐五代文学思想史》,北京:中华书局,2011.

55. 罗宗强,《玄学与魏晋士人心态》,杭州:浙江人民出版社,1991.

56. 孙昌武,《隋唐五代文化史》,上海:东方出版中心,2007.

57. 孙昌武,《佛教与中国文学》,上海：上海人民出版社,2007.

58. 杨海明,《唐宋词论稿》,杭州：浙江古籍出版社,1988.

59. 杨海明,《唐宋词与人生》,石家庄：河北人民出版社,2002.

60. 程千帆,《唐代进士行卷与文学》,上海：上海古籍出版社,1980.

61. 王运熙、杨明,《隋唐五代文学批评史》,上海：上海古籍出版社,1994.

62. 宛敏灏,《词学概论》,上海：上海古籍出版社,1997.

63. 陈尚君,《全唐诗补编》,北京：中华书局,1992.

64. 陈贻焮,《增订注释全唐诗》,北京：文化艺术出版社,2001.

65. 陈尚君,《旧五代史新辑会证》,上海：复旦大学出版社,2005.

66. 陈尚君,《唐代文学丛考》,北京：中国社会科学出版社,1997.

67. 周勋初,《唐人轶事汇编》,上海：上海古籍出版社,2006.

68. 蒋哲伦、杨万里,《唐宋词书录》,长沙：岳麓书社,2007.

69. 陈伯海,《唐诗学史稿》,石家庄：河北人民出版社,2004.

70. 刘跃进,《走向通融：世纪之交的中国古典文学研究》,北京：知识产权出版社,2005.

71. 熊礼汇,《隋唐五代文学史》,武汉：武汉大学出版社,2009.

72. 方智范,《中国词学批评史》,北京：中国社会科学出版社,1994.

73. 周祖谟,《唐五代韵书集存》,北京：中华书局,1983.

74. 刘尊明,《唐五代词史论稿》,北京：文化艺术出版社,2000.

75. 沈松勤,《唐宋词社会文化学研究》,杭州：浙江大学出版社,2004.

76. 俞平伯,《读词偶得》,上海：上海书店出版社,1984.

77. 葛晓音,《诗国高潮与盛唐文化》,北京：北京大学出版社,1998.

78. 葛晓音,《唐诗宋词十五讲》,北京：北京大学出版社,2003.

79. 吴相洲,《唐诗创作与歌诗传唱关系研究》,北京:北京大学出版社,2004.

80. 尚永亮,《唐五代逐臣与贬谪文学研究》,武汉:武汉大学出版社,2007.

81. 李谊,《历代蜀词全辑》,重庆:重庆出版社,2007.

82. 李谊,《历代蜀词全辑续编》,重庆:重庆出版社,2007.

83. 王兆鹏,《唐宋词汇评　唐五代卷》,杭州:浙江教育出版社,2004.

84. 陈文新,《中国文学编年史研究》,北京:中华书局,2009.

85. 戴显群,《唐五代社会政治史研究》,哈尔滨:黑龙江人民出版社,2008.

86. 赵敏俐、杨树增,《20世纪中国古典文学研究史》,西安:陕西人民教育出版社,1997.

87. 杜晓勤,《隋唐五代文学研究》,北京:北京大学出版社,2001.

88. 戴伟华,《地域文化与唐代诗歌》,北京:中华书局,2005.

89. 戴伟华,《唐方镇文职僚佐考》,天津:天津古籍出版社,1997.

90. 戴伟华,《唐代使府与文学研究》(修订本),桂林:广西师范大学出版社,2007.

91. 成都王建墓博物馆,《前后蜀的历史与文化　前后蜀的历史与文化学术讨论会论文集》,成都:巴蜀书社,1994.

92. 袁庭栋,《巴蜀文化志》,成都:巴蜀书社,2009.

93. 闵定庆,《花间集论稿》,海口:南方出版社,1999.

94. 李冰若,《花间集评注》,石家庄:河北教育出版社,1999.

95. 高锋,《花间词研究》,南京:江苏古籍出版社,2001.

96. 高峰,《花间集注评》,南京:凤凰出版社,2008.

97. 艾治平,《花间词艺术》,上海:学林出版社,2001.

98. 艾治平,《花间词品读》,北京:中国青年出版社,2011.

99. 王新霞,《花间词派选集》,北京:北京师范学院出版社,1993.

100. 毕宝魁、王素梅注,《花间集》,沈阳:春风文艺出版社,1995.

101. 徐国良、方红琴注析,《花间集》,武汉:武汉出版社,1995.

102. 于翠玲注,《花间集·尊前集》,北京:华夏出版社,1998.

103. 顾农、徐侠,《花间派词传》,长春:吉林人民出版社,1999.

104. 曾益等笺注、张秀章等编校,《温飞卿诗集笺注》,大连:大连出版社,1999.

105. 周奇文注释,《花间词》,长春:吉林文史出版社,2002.

106. 李保民等评注,《花间集》,上海:上海古籍出版社,2002.

107. 钱国莲、项文惠、毛晓峰选注,《花间词全集》,北京:当代世界出版社,2002.

108. 李淼译注,《花间词》,长春:吉林文史出版社,2004.

109. 刘崇德,徐文武点校,《花间集》,保定:河北大学出版社,2006.

110. 陈如江编著,《花间词》,杭州:浙江教育出版社,2007.

111. 陈如江,《忆昔花间初识面:花间词》,北京:人民文学出版社,2009.

112. 赵逸之,《花间词品论》,济南:齐鲁书社,2008.

113. 聂安福导读,《温庭筠词集·韦庄词集》,上海:上海古籍出版社,2010.

114. 杨昀等注析译,《花间集》,郑州:河南人民出版社,2010.

115. 杨鸿儒注评,《花间集》,杭州:浙江古籍出版社,2013.

116. 黄墨谷,《唐宋词选析》,北京:高等教育出版社,1990.

117. 林兆祥,《唐宋花间廿四家词赏析》,郑州:中州古籍出版社,2011.

118. 刘斯翰,《温庭筠诗词选》,广州:广东人民出版社,1986.

119. 李谊,《韦庄集校注》,成都:四川社会科学出版社,1986.

120. 阮文捷,《温韦词》,上海:上海古籍出版社,1988.

121. 王国安点校,《温飞卿诗集笺注》,上海:上海古籍出版社,

1980.

122. 李谊，《韦庄集校注》，成都：四川社会科学院出版社，1986.

123. 曾昭岷，《温韦冯词新校》，上海：上海古籍出版社，1988.

124. 中国社会科学院文学研究所，《唐宋词选》，北京：人民文学出版社，1981.

125. 刘永济，《唐五代两宋词简析》，上海：上海古籍出版社，1981.

126. 唐圭璋，《唐宋词简释》，上海：上海古籍出版社，1981.

127. 吴熊和，《唐宋词探胜》，杭州：浙江人民出版社，1981.

128. 唐圭璋、潘君昭、曹济平，《唐宋词选注》，北京：北京出版社，1982.

129. 刘金城校点、夏承焘审定，《韦庄词校注》，北京：中国社会科学出版社，1981.

130. 俞陛云，《唐五代两宋词选释》，上海：上海古籍出版社，1985.

131. 缪钺，《唐宋词鉴赏辞典》，上海：上海辞书出版社，1987.

132. 徐培均，《唐宋词小令精华》，郑州：中州古籍出版社，1987.

133. 唐圭璋等，《唐宋词鉴赏辞典》（唐五代北宋卷），上海：上海辞书出版社，1988.

134. 周念先，《唐宋咏物词选》，南京：江苏古籍出版社，1989.

135. 黄进德，《唐五代词》，上海：上海古籍出版社，1987.

136. 胡云翼，《唐宋词选》，上海：中华书局，1940.

137. 姜方锬，《唐五代两宋词概》，成都：成都古籍书店，1984.

138. 夏承焘、盛弢青，《唐宋词选》，北京：中国青年出版社，1981.

139. 龙沐勋，《唐五代宋词选》，上海：商务印书馆，1937.

140. 张璋、黄畲，《全唐五代词》，上海：上海古籍出版社，1986.

141. 周泳先，《唐宋金元词钩沉》，上海：商务印书馆，1937.

142. 张鸿勋，《敦煌俗文学研究》，兰州：甘肃教育出版社，2002.

143. 张晓梅，《男子作闺音——中国古典文学中的男扮女装现象研究》,北京：人民出版社,2008.

144. 龚熙春,《四川郡县志》,成都：成都古籍书店,1983.

145. 段渝,《巴蜀文化研究集刊》,成都：巴蜀书社,2009.

146. 李德辉,《唐代交通与文学》,长沙：湖南人民出版社,2003.

147. 杨世明,《巴蜀文学史》,成都：巴蜀书社,2003.

148. 杨伟立,《前蜀后蜀史》,成都：四川省社会科学院,1986.

149. 谭兴国,《蜀中文章冠天下——巴蜀文学史稿》,成都：四川人民出版社,2001.

150. 程志、韩滨娜,《唐代的州和道》,西安：三秦出版社,1987.

151. 蒙默、刘琳,《四川古代史稿》,成都：巴蜀书社,1988.

152. 蓝勇,《西南历史文化地理》,重庆：西南师范大学出版社,1997.

153. 周振鹤,《中国历史文化区域研究》,上海：复旦大学出版社,1997.

154. 史念海,《唐代历史地理研究》,北京：中国社会科学出版社,1998.

155. 吴松弟,《两唐书地理志汇释》,合肥：安徽教育出版社,2002.

156. 靳明全,《区域文化与文学》,北京：中国社会科学出版社,2003.

157. 李孝聪,《唐代地域结构与运作空间》,上海：上海辞书出版社,2003.

158. 李芳民,《唐五代佛寺辑考》,北京：商务印书馆,2006.

159. 屈小强,《巴蜀文化与移民入川》,成都：巴蜀书社,2009.

160. 袁庭栋,《巴蜀文化志》,成都：巴蜀书社,2009.

161. 张帆,《唐宋蜀词人论丛》,成都：巴蜀书社,2006.

162. 房锐,《晚唐五代巴蜀文学论稿》,成都：巴蜀书社,2005.

163. 吴汝煜,《唐五代人交往诗索引》,上海：上海古籍出版社,

1993.

164. 佟培基,《全唐诗重出误收考》,西安:陕西人民教育出版社,1996.

165. 张仲裁,《唐五代文人入蜀编年史稿》,成都:巴蜀书社,2011.

166. 张仲裁,《唐五代文人入蜀考论》,北京:中国社会科学出版社,2013.

167. 周建军,《唐代荆楚本土诗歌与流寓诗歌研究》,北京:中国社会科学出版社,2006.

168. 高人雄,《唐代文学与西北民族文化研究》,北京:民族出版社,2008.

169. 张其凡,《五代禁军初探》,广州:暨南大学出版社,1993.

170. 张兴武,《五代十国文学编年》,北京:人民文学出版社,2001.

171. 张兴武,《五代作家的人格与诗格》,北京:人民文学出版社,2000.

172. 曹之,《中国出版通史》,北京:中国书籍出版社,2008.

173. 李全德,《唐宋变革期枢密院研究》,北京:北京图书馆出版社,2009.

174. 李定广,《唐末五代乱世文学研究》,北京:中国社会科学出版社,2006.

175. 尚刚,《隋唐五代工艺美术史》,北京:人民美术出版社,2005.

176. 彭万隆,《唐五代诗考论》,杭州:浙江大学出版社,2006.

177. 杜文玉,《五代十国制度研究》,北京:人民出版社,2006.

178. 李斌城,《隋唐五代社会生活史》,北京:中国社会科学出版社,1998.

179. 李禹阶,唐春生,《宋代巴蜀政治与社会研究》,成都:巴蜀书社,2012.

180. 林冠群,《唐代吐蕃历史与文化论集》,北京:中国藏学出版
社,2007.

181. 范学宗、王纯洁编,《全唐文全唐诗有关吐蕃资料选辑》,拉
萨:西藏人民出版社,1988.

182. 王小盾,《从敦煌学到域外汉文献研究》,北京:商务印书
馆,2013.

183. 王小盾,《隋唐音乐及其周边》,上海:上海音乐学院出版
社,2012.

184. 闵定庆,《唐五代词研究论文集》,郑州:河南文艺出版社,
2015.

《花间集》及花间词人研究资料

1. 王志刚,《温飞卿〈菩萨蛮〉词之研究》,《孤兴》第九期,1926.07.

2. 唐圭璋,《温韦词之比较》,《东南论衡》一卷廿六期,1926.12.

3. 沈曾植,《温飞卿词集兰畹之意》,《国学专刊》一卷四期,
1926.12.

4. 陈鳣,《温庭筠》,《国立北平图书馆月刊》二卷一期,1929.01.

5. 何寿慈,《韦庄评传》,《中国文学季刊》创刊号,1929.08.

6. 吴家桢,《韦庄诗词之研究》,《大夏周报》第九卷十七期,
1933.06.

7. 失名,《词通——温飞卿之严律》,《词学季刊》一卷一号,1933.12.

8. 朱肇洛,《温庭筠评传》,《细流》创刊号,1934.04.

9. 邹啸,《温飞卿与鱼玄机》,《青年界》五卷四期,1934.04.

10. 邹啸,《温飞卿与柔卿》,《青年界》五卷四期,1934.04.

11. 邹啸,《温飞卿词的用字》,《青年界》六卷一期,1934.06.

12. 邹啸,《论〈花间集〉确有五百首》,《青年界》六卷一期,1934.06.

13. 邹啸,《论〈花间集〉不仅秾丽一体》,《青年界》六卷一期,1934.06.

14. 邹啸,《冯韦词相似之点》,《青年界》六卷一期,1934.06.

15. 张尔田,《与龙榆生论温飞卿贬尉事》,《词学季刊》二卷一号,1934.10.

16. 叶鼎彝,《唐五代词略述》,《师大月刊》廿二、廿六期,1935.01—1936.04.

17. 彦修,《谈谈温飞卿》,《中央日报》,1935.4.

18. 张公量,《〈花间集〉评注》,《国闻周报》十三卷四期,1936.01.

19. 晶明,《读〈花间集〉注书后》,《天津益世报读书周刊》七十期,1936.10.

20. 金麓漈,《韦端己及词》,《新民报半月列》二卷四、五、六期,1940.03.

21. 冒广生,《〈金荃集〉校记》,《同声月刊》一卷十二号,1941.11.

22. 冒广生,《〈花间集〉校记》,《同声月刊》二卷二号,1942.02.

23. 唐圭璋,《唐宋两代蜀词》,《文史杂志》三卷五、六期合刊,1943.03.

24. 叶梦雨,《唐五代歌词四论》,《风雨谈》第三期,1943.06.

25. 浦江清,《温庭筠〈菩萨蛮〉笺释》,《国文月刊》三十五、三十六、三十八期,1945.05.

26. 徐沁君,《温词蠡测》,《国文月刊》五十一期,1947.02.

27. 魏尧西,《杂谈西蜀词人李珣》,《重庆师院学报》(哲学社会科学版),1983.03.

28. 沈祥源、傅生文,《试论花间词派的表现手法和艺术风格》,《深圳大学学报》,1984.01.

29. 沈祥源、傅生文,《评〈花间集〉》,《固原师专学报》(社会科学版),1984.01.

30. 沈祥源、傅生文,《儿女情多风云气少——〈花间集〉内容新评》,《武汉大学学报》(社会科学版),1986.04.

31. 张式铭,《论"花间词"的创作倾向》,《文学遗产》,1984.01.

32. 罗宗强,《牛希济的〈文章论〉与唐末五代倡教化的文学主张》,《天津社会科学》,1984.05.

33. 蔡中民,《孙光宪及其词》,《成都师专学报》,1986.01.

34. 诸葛忆兵,《"花间词"中的别调——毛文锡词作初探》,《求是学刊》,1986.03.

35. 王志迅,《牛希济〈生查子〉一解》,《晋阳学刊》,1986.03.

36. 蒋寅、蒋欣,《浅析李珣几首词》,《名作欣赏》,1988.01.

37. 林松,《域外词人李波斯——五代词人李珣及其作品漫议》,《中央民族学院学报》,1988.S1.

38. 刘尊明,《"花间词人"孙光宪生平事迹考证》,《文学遗产》,1989.06.

39. 岳珍,《〈花间集序〉在传统词体观念形成过程中的意义》,《社会科学研究》,1990.06.

40. 王世达、陶亚舒,《花间词意象运用特点的社会文化学分析》,《成都大学学报》(社会科学版),1991.02.

41. 祝注先,《李珣和他的词》,《西南民族学院学报》(哲学社会科学版),1992.01.

42. 刘尊明,《"花间"香风中行"教化之道"——论"花间词人"牛希济的散文创作》,《南京师大学报》(社会科学版),1992.02.

43. 叶嘉莹,《从女性主义文论看〈花间〉词之特质》,《社会科学战线》,1992.04.

44. 叶嘉莹,《从〈花间〉词之特质看后世的词与词学》,《文学遗产》,1993.04.

45. 叶嘉莹,《清词在〈花间〉两宋词之轨迹上的演化——兼论清人对于词之美感特质的反思》,《南京大学学报》(哲学·人文科学·社会科学版),2009.02.

46. 程郁缀,《五代词人李珣生平及其词初探》,《北京大学学报》(哲学社会科学版),1992.05.

47. 陈咏红,《重新认识花间词》,《学术研究》,1993.04.

48. 刘尊明,《来自"花间",超出"花间"——论荆南词人孙光宪的创作成就》,《华中师范大学学报》(哲学社会科学版),1993.05.

49. 李星奎,《前蜀词人李珣及其创作》,《四川师范大学学报》(社会科学版),1994.03.

50. 孙立,《花间词审美感知的表现特征》,《青海社会科学》,1994.01.

51. 赵颖君,《论赵崇祚〈花间集〉的编辑经验》,《许昌师专学报》,1994.01.

52. 贺中复,《〈花间集序〉的词学观点及〈花间集〉词》,《文学遗产》,1994.05.

53. 贺中复,《薛昭蕴考》,《文献》,1996.03.

54. 陈尚君,《毛文锡〈茶谱〉辑考》,《农业考古》,1995.04.

55. 庾光蓉,《孙光宪词论》,《四川师范大学学报》(哲学社会科学版),1996.04.

56. 闵定庆,《〈花间集〉的采辑策略与编集体例》,《九江师专学报》,1997.04.

57. 韩云波,《五代西蜀词题材处理的地域文化论析》,《西南师范大学学报》(哲学社会科学版),1997.04.

58. 路成文、刘尊明,《花间词人李珣词风的文化阐释》,《湖北大学学报》(哲学社会科学版),1997.05.

59. 李斌,《波斯裔花间词人李珣生平考》,《乌鲁木齐成人教育学院学报》,1999.02.

60. 黄艳红,《遗世独立,风趣洒然——析李珣渔隐词》,《黔东南民族师专学报》,2001.05.

61. 张帆,《别具一格的婉约词风——论牛峤词中的劲气》,《成都师专学报》,2002.01.

62. 许兴宝,李增林,《略论回族先民李珣词作成就》,《中南民族学院学报》,(人文社会科学版),2002.02.

63. 白静,《欲说还休的痴情心曲——欧阳炯〈定风波〉词赏析》,《古典文学知识》,2002.05.

64. 白静、刘尊明,《论花间词人欧阳炯的词论及其词》,《湖北大学学报》(哲学社会科学版),2002.06.

65. 吴夏平,《"人间无路相逢"的悲哀——兼谈牛希济的七首〈临江仙〉词》,《贵州教育学院学报》(社会科学版),2003.01.

66. 李冬红,《〈花间集〉的雅俗之辨》,《齐齐哈尔大学学报》(哲学社会科学版),2003.01.

67. 李冬红,《〈花间集〉的文化阐释》,《齐鲁学刊》,2003.06.

68. 刘俊伟,《〈十国春秋〉欧阳炯生平考异》,《文献》,2003.01.

69. 闵定庆,《论花间意象的图案化特征》,《南阳师范学院学报》(社会科学版),2003.01.

70. 闵定庆,《赵崇祚家世考述》,《历史文献研究》(第 22 辑),华中师范大学出版社,2003.

71. 赵晓兰,《论花间词的传播及南唐词对花间词的接受》,《四川师范大学学报》(社会科学版),2003.01.

72. 张巍,《论花间词的文化生成》,《中国韵文学刊》,2003.02.

73. 李定广,《也论〈花间集序〉的主旨——兼与贺中复、彭国忠先生商榷》,《学术研究》,2003.04.

74. 彭国忠、贾乐园,《再论〈花间集序〉——兼答李定广先生》,《中文自学指导》,2006.06.

75. 高人雄、杨富学,《波斯遗民李珣及其词风考析》,《宁夏社会科学》,2003.05.

76. 高人雄,《相同的歌咏 异样的韵致——李珣的艳词与温韦词之比较》,《民族文学研究》,2006.02.

77. 曲向红,《〈花间集序〉的词学观》,《枣庄师范专科学校学报》,2004.01.

78. 杨柳,《论孙光宪词的时空意识》,《湖南城市学院学报》,2004.01.

79. 张帆,《论李珣词的价值取向》,《西华大学学报》(哲学社会科学版),2004.02.

80. 张帆,《论孙光宪对花间词题材的开拓》,《涪陵师范学院学报》,2005.05.

81. 张帆,《论牛峤词的"劲气暗转"》,《西华大学学报》(哲学社会科学版),2006.01.

82. 邓建,《"花间词评"研究》,《湛江海洋大学学报》,2004.02.

83. 曹渝扬,《花间咏史亦自雄——论〈花间集〉咏史词》,《重庆工商大学学报》(社会科学版),2004.02.

84. 周建华,《囿于花间又出于花间的冯延巳词》,《昭乌达蒙族师专学报》(汉文哲学社会科学版),2004.03.

85. 罗莹,《汤显祖与〈花间集〉及其词学思想》,《辽宁广播电视大学学报》,2004.04.

86. 范松义,《宋代〈花间集〉接受史论》,《东岳论丛》,2010.12.

87. 范松义、刘扬忠,《明代〈花间集〉接受史论》,《中国社会科学院研究生院学报》,2004.04.

88. 范松义,《论清人对〈花间集〉的接受》,《南阳师范学院学报》(社会科学版),2005.07.

89. 王小兰,《从〈香奁〉到〈花间〉——晚唐五代词体文学发展演变的艺术轨迹》,《甘肃社会科学》,2005.01.

90. 徐安琪,《试论南唐词学思想——从花间到北宋词学思想的过渡》,《华中科技大学学报》(社会科学版),2005.03.

91. 成松柳、严可,《略论孙光宪词对北宋词坛的影响》,《长沙理工大学学报》(社会科学版),2005.03.

92. 蒲曾亮、周玉华,《蒙尘之珠久被忘　独处幽闺人未识——重新评价李珣的历史地位》,《湖南科技学院学报》,2005.04.

93. 丁建东,《〈花间〉与〈草堂〉在明代的接受比较》,《枣庄学院学报》,2005.06.

94. 刘尊明、白静,《20世纪〈花间集〉研究的回顾与反思》,《南开学报》,2005.06.

95. 韩瑜,《西蜀词人李珣及其花间别调研究》,《长沙理工大学学报》(社会科学版),2006.01.

96. 李冬红,《〈花间集〉的内部模仿》,《上饶师范学院学报》(社会科学版),2006.02.

97. 李冬红,《〈花间集〉版本变化与接受态度》,《中国韵文学刊》,2006.02.

98. 李冬红,《词谱中的〈花间〉词》,《安庆师范学院学报》(社会科学版),2006.02.

99. 李冬红,《〈花间集〉批评与词体的比兴寄托》,《中国文学研究》,2006.04.

100. 王辉斌,《长安为花间词始地探论》,《太原师范学院学报》(社会科学版),2006.04.

101. 郭锋,《从〈花间集〉编纂标准看〈花间集序〉"清雅"的词学思想》,《广东社会科学》,2006.05.

102. 丁建东,《〈花间集〉批评与词史观的构建》,《湖北广播电视大学学报》,2006.06.

103. 王世达、陶亚舒,《为娱乐的艺术——花间词意象审美特点及其文化社会学解析》,《西南民族大学学报》(人文社科版),2006.11.

104. 涂育珍,《论汤显祖的戏曲思想及其花间词评点》,《戏剧文学》,2006.11.

105. 张英,《也谈〈花间集序〉的主旨》,《中国韵文学刊》,2007.03.

106. 刘志华、刘荣平,《二十世纪以来〈花间集序〉研究综述》,《闽西职业技术学院学报》,2007.04.

107. 康小曼,《欧阳炯〈南乡子〉欣赏》,《文学教育》(上),2007.04.

108. 陈未鹏,《〈花间集〉与地域文化》,《沈阳大学学报》,2007.04.

109. 李珺平,《〈花间集叙〉思想内容与欧阳炯作叙动机》,《湖南城市学院学报》,2013.03.

120. 朱逸宁,《花间词人与晚唐五代江南的城市文化》,《河南大学学报》(社会科学版),2007.05.

121. 梅国宏,《从版本体例的发展流变看后世对〈花间集〉的接受》,《绥化学院学报》,2007.06.

122. 黄坤尧,《质艳清音:欧阳炯词的艺术风格》,《江西师范大学学报》(哲学社会科学版),2009.02.

123. 彭玉平,《〈花间集序〉与词体清艳观念之确立》,《江海学刊》,2009.02.

124. 邓乔彬、宫洪涛,《〈檀栾子词〉叙论》,《暨南学报》(哲学社会科学版),2009.06.

125. 薛勇强,《简论〈花间集〉中的毛文锡词作格律》,《世纪桥》,2009.13.

126. 孙克强、刘少坤,《〈花间集〉现代意义读本的奠基之作——试论华锺彦〈花间集注〉编撰特点及学术价值》,《湛江师范学院学报》,2010.01.

127. 张金城,《清纯隽美的"花间别调"——略论李珣的〈南乡子〉词》,《名作欣赏》,2011.05.

128. 郑福田,《毛文锡词说》,《阴山学刊》,2011.06.

129. 任俊华,《陇中词人牛峤及其花间词》,《思茅师范高等专科学校学报》,2012.02.

130. 郑福田,《张泌词说》,《内蒙古民族大学学报》(社会科学版),2012.02.

131. 李飞跃,《〈花间集〉的编辑传播与新词体的建构》,《中州学刊》,2012.03.

132. 赵丽,《李珣词的道教文化意蕴解读》,《古籍整理研究学刊》,2012.05.

中国台港地区研究资料

1. 陈弘治,《唐五代词研究》,台北:文津出版社,1980.
2. 姜尚贤,《温韦词研究》,台南市撰者自印本,1971.
3. 丁思文,《中国文学史话·晚唐的诗人与词人》,台北:一鸣书局,1972.
4. 费海玑,《文学研究续集·温飞卿研究》,台北:台湾商务印书馆,1975.
5. 周宗盛,《词林探胜·词艳人丑温飞卿》,台北:水牛出版社,1976.
6. 郑惠文,《中国文学家故事·花间词人——温庭筠》,台北:庄严出版社,1979.
7. 姜伯纯,《中国文学名著欣赏·温庭筠与韦庄》,台北:庄严出版社,1979.
8. 蔡义忠,《中国六大词人·词的开山祖师温庭筠》,台北:清流出版社,1977.
9. 吴宏一,《温庭筠〈菩萨蛮〉词研究》,新竹:"国立"清华大学出版社,2009.
10. 罗宗涛,《温庭筠诗词的比较研究》,《古典文学》七集,1985.08
11. 盛成,《温庭筠》,《中国文学史论集(二)》,台北:中华文化出版事业社,1958.04.
12. 祁怀美,《〈花间集〉所载温庭筠词为当时西蜀之流行歌曲》,

台北：师大国研所集刊 4 号，1960.06.

13. 费海玑，《温庭筠的行谊和人生观》，《幼狮月刊》第 26 卷第 4 期，1967.10.

14. 易君左，《词的创始者温庭筠》，《中华诗学》第二卷第 6 期，1970.

15. 冯伊湄，《温庭筠其人其词》，《幼师》第三十二卷第 2 期，1970.08.

16. 林宗霖，《词的开山大师温庭筠》，《励进》第 327 期，1973.05.

17. 李日刚，《论晚唐典绮派温庭筠诗之特殊风格》，《文艺复兴》第 57 期，1974.11.

18. 刘中龢，《唐末文坛巨柱温庭筠》，《文艺月刊》第 67 期，1975.01.

19. 林柏燕，《温庭筠的悲剧》，《中华文艺》第十卷第五期，1976.01.

20. 杜若，《浪漫诗人温飞卿》，《台肥月刊》第 17 卷 7 期，1976.07.

21. 陈弘治，《温庭筠及其词》，《中华文化复兴月刊》第十卷第 3 期，1977.03.

22. 陈弘治，《唐五代词的发展趋势——兼谈温、韦、冯、李词的内容与风格》，《中华文化复兴月刊》，1979.04.

23. 谢武雄，《花间词人及其作品研究》，《台中师专学报》，1978.04.

24. 陈正平，《李珣词研究》，《建国学报》第 19 期，2000.06.

25. 施宽文，《晚唐诗人温庭筠为何以词名世？——从温庭筠诗词艺术的相同处谈温词之开创》，《大陆杂志》101 卷 3 期，2000.09.

26. 李文钰，《从女性形态情意的书写论温韦词风之形成》，《中国文学研究》15 期，2001.06.

27. 吴明德,《温庭筠、韦庄词的"语言特征"与"叙述手法"之比较析论》,《中国学术年刊》,2001.05.

28. 涂茂龄、方文慧、费臻懿,《从〈花间集〉看韦庄词的风格》,《建国学报》21,2002.07.

29. 林淑华,《韦庄诗词中的夕阳意识》,《东方人文学志》卷 2 期 2,2003.06.

30. 高瑞惠,《华艳与悲哀——论温庭筠词中之境》,《辅大中研所学刊》,2003.09.

31. 颜智英,《韦庄〈菩萨蛮〉联章五首篇章结构探析》,《中国学术年刊》,2004.09.

32. 黄良莹,《从温庭筠词看晚唐妇女服饰艺术》,《历史月刊》,2004.12.

33. 邓佳瑜,《温庭筠词中之〈物类〉探析》,《东方人文学志》,2004.9.

34. 洪若兰,《花间词人填词环境变化初探——兼论晚唐五代曲子词性质之转变》,《淡江人文社会学刊》,2004.12.

35. 梁姿茵,《〈花间集〉的心理叙写探析》,《国文天地》卷 21 期 12,2006.05.

36. 萧淑贞,《论温庭筠与韦庄词中的女性形象》,《圣约翰学报》期 23,2006.07.

37. 庞涵颖,《唐五代歌妓与〈花间〉婉约词风之形成》,《东吴中文在线学术论文》期 3,2008.09.

38. 郭娟玉、王伟勇,《刘学锴〈温庭筠系年〉商榷》,2008 年词学国际学术研讨会会议论文,呼和浩特:内蒙古大学文学院主办,2008.07.

39. 郭娟玉,《汤显祖〈玉茗堂评花间集〉新论》,《文学与文化》,2012.03.

40. 丁晓梅,《温庭筠两首〈梦江南〉词牌名考辨》,《东方人文学志》卷 8，2009.05.

41. 陈慷玲，《温庭筠十四首〈菩萨蛮〉之"空间蒙太奇"》，《东吴中文学报》期 18，2009.11.

42. 李文钰，《流逝与寻回——试论韦庄〈菩萨蛮〉五首中的春意象》，"中华民国"唐代学会、台大文学院、中兴大学文学院等主办"文化视域的融合——第九届唐代文化国际学术研讨会"，台北：2009.09.

43. 吴宏一，《从"似直而纡，似达而郁"的观点论韦庄词》，《清代文学研究集刊》，南京大学文学院与中国社会科学院文学研究所合编，第二辑，北京：人民文学出版社，2009.08.

44. 卓清芬，《台湾近十年（2000—2010）词学研究概况》，2010 年词学国际学术研讨会论文集，西安：中国词学研究会与陕西师范大学文学院主办，2010.10.

45. 陈慷玲，《〈花间集〉的女性化书写》，《东吴中文学报》期 17，2009.05.

46. 吕正惠，《论李商隐诗、温庭筠词中"闺怨"作品的意义及其与"香草美人"传统的关系》，《中国文学理论与批评论文集》，1995.10.

47. 耿湘沅，《〈花间〉词人温庭筠与韦庄》，原载《中华学苑》三十七期，1998.10.

48. 郭娟玉，《温庭筠辨疑》，台北：台湾大学博士论文，2007.

49. 江聪平，《韦端己及其诗词研究》，高雄：高雄师范大学博士论文，1997.

50. 李恩禧，《温庭筠诗词中感觉之表现》，台北：政治大学硕士论文，1992.

51. 洪华穗，《花间集主题内容与感觉意象之研究》，台北：政治大学硕士论文，1997.

52. 王怡芬，《〈花间集〉女性叙写研究》，台南：成功大学硕士论文,1999.

53. 李宜学,《李商隐诗与〈花间集〉词关系之研究——以"女性叙述者"为主的考察》,高雄:中山大学硕士论文,2000.

54. 林淑华,《主体意识的情志抒写——韦庄诗词关系研究》,彰化:彰化师范大学硕士论文,2002.

55. 陈虹兰,《温庭筠词寄托问题研究》,台北:台湾大学硕士论文,2008.

国外研究资料

1. 〔美〕Wixted,John Timothy,The song-poetry of Wei Chuang,836—910A.D.,Center for Asian Studies,Arizona State University,1979.

2. 〔美〕Lois Fusek,Among the Flowers:The Hua-Chien Chi,New York:Columbia University Press,1982.

3. 〔美〕孙康宜著、李奭学译,《词与文类研究》,北京:北京大学出版社,2004.

4. 〔美〕Anna M. Shields,Crafting a Collection:The Cultural Contexts and Poetic Practice of the Hua jian Ji(Collection from Among the Flowers),Cambridge,Massachusetts and London:Harvard University Asia Center,2006.

5. 〔美〕艾朗诺著、杜斐然等译,《美的焦虑:北宋士大夫的审美思想与追求》,上海:上海古籍出版社,2013.

6. 〔美〕方秀洁,《宋词里的代言人和假面具》,《哈佛亚洲研究》,1990 年第 50 卷第 2 期.

7. 〔美〕海陶玮,《中国文学论题:概览与书目》(又译《中国文学流派与题材》),哈佛大学出版社,1950 年初版,1953 年修订版.

8. 〔日〕青山宏著,程郁缀译,《唐宋词研究》,北京:北京大学出版社,1995.

9. 〔日〕青山宏,《花间集索引》,东京大学东洋文化研究所附属东洋学文献中心,1974.

10. 〔日〕松尾肇子,《日本国内词学文献目录》,日本词曲学会补编,2014.10.06.

11. 〔日〕泽崎久和,《关于〈花间集〉的"昏·魂·痕"》,《高知大国文》15 号,1984.12.

12. 〔日〕泽崎久和,《〈花间集〉的"沿袭"》,《词学》第九辑,上海:华东师大出版社,1992.

13. 〔日〕山本敏雄,《温庭筠文学一侧面——时间流逝中的不稳定的存在》(上、下),《古典文学知识》,1996.2-3.

14. 〔日〕山本敏雄,《温庭筠的乐府歌行——关于形式的侧面》,《爱知教育大学研究报告》(人文科学)36,1987.2.

15. 〔日〕山本敏雄,《韦庄词小考》,《爱知教育大学研究报告》(人文科学)33,1984.1.

16. 〔日〕加藤大三,《〈花间集〉抄》,《东海》4,1953.12.

17. 〔日〕森博行,《词的构成——韦庄"谒金门"词试释》,《大谷女子大国文》27,1997.

18. 〔日〕森博行,《关于韦庄"清平乐"词》,《大谷女子大国文》28,1998.

19. 〔日〕芦立一郎,《关于温庭筠的歌词》,《山形大学纪要》(人文科学)12-1,1990.1.

20. 〔日〕芦立一郎,《关于韦庄词的语汇》,《山形大学人文学部研究年报》5,2008.2.

21. 〔日〕冈崎俊夫,《洛阳才子他乡老——词人韦庄的事迹》,《中国文学月报》49,1939.4.

22. 〔日〕小野忍,《温庭筠的〈菩萨蛮〉》,《中国诗人选集》第 2 卷附录,岩波书店,1958.1.

23. 〔日〕神田喜一郎著,程郁缀、高野雪译,《日本填词史话》,北京:北京大学出版社,2000.

24. 〔日〕柚木利博,《温飞卿词的一段分析》,《汉文学会会报》26,1967.6.

25. 〔日〕中田喜胜,《花间集与韦庄》,《长崎大学教养部纪要》(人文科学)20-2,1980.1.

26. 〔日〕中原健二,《温庭筠词的修辞——以提喻为中心》,《东方学》65,1983.1.

27. 〔日〕雫石鉱吉,《〈花间集〉与温庭筠》,《关西外国语大学研究论集》40,1984.5.

28. 〔日〕杉本繁昭,《温庭筠词研究笔记——关于"双双金鹧鸪"》,《中国诗文论丛》3,1984.6.

29. 〔日〕中田勇次郎,《唐五代词韵考》,马导源译述,《日本汉学研究论文集》,中华丛书编审委员会,1960.

30. 〔日〕筧文生,《唐宋文学论考》,东京:创文社,2002.

31. 〔日〕赤井益久,《中唐诗坛的研究》,东京:创文社,2004.

32. 〔日〕西脇常记,《唐代的思想与文化》,东京:创文社,2000.

33. 〔日〕那波利贞,《唐代社会文化史研究》,东京:创文社,1974.

34. 〔日〕中田勇次郎,《读词丛考》,东京:创文社,1998.

35. 〔日〕丸山茂,《唐代文化与诗人之心:以白乐天为中心》,东京:汲古书院,2010.

36. 〔日〕松原朗著、张渭涛译,《晚唐诗之摇篮:张籍·姚合·贾岛论》,西安:西北大学出版社,2008.

37. 〔日〕深泽一幸著,王兰、蒋寅译,《唐代宗教文学论集》,北京:中华书局,2014.

38. 〔日〕萩原正树,《日本的中国词学研究及新进展》,《长沙理工大学学报》,2009.

39. ［日］斋藤茂著，王宜瑗、韩艳玲译，《中晚唐诗新论》，北京：中华书局，2014.

40. ［日］山崎觉士，《吴越国王与"真王"含义——五代十国的中华秩序》，见平田茂树、远藤隆俊、冈元司编，《宋代社会的空间与交流》，开封：河南大学出版社，2008.

41. 蒋寅编译，《日本学者中国诗学论集》，南京：凤凰出版社，2008.

42. ［韩］李钟振，《温韦词风格比较研究》，《中国语文学志》第 1 辑，1994.12

43. ［韩］柳明熙，《晚唐五代文人词意境研究（1）：以晚唐词为中心》，釜山大学《人文论丛》第 47 期，1995.

44. ［韩］柳明熙，《晚唐五代文人词意境研究（2）：以西蜀词为中心》，《中国语文论丛》第 11 期，1996.

45. ［韩］柳种睦，《韦端己诗的社会性》，《中国语文学》第 8 期，1984.11.

46. ［韩］柳种睦，《韦庄词研究》，汉城大学硕士论文，1984.

47. ［韩］柳种睦，《韦庄词研究》，《中国文学》第 11 期，1984.2.

48. ［韩］郑台业，《花间词与晚唐五代的都市文化》，《中语中文学》第 30 期，2002.6.

49. ［韩］申铉锡，《韦庄词研究》，顺天大学《语学研究》第 9 期，1998.

50. ［新加坡］周莉芹，《"花间"物件研究》，新加坡国立大学中文系硕士毕业论文，2013.

图书在版编目(CIP)数据

《花间集》词人研究/李博昊著.—上海:上海
三联书店,2021.6
ISBN 978 - 7 - 5426 - 7315 - 2

Ⅰ.①花… Ⅱ.①李… Ⅲ.①花间词派-词人-研究
Ⅳ.①I222.82 ②K825.6

中国版本图书馆 CIP 数据核字(2021)第 007843 号

《花间集》词人研究

著　　者 / 李博昊

责任编辑 / 殷亚平
装帧设计 / 一本好书
监　　制 / 姚　军
责任校对 / 张大伟　王凌霄

出版发行 / 上海三联书店
　　　　　(200030)中国上海市漕溪北路 331 号 A 座 6 楼
邮购电话 / 021 - 22895540
印　　刷 / 上海惠敦印务科技有限公司

版　　次 / 2021 年 6 月第 1 版
印　　次 / 2021 年 6 月第 1 次印刷
开　　本 / 890×1240　1/32
字　　数 / 200 千字
印　　张 / 7.375
书　　号 / ISBN 978 - 7 - 5426 - 7315 - 2/I·1684
定　　价 / 42.00 元

敬启读者,如发现本书有印装质量问题,请与印刷厂联系 021 - 63779028